不能輸的賭局

楓雨 著

WHEN THE FAITH IS GONE

序章　這個時代

根據今年的主計處公告，國民薪資成長率是百分之二點七，而物價上漲指數是百分之二點八。雖然我不是統計學家，但是這看起來是某種警訊，對吧？這代表，如果我們只是老老實實地工作存錢，我們將會越來越窮。

於是，有些人把錢投入股市，或是各種不同名目的基金。但是疲倦了一整天，你真的有辦法認真分析每筆交易的效益嗎？能辨別出每個坑殺散戶的陷阱嗎？許多血淋淋的例子告訴我們，投資帶來的常常不是財富自由，而是更大的災難。

在這個時代裡，有些人選擇躺平，畢竟誰也割不了躺平的韭菜。不買房、不買車、不戀愛、不結婚、不生小孩，只要沒有慾望，就不會有傷害。可是如果能有錢，誰又想要躺平呢？

你有想過讓這世界上最聰明的人替你理財嗎？

普路托斯指南，是一款股市交易的應用程式，透過普路托斯指南，你可以用手機簡單地買入一支股票，或是選擇「跟單」優秀的投資者，複製他的每一筆交易，只要付出少許的傭金，就可以獲得同樣的獲利。

在這個平臺上，你可以很容易地查到每位投資者的歷史績效，以及過去的投資組合。更重要的是，其他用戶對於這位投資者的評價。普路托斯指南的網站架構很像社群軟體，優秀的投資者可以在自己的頁面發文拉攏跟單者，跟單者則可以在下方留言討論，透過群眾的力量，可以更有效的辨別投資者的績效是來自運氣，還是來自可信賴的實力。

你再也不需要花費時間去研究複雜的投資組合，只要跟隨你所信賴的投資者，就能夠輕鬆獲得不錯的利潤。普路托斯指南，可能不是你唯一信賴的投資平臺，也可能不是獲利最高的平臺，不過卻是最適合這個時代，最適合你的平臺。

這一次，飛思新聞臺的記者為您獨家採訪到普路托斯指南的公關主任林克群，讓我們更了解這個新興平臺的幕後祕辛。

第一章　第三資金

侯冠年坐在飛思新聞臺的攝影棚內，這座攝影棚雖然不如傳統新聞臺那樣氣派，不過至少還是五臟俱全。侯冠年脖子上掛著實習記者的吊牌，卻穿著西裝坐在主播檯的位子。此刻的他顯得戰戰兢兢地，儘管在這座攝影棚裡面除他之外，也只有一位拄著拐杖的長者，攝影機看起來沒有開機，棚內的燈光也沒有完全就定位，呈現休棚的狀態。

那位長者是榮叔，只有少數人知道他的本名，大家都叫他榮叔，他偶爾也自稱榮叔，讓侯冠年一度以為榮叔就是他的名字。榮叔是飛思傳媒裡面最神祕的存在，他不在企業的編制裡頭，卻常在公司裡面走動。他常高價兜售政商名流最陰暗的小道消息，據說還是許多公眾事件和選舉的幕後操盤手，是現代地下的「造王者」，也可以是金融市場中的造市者，光是這點就可以讓飛思傳媒的高層敬畏三分。所以侯冠年此刻所擔心的，並不是身為實習記者僭越坐上了主播位，而是榮叔對剛剛那段播報的反應。

「這段開場糟透了。」榮叔把講稿扔到地上，拿起鐵拐杖敲了敲地板，不知為什麼，這樣的動作總讓侯冠年想到尤達大師，尤其那捉摸不定又時而暴躁的性格，更是讓兩者形象顯得更加貼合。

「大師，我覺得這還不錯呀！」侯冠年撿起地上的講稿，儘管不敢造次，還是忍不住不服氣地反駁：「把普路托斯指南和這一代年輕人的焦慮做結合，不僅讓廠商滿意，也沒有破壞我們媒體人的專業素養。」

「這就是你最大的問題，總想要兩面討好，結果就是兩面不討好。要專業就給我好好專業，要舔廠商就給我認真舔！」榮叔又拿起拐杖敲了敲地板，侯冠年深怕攝影棚的雪白地板會被他敲出一個窟窿。

侯冠年垮著臉說：「那我該怎麼辦嘛！如果要認真做商業廣告的話，不可能做得比他們那個『史蒂夫和戴夫』的廣告好。而且我們是媒體人，如果用那種操作手法，會被人瞧不起吧！」

「擔心被人瞧不起，才真的會被瞧不起。」榮叔像尤達大師那般慢慢說話：「你得真心相信，要像是你要搞一場革命，就好像你要拯救全世界的無產階級。等到那個時候，你就不怕被瞧不起，因為你認為你做的事情是正義。」

「我是真心相信啊！我自己都在普路托上開戶了。」侯冠年拿出手機。

「別拿那個唬弄我，普路托也給了我十萬塊的帳戶，那種試用的不算。」

「等等，普路托給你十萬塊的帳戶嗎？」侯冠年瞪大了眼睛，一副被人背叛的表情：「我那個帳戶是我自己花錢的。」

榮叔舉起拐杖，作勢要敲他的腦袋：「傻孩子，我跟你的級別能一樣嗎？年輕人不要玩這種來路不明的投資平臺，如果賺到錢就早早撤了，虧錢的話也早點認賠殺出。話說回來，你有買什麼股票嗎？」

「普路托主打的是跟單功能，所以我當然不是自己買股票囉！我跟單了『第三資金』。」侯冠年在手機螢幕上按了幾下，跳出了普路托斯指南的個人頁面，上面顯示資產配置百分之百都跟單了名為「第三資金」的帳號。

「第三資金是啥？好賺嗎？」

「年收益百分之二十，比巴菲特差了一點。」侯冠年回答得有點得意。

「你的意思是，我只要把錢放進去，什麼都不幹就能賺百分之二十？」

「扣掉百分之五的傭金和手續費，每年大概賺百分之十五。」

「百分之十五，對於你們這種傻子來說，確實不錯。如果真能百分之十五的話，就算借錢也要把錢砸進去，畢竟借錢的利率怎麼算都不會到百分之十五。」榮叔又開始像尤達那樣慢條斯理地分析。

「我還沒那個膽子去借錢，我只把大學存的錢都投進去而已。」

「所以我就說，這是你不成氣候的原因。」榮叔又舉起拐杖，這次是真敲了侯冠年的頭：「這件事最大的問題就在於，這個『第三資金』的年收益是不是真的都能維持百分之二十。如果是真的，就應該借錢下大注，如果是假的；就一分錢都不該下，而你偏偏就選了中間值。所以結果是怎樣？如果真的百分之二十，你投得不夠多，賺得不夠痛快；如果那百分之二十是假的，那你還是被坑了。」

「所以我得借錢加注嗎？」侯冠年摸了摸被擊中的前額，榮叔剛剛那一下是真的敲下去，而且敲得不輕。讓侯冠年一下分不清自己究竟是被敲暈了，還是被榮叔那一長串的分析給繞暈的。

「你還是沒搞清楚重點，重點是能不能穩定獲利啊！你的開場白不是說了嗎？大家都愛錢，憑什麼他就能年收益百分之二十，這點要先確定。甚至如果你看破他的招數，也不用那百分之五的傭金，你自己就能做到百分之二十。」

「我研究過，『第三資金』從開戶以來一直都是賺錢的，年收益從來沒掉到百分之十以下。」

「以前賺錢不代表未來會一直賺錢，他的投資模式是什麼？」

侯冠年看榮叔又要拿起拐杖，趕忙護住頭：「我研究過，『第三資金』的投資是和企業醜聞有高度連結的。每次在一家公司的醜聞爆發之前，『第三資金』總是能事先放空該公司，然後買進對手公司的股票。」

榮叔聽著放下了拐杖：「這有點意思，也就是說『第三資金』的高獲利可能是來自內線消息？這些醜聞有什麼模式嗎？爆料者？人際關係網？」

「大部分的醜聞都有一個共通點，就是神川集團底下的子公司。」

「你是說『腎穿』集團，那個常常爆發食安事件的企業？」榮叔突然臉色一沉，雙手撐著拐杖頭，若有所思地望著侯冠年。如果僅僅只是這樣的對話，榮叔是不需要擺出那樣意味深長的臉色，侯冠年相信榮叔已經看破了一些事情，只是出於某些原因沒有說出口，或是現階段還不需要說出口。榮叔就是這樣的人，他可以隨時拿著一手好牌，可是不需要一開始就展示所有的牌。

侯冠年被這樣地注視搞得尷尬，只好繼續說：「沒錯，雖然爆料者都不一樣，但是『第三資金』幾乎都能在每次醜聞爆發前進場布局。之前的塑化劑事件、香精麵包事件、注水肉事件，每一件事情『第三資金』都參了一腳。」

「神川集團發生這麼多事還能不倒，真的是神話了。」榮叔又回到先前的一派輕鬆，不過如果仔細看的話，還是可以看出眼神當中殘餘的波動。

「人民是健忘的嘛！」侯冠年也故作輕鬆地回應。

「最近這個『第三資金』還有什麼大動作嗎？」

「前兩周他們賣空了『源能量』，還買進幾家對手公司的股票。」

「『源能量』是幹什麼的？」

「一家運動飲料公司，也是神川集團的子企業。」

「又是神川集團啊！這個『第三資金』的確是個值得好好研究的對象，好好做，說不定你們未來的獨家新聞都不用愁了。我會好好打聽一下，你也可以從普路托斯指南那邊下手。」

「我為了這個案子，連西裝都穿來了。」侯冠年展示了一身的行頭。

「你這哪來的破衣服？肩膀僵硬得像鬼壓床，扣子緊得像束腹帶似的。」

「這是我姊五年前買給我的，本來說要讓我高中畢業時穿的。」

榮叔忽然顯得神色嚴厲：「別老拿你姊當擋箭牌。」

侯冠年被這樣的眼神戳了一下，他感覺自己又被看穿了什麼，只好掩飾著說：「我能不提她嗎？我現在所擁有的一切都是因為她。作為一個實習記者，這次能拿到這種業配，還不是因為我有個好姊夫。」

榮叔聽了皺眉：「不過我怎麼聽說，這次是客戶指定找你的？」

侯冠年聽了連忙擺擺手：「怎麼可能，我哪有什麼能耐說服這種大財團啊！不過說起來，像我們這種標榜中立客觀的新聞媒體，業配這種東西會不會太資本主義了？」

「傻孩子，新聞媒體就不用吃飯嗎？」

「也對。」

「所以這次的業配真的不是你自己去接的？」榮叔獵鷹般盯著侯冠年，兩隻眼睛彷彿要鑽進侯冠年的腦門似的。

侯冠年搖頭苦笑：「真的不是，我看起來像有這種資格的嗎？我不過就是個大學還沒畢業的實習記者而已。看來是姊夫擔心大家都覺得我只靠關係，所以才故意放出來的風聲吧！」

「也是，我就覺得這是謠言。」榮叔的表情這才慢慢放鬆了下來：「不過你姊夫也該操心了，畢竟你就快要轉正了……什麼時候畢業呀？」

「再兩個月。」

「真好，到時候就是名正言順了。」榮叔的眼神變得柔和：「還有，那個跟你在一起的女孩……叫謝、謝什麼的？」

「謝怡婷。」

「沒錯，我看你們也交往很久了，等工作穩定後就定下來吧！」

侯冠年苦笑著說：「大師太著急了，我還年輕呢！而且以我現在的存款，在這裡連一間廁所都買不到，一間廁所有辦法成家嗎？我現在就靠『第三資金』翻身了，還要請大師和姊夫多提拔。」

「我提拔你做什麼，你就是一個跟我無關的小王八蛋，還是指望你姊夫吧！」

「說到這裡，怎麼整個早上都沒看見姊夫呢？」

「我不知道，他從一大早就陰陽怪氣的，一來公司就把自己關在辦公室裡。」

「我就害怕他這樣。」侯冠年嘆了口氣。

「等會兒你錄完影去找他吧！他早上好像問過你去哪裡。」接著榮叔拿拐杖敲了敲侯冠年手上的講稿：「還有，你錄影前才拿這個垃圾給我，我也救不了你了，等一下廠商要來了，你自求多福吧！」

侯冠年走到掛著「副總監孟平謙」的木門前，先是深長地舒了一口氣，接著慎重其事地敲了敲門，聽厚重的門後隱隱傳來一聲「請進」後，才推開木門走進房內。一進入房內，就見到一名頭髮梳理齊整、帶著稜邊黑框眼鏡的男子，坐在辦公桌前，聽見門口的動靜便抬起頭，用銳利的眼神掃過闖入者。要不是侯冠年早被這樣的眼神掃過百來回，可能會嚇得當場癱軟在地。

「姊……孟副總，你找我有什麼事嗎？」侯冠年恭敬地問，他瞄了一眼孟平謙桌上的擺設。孟平謙是個傳統的人，儘管已經是電子化的時代，他桌上還是放了個裝滿各式文具的筆筒，旁邊擺了座檯燈，甚至還有個紙鎮。在桌邊立著一座相框，相框裡有一張年輕女孩的相片，仔細看那名女孩和侯冠年的五官有點相似，外觀的年紀也相仿，正對著鏡頭笑著。

撇開那些本來就放在孟平謙桌上的擺設，桌旁還有個頗具現代感的空筆筒，風格和桌上其他的文具顯得格格不入。而且要說筆筒的話，既然已經有個裝滿文具的筆筒，為什麼還需要另一個筆筒呢？

「別緊張，就只是想問你最近都在忙些什麼？」孟平謙扶了扶眼鏡，雖然他已經盡力擺出親和的態度，不過還是難以掩飾那種逼人的氣勢。

「沒什麼，剛完成你指派給我的業配案。」侯冠年說著又望向那個空筆筒。

「我不是說我分配的工作，我想問你自己在忙些什麼？」孟平謙像榮叔那般盯著侯冠年，雖然同樣是獵鷹，不過這隻獵鷹顯得更加年輕、更有攻擊性。

「要畢業了，開始準備期末考。」侯冠年先撒了個小謊。

「學業之外呢？工作上你有什麼表現？」孟平謙又步步進逼。

「我最近去採訪了『源能量』。」侯冠年嘆了口氣，他大概能猜到孟平謙想跟他談什麼。他的眼神再度瞄向那個空筆筒，那個筆筒有著銀質的外觀、流線的造型，還有幾何狀的雕花，乍看甚至都不覺得是個筆筒，更像是某種電子產品。

「說一下細節吧！」孟平謙沒有注意到侯冠年的眼神，而是舉重若輕地揮手示意他說下去。

再度深吐一口氣後，侯冠年背稿般念出一大段話：「『源能量』是一家運動飲料公司，和其他運動飲料最大區別，在於它的成份都是中藥材。這個中藥材的帖子，來自奧運短跑冠軍馬惟能，馬惟能這個人……」

「我要的不是這家公司的細節，而是採訪的細節。」孟平謙打斷他。

「這個採訪的主要內容，是中部大學的野風社要進行公益徒步環島，向『源能量』進行企業募款。」侯冠年說到這裡就打住了，觀察著孟平謙的反應，盤算著該怎麼繼續下去。

「我聽說野風社是你自己的社團吧？」孟平謙又不重不輕地接了一句話，讓人猜不透他的想法。

「也不是我的，我就只是社長而已。」

「差不多就是這個意思，就說野風社算你的自家人了。」這次換孟平謙嘆了口氣，他拿下眼睛搓了搓臉：「大家都說媒體是製造業，你這樣自己製造新聞，我還是頭一次見。如果讓你姊知道的話，她大概會氣瘋。」

侯冠年爭辯道：「也不是為了製造新聞才這麼做，野風社本來就有這個公益計畫。只是這家公司剛好也值得採訪，野風社的活動也有新聞賣點，所以就一魚兩吃了。」

孟平謙不以為然地冷哼一聲，這樣的聲音總是讓侯冠年不寒而慄：「一魚兩吃？你要不要乾脆賣烤鴨算了，烤鴨還能三吃呢！你們野風社是幹麼的？就是成天環島、吹吹野風嗎？」

「野火燒不盡，春風吹又生。」

「你幹麼突然對我念一句詩？」孟平謙沒好氣地問。

「對我們來說，這代表希望。」侯冠年又望向那個空筆筒上的雕花，忽然有些出神，不過又很快回過神來解釋：「野風社是一個公益組織，接受群眾委託代為發聲，或是自發性進行公益活動。」

「既然是講究群眾的組織，為什麼接受企業贊助？直接群眾募資不好嗎？」

「主要是認同我們的群眾也不多。」侯冠年有些困窘地低下頭。

孟平謙繼續步步進逼：「這次企業募款，你打了『點與線』的名號吧！只要答應贊助野風社，就可以獲得『點與線』的採訪。一分錢不出，得到了贊助又能拿到新聞素材，你給我玩空手套白狼啊！」

「如果不考慮動機，這樣的操作沒什麼道德上的問題吧！」侯冠年爭辯道。

「不過你應該也知道，所謂的道德就是要考慮動機。」

「我承認我在處理上是有瑕疵，我下次會改進。」侯冠年誠懇地回答，稍微挪動了一下身子，隨時準備離開。

「不對，這樣不對。」孟平謙叫住了他。

「什麼不對？」侯冠年有點緊張地挺直了身子，收回了剛要離開的腳步。

「我認識你這麼久了，第一次看到你這麼爽快認錯，這很不對勁。」孟平謙又上下打量了侯冠年一遍：「除了這件事，你是不是還隱瞞什麼？」

「沒什麼，我都要畢業了，總該學習當個成熟的大人了。」

「不對，你從剛剛就一直在瞄我桌上的筆筒。」孟平謙指著桌上的空筆筒。

「我只是覺得這個筆筒的款式不錯，我自己也想要買一個了。」侯冠年設法讓自己的表情不要顯得太過僵硬。

「你就不覺得這個筆筒的樣式很熟悉嗎？」孟平謙的手指在空筆筒上兜圈。

「的確有一點，我可能在哪裡見過。」

「在哪裡呢？你自己記不記得？」

「我想起來了，是『源能量』的辦公室。」侯冠年一副恍然大悟的神情。

「巧了，我這個筆筒就是從他們辦公室拿來的。」孟平謙也諷刺般地擠出了浮誇的驚訝表情。

「那就對了，我記得我採訪時看見了。」侯冠年還在逞強著。

「可是，這就奇怪了，他們卻說這不是他們的東西。」孟平謙手撐著下巴歪著頭，饒有興致地望著侯冠年。

「真的嗎？可是這分明就擺在他們辦公室吧！」

「沒錯，是擺在他們的辦公室，但是為什麼不是他們的呢？」孟平謙像在下謎語一般說著，並把筆筒拿在手上掂了掂。

「該不會是誰忘在那裡了吧？」

「不對，他們的確本來就有一個這樣的筆筒，可是這並不是原來的那個筆筒。」

孟平謙搖搖頭，把空筆筒重重地往桌上一放：「問題就在於，原本的那個筆筒被掉包了。」

「他們怎麼知道筆筒被掉包的?」侯冠年盡量讓自己的表情顯得真誠。

「因為原本的筆筒上面有個細微的劃痕,他們的經理注意到這個小細節,然後發現筆筒裡面藏了一臺微型攝影機。」孟平謙有把筆筒拿起來,撫摸過上面的幾何狀雕花:「不對,是三臺攝影機,三百六十度環景攝影。」

「真糟糕,該不會是誰想要竊取他們的商業機密吧!」侯冠年又故作驚訝。

孟平謙放下筆筒,嘆了口氣:「竊取商業機密嗎?這是個好想法。或許你會覺得扯遠了,我們再來談談你的採訪,你們野風社去了兩次『源能量』吧!」

「沒錯,第一次去採訪,第二次去補畫面。」

孟平謙像是要壓抑自己的怒氣,用雙手輕撫了一下自己的頭髮,撫平後的髮梢卻顯得更加氣勢凌人:「不只是經理辦公室,你們是不是還去別的地方?」

「我們還去了他們的生產線、貨倉和會議室。」

孟平謙又舉起桌上的筆筒,看起來像是要砸向侯冠年:「巧的是,你們去的這些地方,都發生了類似的問題。」

「真是巧了,不過他們帶人參觀的路線都很類似吧!」侯冠年壓抑著情緒。

孟平謙搖搖頭:「參觀的路線的確是大同小異,但是也不會完全相同。他們比對了幾組參觀過的人,發現只有你們完全符合。也就是說,你們去過的地方就有事,反之有事的也都是你們去過的地方。都說到這裡了,答案很明顯吧?」

「姊……孟副總你這是在懷疑我嗎？這樣我也太冤了。除此之外應該還有一種可能，就是凶手另有其人，我只是被嫁禍的。」

「當然，對方也不是沒想過這種可能，所以他們請了徵信社。徵信社不是福爾摩斯，但是對於這種針孔設備倒是挺在行。這種設備的傳輸範圍都很有限，很快地，他們就找到了信號接收的位置……」

「好吧！我認了，這件事是我幹的。」

「你幹的，你幹的……」孟平謙站起身，歇斯底里地喃喃自語，幾度指著侯冠年想說什麼，不過又說不出話來，繞著椅子走了一圈，才終於說出一段完整的話：「你怎麼想的？你是個記者，你是把自己當成狗仔隊了嗎？」

「我是有理由的……」

「閉嘴！有理由也不用跟我說，你自己跟法官說！」孟平謙氣急敗壞地大吼：「在學校有讀過新聞記者法吧！如果你被認定有詐欺行為，就不能拿到新聞記者證，如果你僥倖在起訴前拿到證書，定罪後也會被撤銷，你的前途就完了。」

「我知道，我當然知道。」侯冠年順從地點點頭，不過又頂撞了一句：「只是這條線索我認為還是應該追下去。」

「追什麼？追『源能量』的商業機密嗎？你想要他們的祕密配方嗎？」

「沒錯，或許就是這個東西。」侯冠年若有所思地點點頭。

「你還跟我說沒錯，這件事就錯得離譜！」

「不，我說得太快，我說的是或許問題就在於『源能量』的配方。」

「我覺得問題在你的腦子。」

「孟副總，你也知道，我最近在弄普路托斯指南的案子。」

「我知道，普路托斯指南。怎麼了？弄了這個案子，讓你見錢眼開了？」孟平謙沒好氣地反問。

「不，我主要是想說裡面的一個叫『第三資金』的帳號。」

「這我倒是有聽說，聽說你把大學打工賺來的錢全投進去了，說是這個帳號的回報率很高。怎樣？現在把錢全賠掉了，所以要開始幹髒活了？」

「不，他們現在的回報率依舊很高。但是重點不在於回報率，重要的是背後的原因。我發現『第三資金』的投資，和企業醜聞有著高度連結。每次在醜聞爆發前，『第三資金』總能事先放空該公司，然後買進對手公司的股票。」

「這和『源能量』有什麼關係？」

「就在兩個禮拜前，『第三資金』賣空了『源能量』的股票。」

「所以你認為『源能量』要爆發醜聞了？」

「對，我認為『源能量』肯定有問題，或許問題就出在他的配方。」

「所以你是用這種方式做新聞的？」孟平謙雖然怒氣稍緩，不過還是不以為然：

「先不談你的手段，還有道德問題，我們就回歸新聞專業的本身吧！既然『第三資金』已經出手了，代表一定有某部分的人掌握了這個醜聞吧！」

「對。」

「也就是說我們的行動已經比人家晚了至少兩個禮拜了，你認為這樣的新聞還有做的價值嗎？」

「我們可能可以提早做深入報導和跟進。」侯冠年辯解。

「你花了那麼大的力氣，冒著永遠拿不到記者執照的風險，就只是為了追在別人屁股後面跑嗎？」

「或許我們能找到一些不一樣的，畢竟『源能量』也屬於神川集團……」

「你提的這個新聞點，我在業界早就有聽到風聲了。」孟平謙打斷他的話。

「所以『源能量』的配方真的有問題嗎？」

「不，問題不是出在『源能量』的配方本身，而是這個配方的來源。」

「這個配方的來源？我記得是田徑金牌國手馬惟能吧！」

「沒錯，馬惟能當年拿了金牌之後，說自己一直有一帖祕方，然後高價賣給了『源能量』，所以才會讓這個品牌大賣。」

「這個祕方是假的嗎？」侯冠年問。

「不完全是假的，只是也沒有那麼神奇，這個祕方不過就是他的隊醫隨手抓的藥帖。這件事情之前就有內部人爆料過，不過信者恆信，就算是隊醫的藥帖，還是有金牌選手的品牌加持，所以當時並沒有影響到『源能量』的股價。」

「那這一次又是什麼問題？」侯冠年又問。

「上個禮拜我就有打聽到風聲，近期會有關於馬惟能服用禁藥的醜聞。也就是說，他之所以會獲得金牌，並不是什麼獨門配方，而是因為服用禁藥，這一定會是一個大新聞。」

「代言人出事，品牌一定會下跌的啊！」侯冠年恍然大悟。

「馬惟能不僅僅是代言人而已，他根本能算是產品的半個創始人了。我要跟你說的重點，是你在這件事情上幾乎全錯了。方法錯了，方向錯了，違反了新聞倫理，甚至還違反了法律，我這次真的保不了你了。」

「『源能量』要提告嗎？」

孟平謙嘆了口氣：「他們是有這個打算，飛思傳媒如果不把你開除，可能沒有辦法輕易收場。甚至，可能會比開除還要更嚴重。」

「有什麼比開除更嚴重？」侯冠年不解。

「我剛剛跟你提新聞記者證的事，並不是在嚇唬你，他們是真的想要你永遠拿不到記者證。」孟平謙用指節輕扣著桌子，一副很煩惱的樣子。

「他們有什麼權力？」侯冠年抗議道。

「不需要權力，靠法律就行，法條我都給你讀過了。」

「所以，我以後都不能當記者了嗎？」侯冠年忽然感覺眼前一黑。

「我暫時想不到別的辦法了，現在就算提你姊姊的名字，也保不了你。」

侯冠年恍然大悟般道：「他們就是衝著我姊來的吧！神川集團是不是已經知道了我的身分？」

「不管他們知不知道，這件事你就是錯了。」孟平謙一副不想多談的樣子。

「所以，我明天不用來上班了？」

「暫時就先不要來吧！我再幫你想想辦法。」孟平謙揮了揮手，坐回原本的座位上，低頭就要繼續先前沒做完的事：「不過你也得想一下別的出路了。」

「好吧！這兩年感謝照顧了。」侯冠年不情願地低下頭。

「對了，有件事情我還想問你。」孟平謙忽然叫住就要轉身離去的侯冠年：「這次普路托斯指南的的案子，其實是客戶指定要找你的，你知道嗎？」

「真的嗎？我一直以為那只是謠言。」侯冠年反射性地回答。

「所以你也沒有任何頭緒嗎？」孟平謙打量著侯冠年的神情，這時孟平謙的手機忽然響了，於是他揮揮手：「好吧！那沒什麼事了，你自己小心點就好。」

侯冠年走出房間關上門，背後傳來孟平謙的手機鈴聲，是何瑞康的〈刑者〉：「你用你的無辜，審判他的瘋狂，卻不知道你的瘋狂就是對無辜的信仰。」侯冠年忽然覺得有些後悔，剛剛應該說出實話的。

侯冠年的心情很糟，他把飛思傳媒的採訪公務車熄火停靠在路邊，抽出鑰匙扔到儀表板上，接著把座椅往後倒，望著擋風玻璃外的街景出神。現在天色已經暗了下來，路上只剩下街燈和招牌的照明，以及周圍稀落的人車。

他拿出手機瀏覽著即時新聞，發現馬惟能的禁藥風波已經上了頭條，他點開了幾個不同的新聞網，很難看出是哪家媒體先掌握的獨家，大家幾乎是同時更新了一樣的新聞快報。接著他把瀏覽器的頁面關掉，打開了「普路托斯指南」，應用程式的歡迎畫面是一個字母G和P組成的複合字，有點類似小寫的希臘字母φ（phi），下面跟著一行英文的小字：Plutus Guide。

歡迎畫面結束後，接著就是侯冠年的帳戶資料和小型報表，透過高度視覺化的介面就可以看到，侯冠年存入的三十萬元全部投入「第三資金」，而截至目前為止的獲利大約是三萬多塊，也就是成長了百分之十。接著侯冠年點入了「第三資金」的頁面，「普路托斯指南」結合了社群功能，「第三資金」的首頁就放著馬惟能的禁藥新聞，下方有許多網友評論轉發，大部分都洋溢著歡快的信息。

接著侯冠年點入第三資金的投資組成，除了和「源能量」相關的部位之外，他還發現第三資金增加了「福科生技」的持股。侯冠年很快跳出「普路托斯指南」的頁面，在搜尋引擎上鍵入了「福科生技」。

但是還來不及細看，侯冠年就被擋風玻璃上的敲擊聲打斷。侯冠年抬起頭，發現一名穿著西裝的中年男性正站在副駕駛座的門邊，透過擋風玻璃望向車內。雖然現在夜色已經很深了，不過因為侯冠年開著手機，車外的人還是可以透過手機背光看見侯冠年的臉。侯冠年有些不悅地關掉手機螢幕，解除掉車裡的中控鎖，伸手把副駕駛的車門打開。

「求求你別再糾纏我了。」中年男子擠進車內後，便可憐兮兮地說。

「我沒有糾纏你，我只是在滑手機。」

「這麼巧，每天都來我的公司樓下滑手機嗎？」

「我以為你會覺得很溫馨。」

「你到底想怎樣？」

「我沒有想怎樣，只是提出了一個問題，你還沒有回答。」侯冠年又打開手機螢幕，一副滿不在乎的表情。

「都給你那麼大的業配案了，你就放過我吧！」

「這不是我想要的，是你硬塞給我的，我要的只是一個答案而已。」

「你要的東西我真的沒有，我沒有的東西又要怎麼給你。」中年男子拿出西裝口袋裡的手帕，有些神經質地擦著汗，微禿的額頭泛著油光：「我負責的是普路托的公關部門，給你業配輕而易舉，但是用戶資訊真的不歸我管啊！」

「可是你總知道誰有吧！畢竟業配案說給就給，代表你在公司裡的地位也不會太差。」侯冠年還是滑著手機，挑眉問道：「『第三資金』的真實身分，真的有這麼神祕嗎？」

「這不是神不神祕的問題，『第三資金』就是一般用戶，我們怎麼可能會去探一般用戶的隱私。而且我說過，我是負責公關……」

「可是你們手上還是有他的註冊資料吧！」侯冠年打斷他。

「資料都加密了，我們不可能隨便去調閱。」

「拉倒吧！這種東西一定有後門。」

「加密都是外包的，是一個叫『矩陣科技』的公司。」

「那就給我一個名字，然後讓我去煩他。」

「只要給名字就好嗎？」男子的臉上升起一分希望。

「就是這麼簡單，意外不意外？」

「如果我說董事長，你敢去要嗎？」

「給我一點建設性的意見，比如說董事長有沒有像你那樣的性醜聞。」侯冠年把手機舉起來，那是一張在旅館前拍的相片。侯冠年用手指放大了其中某一小角，一名中年男子摟著年輕女子，而男子明顯就是眼前這個人。

「哪來的性醜聞？我就是一般市井小民放鬆一下而已。」男子很快別過臉。

「全天下男人都會犯的錯嗎？」侯冠年露出戲謔的笑容，手指在螢幕上滑了滑，是更多在不同時間點所拍下的相片：「那你要不要自己去跟你老婆解釋？」

「拜託，算我怕了你好不好，可是你這樣糾纏我真的沒用。」

「你的那幾張相片，我可是花了一萬塊跟狗仔隊買的，怎麼可以沒用。」侯冠年關上螢幕，把手機收到口袋裡。

「那我花一萬塊買下來行嗎？」男子央求道。

「如果不是早上發生那些事，我還有可能會接受你的條件。」

「那現在呢？」男子臉上閃過一絲希望。

「現在比起一萬塊，我更需要保住我的工作。」侯冠年嘆了口氣。

「『第三資金』要怎麼保住你的工作？」男子露出狐疑的神情。

「如果掌握了『第三資金』，就等於掌握了一個可靠的情報源，這樣老闆怎麼還捨得辭退我？」

「別傻了，像你這種老是擦槍走火的，要我也會辭掉你。」

「你有把柄在我手上，確定還要講這種話嗎？」

「行行行，算我怕了你好嗎？」男子攤了攤手：「我是沒辦法給你『第三資金』的情報，不過我要提醒你，如果想要務實一點的話，去查一查『福科生技』，『第三資金』今天早上幾乎把所有籌碼都壓在這支股票上了。」

「這種事我當然知道，畢竟我也是跟單『第三資金』的用戶之一。」

「那就趕快去查，看看『福科生技』有什麼新聞點，總比在我身上瞎耗還要好。」

「還用你說，我剛剛就查了。」侯冠年指了指口袋裡的手機：「這次神川集團和福科生技沒有關係，『福科生技』實際上是有一半官股的國營事業，清清白白的，有什麼好查的？」

「像你們這種記者，不是最愛大政府的陰謀論嗎？」

「先別說陰謀論，在這件事情上，『第三資金』把籌碼都壓在『福科生技』，代表是看好『福科生技』的，所以如果要說什麼新聞點，應該要從他的競爭對手身上找才對吧！」

「一般來說是這樣沒錯，不過這件事情有一點不同，那就是兩天後『福科生技』會公布新藥解盲結果。」

「新藥解盲怎麼了嗎？」侯冠年抬了抬眉毛。

「所謂的新藥解盲，可以說是少數合法的大型賭局，而且籌碼無上限。」男子稍稍湊近了侯冠年一點，瞳孔也因為興奮而放大：「一個新藥要正式上市之前，必須先實驗證明他比現有療法更有效。為了避免人為因素干擾，所有實驗參與者都不會知道，哪些人是服用新藥的實驗組，哪些人是沿用舊療法的對照組，直到實驗數據都蒐集完畢後，才會一次性地公開分組名單。這時候才會知道，新藥是否比對照組更有效，這也就代表新藥是否能夠成功上市。」

「也會影響到股價。」

男子點點頭，上半身又更趨前：「沒錯，這就是猜大小的遊戲，只是用了冠冕堂皇的藉口。如果認為新藥會成功，就買進這家公司的股票；如果認為新藥會失敗，就賣空這家公司的股票，解盲就是雙方之間的博弈。」

侯冠年也點頭沉吟道：「而『第三資金』大舉買入『福科生技』，賭的就是新藥解盲成功。」

「或許不是正大光明地賭，而是出了老千，跟過去一樣。」

「如果真的是這樣的話，政府不可能不干涉了吧！」

「如果沒有證據，就沒有政府什麼事了。」男子撇嘴冷笑。

「你這麼一說，我更想知道『第三資金』的真實身分了。」

「你傻了嗎？我可不是這個意思。」男子如大夢初醒一般，收斂起剛放大的瞳孔，身體又縮進副駕駛座。

「你給我一個不把相片給你老婆的理由。」侯冠年指著口袋裡的手機。

男子趕忙獻殷勤：「別這樣，我想說的是，你從我這邊挖資料也沒有，如果『第三資金』的心思夠細，我們這邊的登記資料可能就是個人頭。可是如果他能挖出『福科生技』的解盲資料，那可能的人選不會有很多，你可以從這裡下手。」

「我是會從『福科生技』下手，不過不代表我會放過你這條線索。」侯冠年冷冷地回應。

男子嘆了口氣，用力拍了一下自己的大腿：「好吧！我老實跟你講吧！你也不是第一個來普路托挖資料的人了。在你之前，別說記者和狗仔隊，檢察官和情報局的人都來探過關係。」

「結果呢？」

「那些想要幫外人挖資料的，都沒什麼好下場。」男子陰森地回應。

「有可能只是他們沒有找對層級。」侯冠年倒也沒被嚇唬。

「不是這樣的，我覺得『第三資金』是個很深的坑，還是不要碰比較好。」

「怎麼說？」

「『第三資金』有可能和普路托的高層密切相關。」

「普路托不是外國公司嗎？」侯冠年稍稍被提起了興趣。

「是在國外創立的公司沒錯，不過創辦人一直都很低調，網上很難查到他們的信息。一直有傳聞是本國人海外創立的公司，只是後來又紅回國內。」

「這和『第三資金』有什麼關係？」

「如果是一般狗仔隊就算了，連檢察官和情報局都探不到風聲，你不覺得很奇怪嗎？」

「或許只是外國人比我們注重客戶隱私吧！」

「信不信由你，不過我自己是覺得能不碰就不碰。」男子無奈地聳聳肩：「再跟你說一件事，這一次『福科生技』的案子，並不只有『第三資金』介入而已。」

「那還有誰？」

「福東會。」男子只是簡單說了這三個字，卻讓空氣凝固了下來。

侯冠年有些不可置信地轉過頭，過很久才問：「黑道也加入了嗎？」

「所以我才要你小心一點。」男子語重心長地說。

「可是黑道有可能做這種精細的事嗎？」

「現在的黑道都已經企業化了，就我們所說的福東會，現在檯面上也被改稱作『新月集團』。再年輕一點的世代，說不定會以為只是像神川集團那樣的一般商業財團而已。」

「倒是不會，網路上關於他們的傳聞頗多，我們還是很樂於聽故事的。」

男子沒搭理他，繼續說：「仔細想想，『第三資金』能搞到那麼多獨家消息，你一直以為跟媒體界有關，可是你有沒有想過，黑幫比你們媒體有更完整的情報網。尤其福東會的異堂是徵信業起家的，有傳聞就是他們在搞這筆生意。」

「拉倒吧！他們的資料也都是跟我們這些狗仔買的。」侯冠年不以為然。

「除了狗仔之外，他們還收買了警察和調查局。」男子煞有其事地說。

侯冠年倒是不吃這套：「你就繼續你的陰謀論吧！反正我還是會繼續調查的。不只從『福科生技』下手，你要說福東會，我連福東會也一起查下去。如果碰上了瓶頸，我還是會回過頭來找你。」

「你查吧！祝你幸運，別把小命丟了就好。」

「別在那裡故弄玄虛了，還是管好自己的下半身吧！」

第二章　福科生技

侯冠年坐在便利商店靠窗的位子，打開普路托斯指南的介面，一條快訊跳到螢幕中央：「不明資金湧入福科生技，今日漲停板，金管會介入調查。」侯冠年跳到自己的個人頁面，發現總資產一天就多了三萬多塊，陷入了沉思。

他於是放下手機，心不在焉地用竹籤戳著關東煮裡的丸子，並不時望向落地窗外的街道。過了不久，他望見一名年輕女孩急忙地走進便利商店，那女孩四下張望了一會兒，侯冠年向她招了招手，她便走了過來。

那名女孩就是榮叔口中的謝怡婷，儘管走得匆忙，謝怡婷的舉止還是透出高雅的氣質。即使已經交往三年，侯冠年總還是忍不住望著自己的女友目瞪口呆，有時心跳還會不小心漏了一拍。

「抱歉，剛剛那堂課上得有點晚。」謝怡婷先賠不是。

「妳就是太認真了，要是我就蹺課了。」侯冠年終於戳起碗裡的丸子，並把旁邊的咖啡杯推向女孩：「是妳的，熱美式。」

「謝謝，」謝怡婷拿起咖啡輕啜一口：「人還沒到吧？」

「我半個小時前就在這裡盯著了，都還沒看到她出現。」侯冠年說著啃了一口丸子，接著轉頭看向謝怡婷：「我給妳的資料都看了嗎？」

「看是看了，可是你已經不是記者了，這樣真的沒關係嗎？」

「反正我本來也不是，我就是個實習記者。」侯冠年滿不在乎地回答。

「還是老樣子嗎？」謝怡婷問。

「當然，畢竟我們先前的募資黃了嘛！我們需要新的贊助商。」

「他們會不會從我們前一個贊助商打聽到什麼。」

「當然不會，隔行如隔山嘛！」侯冠年眨眨眼。

「你怎麼什麼都是當然？」謝怡婷忍不住翻了個白眼。

「人總需要給自己一點自信的。」

「從『福科生技』真的能找到『第三資金』的線索嗎？」謝怡婷問。

「妳在資料中也有看到，關於解盲洩密，『福科生技』已經不是第一次發生了。」侯冠年回答：「十年前，『福科生技』剛成立時的第一次新藥解盲，就傳出了洩密的醜聞。」

「這我知道，洩密者是福科生技的創辦人兼執行長閻任生。洩密案爆發後，閻任生臥軌自殺，後來整起案件因為找不到確切證據而結案。」謝怡婷接著說下去：「既然找不到確切證據，也有可能沒有洩密吧！」

「是沒有證據指出閻任生如何提前得知解盲結果，不過在閻任生臥軌自殺的現場，找到了一卷小型的電話錄音卡帶。」侯冠年雖然跟先前一樣望著窗外，不過眼神卻有些迷茫：「錄音內容是閻任生和朱三沐的對話，閻任生明確告訴朱三沐解盲結果是失敗的，從結果上看來，朱三沐的確也在解盲前釋出了所有持股，避免了鉅額虧損。」

「這在你給我的資料中沒有提到，你總是這樣，連給我的資料都要留一手。」謝怡婷的語氣中帶著一點埋怨，不過又很快回歸主題：「既然有電話錄音，不就可以證明閻任生的確知道解盲結果嗎？」

「可是這裡有一個很大的問題，那就是閻任生不可能知道解盲結果，如此一來洩密案也就不成立。」

「怎麼不可能？」謝怡婷問。

「法官當時也是和妳一樣的想法，不過傳喚所有關係人之後，他們得出了這個結論。」

「他不是創辦人兼執行長嗎？怎麼就不能提前知道了？」

「因為這就是新藥實驗的目的，為了排除人為干擾，在結果正式出來之前，任何人都不會知道哪個組別是新藥組，就連老闆也不行。」

「如果老闆願意給我加薪的話，我或許會告訴他。」

「可是妳要記住，任何人都不知道，所以就算真的想加薪，也沒有人能把結果告訴老闆，更何況這個加密作業會外包給第三方。」

「怎麼可能會任何人都不知道，那這樣最後要怎麼解盲？」

「雖然任何人都不知道，但是每個人都掌握真相的一小部分。製藥廠那邊知道藥物的數據，臨床組那邊知道病人的反應，至於哪顆藥物對應到哪個病人，只有外包的數據加密商知道，等到解盲的時候再把所有的拼圖湊在一起。」

「這麼說起來，如果要知道解盲的結果，就要買通很多人囉！」

「沒錯，先不說成本算起來是否划得來，如果要這麼興師動眾，要完全保密肯定會相當困難，不會到現在都還查不出來是否真的洩密。」

「這麼說來，要洩密幾乎是不可能囉！」

「這世界上很少有什麼事情是不可能的，只能說洩密非常困難，至少當年檢察官花了很大的力氣還是沒有查到。」

「既然這樣，我們來查『福科生技』又能做什麼？」

「閻任生雖然當年自殺了，不過他留下了一個女兒。那個女兒現在是『福科生技』的研究員，名字叫閻思悅，也就是我們等一下要採訪的對象。」

「你是怎麼把她給約出來的？」謝怡婷這時打開手機，從侯冠年傳給她的檔案中翻找出閻思悅的相片。

「一樣的老招，為了野風社的企業贊助。」

「可是人家是研究員，又不是公關部的，哪會管這種事。」

「我事先搜尋了她的研究項目，把她的研究主題融入到我們的活動裡。」

「她就這樣答應受訪了嗎？她不會有點戒心嗎？」謝怡婷這時又看了一眼手機，不是要看先前的資料，而是剛剛對面的咖啡廳走進了一個長得很像閻思悅的人。

「畢竟我們是學生社團嘛！能有什麼壞心眼呢？」侯冠年眨眨眼。

「剛走進去的那個女人就是閻思悅吧！」謝怡婷再次對了一次手機上的相片，這次非常確定那個人就是閻思悅。

「沒錯，妳觀察力真敏銳。」侯冠年也注意到了那個女人。

「那我們走吧！」

「等等，我其實原本約妳早點來，是還有一件事。」侯冠年拉住即將起身的謝怡婷。

「什麼事？」

「妳能借我錢嗎？」

「什麼？」謝怡婷看了一下手上的咖啡：「你該不會想說這杯咖啡還沒付錢吧？」

「怎麼可能，便利商店都是要先付錢的。」

「那為什麼突然說要借錢？借多少？」謝怡婷說著開始拿出皮包。

「我說的不是皮包裡的錢，不是那種小錢。」侯冠年伸手阻止她繼續動作，接著欲言又止，過很久才又說：「我說的錢，是很多很多錢，不會是皮包能裝得下的那種多，是存在銀行戶頭的，而且越多越好。」

「你為什麼需要這麼多錢？神川集團要你支付賠償金嗎？」

侯冠年搖搖頭：「沒有，至少現在還沒，不過未來可能會。我想跟妳借錢投資『第三資金』，之後如果賺錢了會再還妳，看妳利息要算多少都行。」

「不行，唯獨這個理由不行。」謝怡婷把皮包收了起來：「我們現在都還不知道『第三資金』背後到底是什麼來頭，的確現在是一直賺錢沒錯，但是哪天可能就全部賠掉了。花自己的錢還可以，但是不要借錢來增加風險。」

「我會還妳錢的。」侯冠年央求道。

「這不是還不還的問題，如果我相信『第三資金』，不需要你跟我借，我自己就會去投資，不用你一個人去承擔風險。」

「可是這是我的問題，不是妳的問題，是我自己弄丟了工作。」

謝怡婷搖搖頭：「不，這是我們的問題。我知道你在想什麼，你在想結婚的事，在想成家的事，在想房子的事，所以才會想錢的事。不過既然是結婚，就是我們兩個的事，除非你覺得那個對象不是我。」

「一直都是妳。」侯冠年誠懇地說。

「那就別胡思亂想了，我不可能會讓你獨自去承擔風險。」謝怡婷說著忍不住嘆了口氣：「明明都還沒有被求婚，我自己卻說出這種話，做為一個女人也太失敗了。」

「抱歉。」侯冠年低下頭。

謝怡婷拍了拍自己的臉頰，接著站起身：「不過這也代表我們是成熟的大人了，大人就不應該去逃避問題。那就幹活吧！直接去面對問題的本身，也不要讓我們的採訪對象等太久。」

侯冠年和謝怡婷一齊走進對街的咖啡廳，從資料上看來，閻思悅今年二十七歲，雖然年紀上相去不遠，但是畢竟已經在社會歷練一段時間，整體的氣質還是比侯冠年和謝怡婷成熟許多。就好像是高中生到大學生之間的蛻變一樣，不需要差距太多的歲數，只要差個一年，又或者是就在大學迎新那一晚的洗禮過後，隔天早晨就會變成完全不一樣的人。

「您好，我是飛思傳媒的實習記者侯冠年。」侯冠年很快上前一步伸出手，潛意識裡也想讓自己表現出成熟的樣子，儘管出門前他刻意選了一身大學生的輕鬆打扮。

「我是中部大學野風社的謝怡婷，抱歉讓您久等了。」

「兩位好，我是福科生技的閻思悅。我也才剛到而已，請不用介意，這裡有什麼推薦的嗎？」閻思悅很自然地拿起了菜單。

「其實我也是第一次來。」侯冠年不好意思地回應。

「真的嗎？可是這間店就在你們學校旁邊耶！」閻思悅驚呼道，此刻的她反而散發出一股少女感，對周遭的事物都充滿著好奇。

「這種店就是距離越近，越不會想去吧！」謝怡婷搭話道。

「也是喔，那就點這個吧！剛剛查網路看這個滿有名的。」閻思悅指著菜單說。

「真的嗎？那我們也點一樣的吧！」侯冠年瞥一眼，是肉蛋吐司搭配拿鐵的套餐，菜單上的確註記了那是這家店的招牌。接著他拿起菜單站起身，就準備去櫃檯結帳。

可是閻思悅這時一把抓住他的手：「我這裡年紀最大，還是讓我來吧！」

侯冠年和謝怡婷對視一眼，沒有再推拖，點頭致謝後就讓閻思悅去結帳。侯冠年看了一眼閻思悅離去的背影，感嘆道：「大人的世界就是這麼爽快。」

「不想努力了嗎？這世界也有很多沒那麼爽快的大人。」

「那就努力變成可以爽快的大人吧！」

侯冠年和謝怡婷沒有辦法再繼續多聊，閻思悅就走了回來，一坐下後她便打量著兩人問道：「我剛剛想了一下，兩位該不會是情侶吧！」

「怎麼看出來的？」謝怡婷好奇地問。

「剛剛點餐的時候，你們好像不用特別說什麼，就知道對方在想什麼。」閻思悅打量著兩人，像少女般露出八卦的微笑。

「如果我說我們不是的話，會不會很尷尬？」侯冠年露出惡作劇的笑容。

「不會啊！有什麼好尷尬的？所以不是嗎？」

「我們的確是。」侯冠年承認。

「對嘛！我就說你們看起來像情侶，是因為這樣才一起來嗎？」

「先說正事吧！這次我代表飛思傳媒進行專訪，而謝怡婷……」侯冠年正要說下去，卻被閻思悅打斷。

「我聽說了，怡婷是為了全臺健走進行募資吧！」

謝怡婷聽了點點頭說：「我們這次是會走訪各地的護理之家，對癌症病患進行採訪。」

「這過程中會介紹您在大腸癌免疫治療上的努力。」侯冠年補充道。

「太好了，有什麼我可以幫忙的嗎？」

「大部分的人對於新藥研發都不太了解，想請您為我們介紹一下這個部分。」侯冠年說著拿出了紙筆。

「喔！最近新藥解盲也是很熱門的議題呀！」

「對啊！尤其是『福科生技』，最近也要進行新藥解盲了。也是因為這樣，我們才會注意到新的研究，所以想要把這方面的內容介紹給更多人認識。」侯冠年說著拿出手機：「我可以錄音嗎？我怕我來不及記。」

「沒關係，你方便就好……你們對這方面的了解有多少呢？」

侯冠年打開錄音程式後接著說：「就我所知，這是測試新藥是否有療效的實驗吧！只不過在結果公開之前，沒有人知道誰被分在新藥組，一切要到解盲才揭曉。也就是說，新藥是否有效，在解盲之前沒有人知道。」

「你這麼說起來，新藥解盲就像是一場賭局吧！」閻思悅微笑著看向侯冠年，這句話沒有指責的意思，反而像個老師一樣循循善誘。

侯冠年內心的想法雖然被說中了，不過也不好說出口，只能乾笑幾聲。

閻思悅也沒有為難他，繼續說下去：「其實，一個新藥要成功研發出來，遠遠不是只有解盲這麼簡單。新藥的研發，並不是隨便在實驗室合成一個東西，然後就能拿來做人體實驗的。在研發一個新藥之前，必須先要有一個理論基礎，我們必須對一個疾病的生理機轉有基本的了解，知道什麼成分可能對這樣的疾病有效，才會針對這個目標製作相關的藥物。」

這時謝怡婷提出疑問：「可是不是常常聽人說，很多藥物都是意外發現的。比如說盤尼西林，就是在培養細菌時不小心掉了幾隻黴菌進去，才發現裡面的成分能阻止細菌生長；而威爾剛一開始的目的，不也是治療心血管疾病嗎？」

閻思悅讚許的點點頭：「沒錯，的確有許多人會拿這兩個藥物當例子。不過，在這麼多種藥物中，也就只有這兩個特例，這不就表示，更多的藥物其實並不是在這樣的巧合下誕生的嗎？」

「大部分的藥物並不是這樣的嗎？」謝怡婷問。

「不僅大部分的藥物不是這樣，人們對於盤尼西林的誕生，其實也很多誤解。這其實是因為我們大部分聽到的故事，都簡化了其中的過程，只著重在其中的教育意義。」

「我們聽到的是簡化的版本？」侯冠年有些驚訝。

「這其實不怪說故事的人，因為故事想強調的是科學精神，而不是新藥研發流程。然而新藥的誕生，並不是看到幾隻黴菌就沒事了。」閻思悅點點頭，耐心地解釋：「在很長的一段時間裡，盤尼西林都沒辦法成為實用的藥物。要經過十幾年、好幾個科學家不斷研究改進後，才成了可以用在人體身上的藥物。這也很符合現代新藥研發的時程，一個新藥研發的時間，大約就要十年到十五年不等。」

「那現代的新藥研發又是怎樣的呢？」侯冠年順著問下去。

閻思悅接著說：「就像前面提到的，我們必須先對病生理機轉有所了解，然後透過這樣的機轉提出一個可能的治療標的。接著可以透過實驗室合成，或是拿既有的物質進行純化，接著進行生化、藥理、毒理的研究。」

「然後就進行新藥製作嗎？」謝怡婷問。

「光是藥物本身的特質還不夠，同樣一種藥物，還分成不同的劑型。可以是口服或是針劑，口服還又分成水劑、藥錠、膠囊，而針劑還分成皮下施打和血管注射。我們必須先設計出我們認為最有效的劑型，然後才進行動物實驗。」

「就不能把每一種劑型都拿來做動物實驗嗎？」侯冠年問。

閻思悅搖搖頭：「動物實驗很貴的，實驗室的小白鼠可不像寵物店老鼠，制式化的小白鼠本身就不便宜。然後你還要想到，我們是想要測試藥物在病人身上的療效，這麼說來，我們要的就不是普通的小白鼠，而是一群有病的小白鼠。他們生的是一樣的病，而且除了這個病之外，他們不能再沾染到其他疾病。如果是傳染病倒是簡單，直接丟下致病菌就得了。但是更多是先天性疾病，又或者是非傳染的慢性病，這就要用到基因工程。就算對基因工程沒有概念，光聽這四個字，就知道這種東西絕對不便宜。」

這時三人的餐點都已經送上來了，儘管肉蛋吐司散發出迷人的焦香味，可是已經沒有人有心思先開動了。店員看到三人聊得起勁，也不好意思介紹餐點，放下三組套餐後就離開了。

「那究竟要多少錢呢？」侯冠年嘆了口氣，這比他想像得還要複雜。

「五到十億，就看你有多幸運。」閻思悅平靜地回答。

「這麼貴？」儘管知道事情本來就不簡單，但是這樣的報價還是嚇到侯冠年了：「就算一隻老鼠要十萬塊，這也能買一萬隻老鼠了。」

「你必須想想，你不會合成第一個藥物就成功了。」

「就算是合成一百個藥物才成功，每個藥物都得花五百到一千萬哪！」侯冠年在內心打著算盤。

「別光想到小白鼠，研究人員需不需要錢？實驗室要不要錢？要知道，這些研究人員都是博士，研發到動物實驗至少兩年起跳，年薪算一百萬好了，兩年就兩百萬，編制至少兩個人一組，連同實驗室和其他人員雜支，這都算便宜了。」

「那之後呢？就是人體試驗嗎？」謝怡婷問。

閻思悅喝了一口拿鐵，倒不是因為餓了，反而比較像是要舒緩一下緊湊的節奏：「首先，你要進行人體臨床試驗申請。在上市前，人體試驗分成三期，一期比一期花錢。第一期針對安全性評估，這裡平均花上十億跑不掉；第二期針對有效性和有效劑量，這裡直接翻倍到二十億上下；第三期最狠，針對的是有效性和長期安全性，可以再翻倍到五十億，甚至一百億都有可能。這樣全部算下來，一個新藥從研發到上市，一百億都算是客氣的，倒楣一點的話，兩百億都有可能。」

「可是為什麼人體試驗會這麼貴？」侯冠年問。

閻思悅微微一笑：「小白鼠都要五億十億了，人命還會比這個便宜嗎？而且人體試驗貴的並不是買人，而是過程中的追蹤監測，還有後續的數據分析。因為走出了實驗室，需要的人力物力自然會更多。」

「如果是這樣的話，一家公司沒有個一百億，是沒有辦法研發新藥的吧？如果一家公司不只做一檔新藥，那不是得要更多資金？」侯冠年接著問。

「所以說，看到一家生技公司股價飛漲，人們會覺得那是炒作。只是如果仔細想想一顆新藥背後需要投入的成本，就不會那麼難以理解了。」閻思悅接著話鋒一轉：「不過一家公司是否值得那樣的價值，也不只看新藥是否有效而已。」

「那還得看什麼？」謝怡婷問。

「現在講的新藥研發，都還是在產品概念的階段。一個公司要賺錢，不能只有概念而已，還需要將產品量產，然後放上通路銷售，最後才能獲得報酬。也就是說，新藥解盲並不是結局，而只是開始。」閻思悅語重心長地說。

「不過對很多投資人來說，新藥解盲後就結束了。」侯冠年說著拿起桌上的吐司咬了一口。

「那不是投資人，而是投機客。」閻思悅有些激動地說：「真正的投資，要看公司長遠的發展，而不是單一話題的炒作。一個藥品從解盲到上市，還有很長的路要走。比較近一點的，要看市場原本存在的同質性產品，判斷新藥是否能做出差異性。然後還要看國內外藥證申請的進程，如果只有國內藥證，利潤的空間就很小。要想長遠一點的話，就要看專利期過後，能不能透過新劑型的開發來延長專利。」

「聽起來真的挺複雜的呢！」謝怡婷感嘆道。

「所以說，新藥的研發絕對不是一拍兩瞪眼的賭局。」閻思悅這才稍稍緩和情緒。

「新藥研發不是，不過新藥解盲是。」侯冠年冷不防地說，見閻思悅想要反駁，他趕忙接著說：「我的意思是，只要市場上的投機客沒有轉變觀念，那新藥解盲就是賭局。《破案神探》裡有個故事，一個職業賭徒只需要車窗上的兩滴雨滴，就可以開始一場賭局。我能理解妳對這個行業的熱誠，也相信科學家大多是純真的，不過這就是人性，這或許不是制度的問題，無論如何改變制度，我們都很難去改變人性。」

「的確，不過我不是這個領域的專家，這我也沒有辦法。」閻思悅話鋒一轉問道：「對了，你們今天不是為了公益環島的事情而來的嗎？」

「沒錯，關於這次的公益環島……」侯冠年一下忽然有點慌亂。

「公益環島只是一個行動，這個行動的核心還是推廣臺灣的生技發展。」謝怡婷趕忙接話：「這次福科生技的新藥解盲，是針對大腸癌治療的免疫療法，聽說是十年前新藥解盲的延續？」

閻思悅雖然挑了一下眉，不過終究還是沒發現異樣：「沒錯，那是我父親的研究。那時候雖然新藥解盲失敗了，不過留下很重要的研究參數。在重新調整過後，我們對這次的解盲結果相當有信心。」

「兩次研究相隔了十年嗎？」侯冠年接續問道。

閻思悅點頭微笑道：「別忘了，我剛剛說過，一個新藥研發花費的時間需要十到十五年。這樣看來，十年已經算很短了。」

「失敗一次就要重新開始嗎？」謝怡婷問。

「最前端藥物設計的部分可以省略很多步驟，不過後續的動物試驗和人體試驗都沒有辦法省。另外，我父親以前就一直跟我們說，許多病人把我們的新藥視為最後的希望，所以如果要把這些藥用在人體上，就必須謹慎再謹慎。」

「可是現在技術進展很快，十年前免疫治療還是相當前衛的療法，現在已經有許多新藥正在商業量產。間隔這麼久，不怕被同業超車嗎？」侯冠年問。

「那不是很好嗎？」閻思悅理所當然地反問。

「什麼？」侯冠年一下子愣住了，以為自己剛剛聽錯了。他望著閻思悅，發現對方是認真的，沒有帶著一點反諷或是玩笑的成分。

閻思悅繼續說：「如果其他同業能比我們快找到更有效的療法，對於病患來說不是一件好事嗎？如果福科生技因為技術落後而面臨倒閉，那也是我們能力不足，對整個產業來說是好事。但是不能因為這樣，就把病人當成白老鼠。」

「這也是你父親說的話嗎？」謝怡婷問。

「沒錯。」閻思悅堅定地回答，就像是某種信仰。

侯冠年望著閻思悅，她的表情是真誠的，並不是為了營造公關形象所編造出來的。不過他還不是很確定，畢竟他也不總是能看穿別人的謊：「那你們呢？不就沒工作了嗎？」

閻思悅笑著搖搖頭：「怎麼可能？我可是常春藤名校畢業的，對自己還是有基本的自信。福科生技的創始成員，就是我爸拉著一群大學教授和醫生出來創業，大不了就是大家再回去教書和看診而已。」

侯冠年一下被這樣的話語給震懾住了，過了許久才想到要繼續問下一個問題：「關於新藥研發，我還有一些問題想要詢問，請問您知道第三資金嗎？」

「第三資金？」閻思悅被這突如其來的提問給問懵了。

「那是普路托斯指南的一個投資帳號，而普路托斯指南是一款股市交易的應用程式。」看閻思悅還是不懂，侯冠年便繼續說：「這麼說有點饒口，簡單來說，第三資金這次把所有資金都押在福科生技的股票上。」

閻思悅這才終於明白地點點頭，接著說：「他們賭新藥解盲成功嗎？雖然有點瘋狂，不過這世上總會有這種瘋狂的人吧！」

看閻思悅稍微進入狀況了，侯冠年於是繼續說下去：「可是問題就在於，他們並不只是單一個體。普路托斯指南有一個特別的『跟單』功能，只要選擇你所信任的投資人，軟體就會自動幫你複製對方的所有交易。而第三資金過去的績效都十分不錯，所以也累積了一萬多名死忠的跟單用戶，總資產超過十億。第三資金全押福科生技所代表的意義，就是這十億元一瞬間注入了福科生技。」

「就我所知，福科生技的總資本額才一百億。」閻思悅伸出一根手指。

侯冠年贊同地點頭：「沒錯，這就相當於百分之十的股份。也就是說，第三資金帶領他的追隨者一口氣買入了百分之十的股份，這自然就造成股價的飆漲。現在已經不是一百億了，而是一百二十億。」

「聽起來就像是在炒作。」閻思悅的表情有些嫌惡。

「沒錯，聽起來的確就像這樣。」侯冠年附和道。

「不過就像我先前說的，這方面我並不是專家。」閻思悅拿起咖啡杯喝了很大一口，不是啜飲，而是如同運動後補充水分一樣咕嚕咕嚕地喝著。看起來很想結束這個話題，也想結束這次的會面。

侯冠年看這樣的情況，趕忙又說：「聽說連黑幫也都把資金投進去了，如果是炒作，這會有很大的問題。」

「這種事情，不應該來問我吧！」閻思悅放下咖啡杯正色道。

侯冠年沒有停止，反倒堅定地問：「不，我只想要就妳的專業，請教一個很重要的問題：在新藥解盲公開結果前，到底有沒有可能提前知道答案？」

「你是查到了我爸爸了吧！」閻思悅一改先前的態度，冷冷地盯著侯冠年。

「不，我只是想詢問你的專業意見。」侯冠年執著地說。

儘管飲料還剩大半，吐司也完全沒動過，閻思悅還是站起身：「這場訪談的目的，根本就不是為了公益健走吧！我想你們兩個的學生身分也是假的吧！從頭到尾，你只是因為我爸爸的事情，才會設計這個別有用心的訪談。」

侯冠年也跟著起身，並慌忙翻找皮包：「不，我們真的是中部大學的學生，我們可以給妳看學生證。」

「不需要，就算假的我也分辨不出來，我不想要再繼續了。」還等不及侯冠年反應，闍思悅就拿起座椅上的手提包，大步離開咖啡廳，留下錯愕的兩人，以及幾乎未動過的三份餐點。

「你剛剛太急躁了。」謝怡婷埋怨道。

「如果我們慢慢來，妳覺得我們會得到答案嗎？」侯冠年苦笑，拿起桌上的吐司，邊嚼著邊沉思。

「應該不會，不過至少有機會。」謝怡婷也拿起咖啡喝一口。

侯冠年望著對面空蕩蕩的座位，琢磨了許久，突然眼睛閃過一道光：「不對，我覺得我這樣做機會反而更大一些。」

「人都走了，還談什麼機會？」謝怡婷挑了挑眉。

侯冠年接著解釋：「這並不是結局，而只是開始。我們成功挑動她的情緒了，如果她真的隱瞞了什麼，接下來說不定會有所行動。」

「你的意思是……」

「接下來我們得一直盯著她。」

「這麼做也太混蛋了。」謝怡婷忍不住說。

「在這個時代，只有混蛋和偏執狂才能生存。」

「我懂，我懂。」謝怡婷攤了攤手：「對了，你剛剛說黑幫也投入福科生技了，是真的嗎？」

侯冠年點點頭：「一個普路托斯指南的內部人員跟我說的，福東會巽堂投入了大量資金跟單第三資金，第三資金說不定跟福東會也有點關係。如果閻思悅這邊得不到線索，我打算就直接闖入福東會的大本營旅館街了。」

「千萬不要，這不是混蛋，而是笨蛋了。」謝怡婷無奈地搖搖頭：「對了，幾天後新藥解盲？」

「三天，希望在那之前能找到答案。」

侯冠年打開普路托斯指南的介面，因應福科生技的新藥解盲，應用程式也換了入口頁面。現在只要打開應用程式，首先映入眼簾的是一個倒數計時器，上面寫著幾個大字：距離福科生技解盲記者會，兩小時十二分鐘三十五秒。

三十四秒、三十三秒、三十二秒……

侯冠年每次總會忍不住跟著秒數倒數，然後不知不覺就耗掉了十幾分鐘。這讓他想起日本那些盯著柏青哥的賭徒，此刻的他肯定也是瞳孔放大雙眼圓睜，並不時大口喘氣著。想到這裡，侯冠年就忍不住厭惡自己的樣子，他努力把視線從手機螢幕上移開。此刻他坐在飛思傳媒的公務車上，抬頭看向頭頂的後照鏡，鏡中的自己已經不是那樣著魔的表情。可是看看身旁的謝怡婷，從她臉上的表情可以看出來，剛剛侯冠年的面孔是有多麼令人嫌惡。

「妳沒有必要跟我來這裡的。」侯冠年盯著後照鏡裡的謝怡婷說。

「我總不能看著你去送死，而且你好大的膽子，居然開新聞臺的車子。」此刻他們兩人所在的位置是旅館街，不需要打聽過這地方的名號，光是看路邊行人的氛圍，就可以猜到來這個地方的都不是善類，也不會是什麼正經場所。

「沒關係，從外面看不出來這是新聞臺的車，而且我需要這臺車的設備。」侯冠年指著車上的行車紀錄器，紀錄器連結到一塊平板，平板上看起來就像普通的行車紀錄畫面。但是每當有車從前方經過，平板就會自動進行車牌辨識，辨識系統連結到一個狗仔隊共享的資料庫，只要車牌有被狗仔登錄過是哪位名人的車子，就會顯示出來。

「這裡是旅館街，旅館街嚴禁條子與狗。」謝怡婷嫌惡地看著平板說。

「我不是條子，也不是狗。」侯冠年不服氣地說。

「那個狗不是真的狗，指的是狗仔隊。」謝怡婷望向車窗外，正好有一名身穿黑衣的壯漢摟著女伴走過，謝怡婷下意識地別過視線。儘管從窗外應該是看不清車裡的情況，謝怡婷還是覺得渾身不自在。

「我也不是狗仔隊，我甚至都不是記者了。」

「你開著新聞臺的車，用著狗仔隊的資料庫，還說自己不是狗仔？」謝怡婷的眼神顯得失望至極，刻意別過了視線，不想去看那塊不斷在辨識車牌的平板。

「別這樣狗來狗去的罵人，我也是出於無奈才來這裡。」

「再怎麼走投無路，也沒有必要停在雲雨館前面吧！」謝怡婷手指向擋風玻璃前方，前方不遠處是一座異常氣派的建築，儘管這一整條街都是浮誇的旅館建築群，不過雲雨館在其中也是顯得異常醒目，一眼就能認出。

「雲雨館是福東會高層的主要據點，當然要從這裡下手才行。」

「只有最找死的狗仔才敢停在這種地方。」

「絕處逢生嘛！」侯冠年還是一副滿不在乎的樣子。

「閻思悅那邊呢？你跟蹤閻思悅這幾天有什麼結果？」謝怡婷換了個話題。

「這件事根本就不可能有結果。」侯冠年哀怨地說。

「怎麼說？」

「閻思悅的生活也太枯燥了，每天除了上下班之外，根本沒有去其他地方。」侯冠年嘀咕道，可是目光仍舊離不開前方。

「她說不定在社群網站上很活躍，現代人都這樣。」

「沒有，我看過了，她近五年的貼文都是抽獎文。」

「你又不是她的好友，當然只能看到抽獎文。」

「不對，我用假帳號加她了，真的就只有抽獎文。」

「你用什麼身份加的？」

「福科生技實習生。」侯冠年說著又拿出了手機，打開社群軟體的介面。

「她的抽獎文都是抽些什麼？」謝怡婷湊上前去看。

「五花八門，食衣住行都有。」侯冠年點開了閻思悅的個人頁面往下滑，真的全部都是抽獎的分享貼文，侯冠年又喃喃道：「研究員這麼缺錢嗎？」

「倒也不是缺錢，抽獎得來的東西，和自己買來畢竟是不一樣。」

「看來妳很懂這些。」侯冠年沒好氣地回應。

謝怡婷搖頭嘆了口氣：「是你不懂現代人的樂趣，除了網路，還可以打電話。現在科技這麼發達，誰還會大老遠地去找一個人？你一開始的想法就不切實際。」

「所以我今天就來做點實際的。」侯冠年指了指前方的旅館街。

「你覺得來旅館街比較實際嗎？」謝怡婷不以為然地問。

侯冠年有些煩躁地撓了撓後腦：「這是我最後一招了，如果不來這裡的話，我也只能躺在家裡睡覺。今天下午福科生技就要舉行記者會公布解盲結果，如果要戳穿他們的陰謀，這是最後的機會了。」

謝怡婷指了指平板上的時間：「今天是禮拜天，股市交易已經暫停了，就算揭發陰謀也不能做什麼了。就算你突然發現他們打算做空福科生技，也都已經來不及了。」

「至少能讓我搶到一個獨家新聞。」侯冠年倔強地回應。

謝怡婷又看了口氣：「那你期待我們能在這裡看到什麼？能看到福科生技的董事長過來雲雨館坐坐嗎？」

「我當然沒有這麼高的期待，但是我已經沒招了。這時候我能做的，就是到一個最有問題的地方，靜靜等著新聞自己送上門。而且如果沒等到我想要的，拍到政商名流在這裡出入，我也可以賺一筆外快。」侯冠年說著聳了聳肩。

「說到底還是狗仔隊的思維。」謝怡婷明顯不高興的樣子。

「妳就別虧我了，我現在已經走投無路了。不過至少搭上第三資金這趟順風車，不管怎麼樣，至少都能賺一筆……」

「等等，那是什麼？」謝怡婷忽然手指向平板。

侯冠年一看，前方是一臺全黑的日系小客車，上面的車牌辨識顯示著「飛思傳媒」。此刻這臺車正停在前方雲雨館的大門前，侯冠年也狐疑道：「這不是我們公司的公務車嗎？」

「對呀！為什麼會在這裡？」謝怡婷問。

「跟我們一樣，是來挖新聞的吧！」侯冠年把臉湊近平板。

「可是裡面的人走進雲雨館了，應該沒有狗仔膽子那麼大。」謝怡婷指著平板說，但是那個人下車的畫面只有一瞬間，看不清究竟是誰。

「或許是那個人比較不怕死。」侯冠年看著那個人影，腦中閃過一個念頭。

「是你認識的人嗎？」

「我也不全都認識。」侯冠年雖然這麼說，但是心裡隱約有個答案。他取下了平板，將畫面往回倒轉，接著停在了乘客下車的瞬間。雖然乘客的面孔仍舊不十分清楚，不過侯冠年注意到那名男子左手拄了一根拐杖：「榮叔。」

「是你跟我說過的那個榮叔嗎？」謝怡婷有些驚訝。

「如果這樣就不奇怪了，畢竟他在黑白兩道都吃得很開。」侯冠年將定格畫面放大，漸漸看清了那人的面孔，的確是榮叔沒錯。

「如果是這樣的話，那找他幫忙不是更容易些嗎？」

「別傻了，榮叔的收費很高的。」侯冠年雖然嘴上這麼說，表情卻顯得若有所思，望著平板上的榮叔出神。

「可是既然都來了，問一問又能怎樣，真的要收錢再說。」

「那也得等他先出來才行。」侯冠年望著雲雨館的大門，陷入沉思。

第三章　狗仔隊

兩人就這樣等了將近兩個小時，榮叔才終於走出雲雨館的大門，身旁還站著兩名黑衣人。這次侯冠年更加確定了，那真的就是榮叔。榮叔就在大門前站著等一會兒，沒有等到先前的那部座車前來接送，侯冠年決定駛向前。

「大師，這麼巧。」侯冠年搖下車窗打招呼。

榮叔沒有直接回應侯冠年，反而對身旁的兩名黑衣人打招呼：「我的車來了，我先走了。」在侯冠年還要說什麼之前，搶先拉開後座的車門，上車後壓低聲音說：「傻孩子，如果還想要活命的話，就趕快離開旅館街。」

侯冠年聽了也禁不住緊張起來，趕忙搖起車窗，踩下了油門。在駛離一段距離後，侯冠年透過後照鏡看向雲雨館，那兩名黑衣人還在大門守著，並向他們的車子行注目禮，因為墨鏡的遮掩，很難分辨是善是惡。

一直到終於駛離旅館街，侯冠年才終於開口問：「怎麼了？」

榮叔用拐杖戳了戳汽車前座的平板：「你以為全世界只有狗仔有這套系統嗎？你不覺得這種東西對黑社會來說也很方便嗎？」

「你是說我們曝光了？可是我們已經在這裡很久了。」

榮叔用拐杖戳著侯冠年的座椅後背，氣急敗壞地說著：「那是因為你的智商把他們弄迷糊了，他們搞不明白哪個笨蛋會想把新聞臺的車直接開進來，所以才遲遲沒有下手。」

「可是大師你不也是坐著公司的車進來嗎？」侯冠年無辜地問。

榮叔的枴杖直接往侯冠年的後腦招呼過去：「那不一樣，我有事先打過招呼。你也真好運，要不是我今天也坐公司的車進來，他們可能早下手了。因為我們坐了同一家公司的車子，所以他們覺得我們可能是同伴，所以才沒來為難你。」

「那我今天得感謝大師囉！」侯冠年嘻皮笑臉地回應。

「當然，你剩下的命都是我撿回來的。」

「那大師今天怎麼會來旅館街？」侯冠年接著問。

「哇！人情都沒還，就要來我這裡挖情報啦！」

「說不定有什麼我可以幫上忙的嘛！」侯冠年依舊輕浮地對應著。

「是要我幫你忙吧！我們今天會來這裡的目的都一樣。」榮叔倒是不吃侯冠年那套，他眼神凌厲地透過後照鏡盯向侯冠年，像在審訊著他一樣。

「福科生技的解盲嗎？福東會果然也有買進吧！」侯冠年只好攤牌。

「這種事情你還不如問問你姊夫吧！」可是榮叔也沒有因此而鬆口，只答了一句便沒有再說下去。

「我姊夫怎麼比得上您呢？您可是黑白兩道通吃呀！」侯冠年又奉承道。

可是榮叔還是不留情面，搖了搖頭說：「不，你姊夫不還有一個警察局長的哥哥吧！我有時候消息來源也得靠他。」

「那也只是白道而已，黑道還是得靠您啊！」侯冠年又殷勤地說。

「你是在裝傻嗎？五億探長聽過吧！孟夏辰可是有名的黑警。」榮叔又嚴厲地透過後照鏡瞪了侯冠年一眼，後者閃躲了他的眼神。

「孟副總的哥哥是黑警嗎？」謝怡婷倒是有點驚訝。

榮叔這時才終於對謝怡婷起了興趣，露出作弄般的微笑：「小妹妹，這世界並沒有妳想像得那麼美好，妳的男朋友也是。」

「大師不是催我結婚嗎？怎麼反而幫倒忙了？」侯冠年笑著說。

「婚姻是需要有覺悟的。」榮叔一臉嚴肅地回答。

「大師也結過婚嗎？」侯冠年好奇道。

「我的覺悟用在別的地方了。」榮叔嘆了口氣。

「用在什麼……」侯冠年還想要說下去，儀錶板的手機卻傳來鈴聲。

「你的手機響了？」榮叔問。

「不是，那是直播的提醒。」侯冠年說著，但是手還是放在方向盤上，沒有打算要打開手機的意思。

「什麼直播？」榮叔倒是很好奇。

「福科生技的新藥解盲。」侯冠年回答，抬著下巴示意了前方的路況：「前面就要到公司了，等等上公司再看吧！」

「這個挺有趣的，不如我們就停在路邊先看吧！」榮叔異常熱情地說。

侯冠年於是找了公司對面的公園停下，打開了手機點進直播。一進入直播畫面，就可以感受到明顯的不對勁。直播已經開始了，儘管並沒有開始很久，可是發言人都已經就位，看著畫面上人物的表情，總覺得某些事情已經成為定局。不需要聽他們確切說了什麼，侯冠年就可以大致猜到結果，而就在這個直覺的瞬間，侯冠年陷入了一陣恍惚，好像真的什麼都聽不見了。

「解盲失敗了嗎？」謝怡婷的話終於把侯冠年拉回現實。

「是嗎？」然而侯冠年還是覺得有些迷茫：「我有點聽不懂。」

「沒有很難懂，解盲就是失敗了。」榮叔潑了個冷水。

「為什麼失敗？」侯冠年像失了魂似地問。

「就是新藥組的療效沒有優於對照組，所以結果是失敗的。」榮叔給了一段比較長的解釋，不過還是顯得不近人情。見侯冠年沒什麼反應，榮叔拍了拍他的肩膀，侯冠年堅強地搖搖頭：「我沒事。」

「你是沒事，可是我有事。」榮叔指了指自己的手錶：「我等等還有事，沒有時間陪你在這裡玩，我要先下車了。」

「你要下車了？」侯冠年有些落寞地問。

「對呀！不然留在這裡看你哭嗎？」

「我不會哭的。」

「好好哭一哭吧！今天不哭的話，明天股票開市也有得哭了。」

「大師，你好像沒有很驚訝。」侯冠年喊住正要下車的榮叔。

「我有對什麼事情驚訝過嗎？」榮叔冷笑道。

「可是這次很不一樣，你是不是早就知道了？」侯冠年堅持道。

榮叔憐憫地看著侯冠年，嘆了口氣：「賭徒就是像你這個樣子，每次都覺得不一樣，可是每次下場都一樣。不過你有件事的確說對了，我事前的確接到解盲可能失敗的消息，我也是因為這個原因來旅館街。」

「可是今天股市休市，就算突然接到解盲失敗的消息，也來不及賣出了吧！」

「雖然股市休市，但是並沒有禁止私下的股權轉讓。」

「福東會把股票賣出了嗎？」侯冠年有些驚訝。

「他們來不及賣，更正確的說法是，找不到一個好價錢賣掉。」

「所以福東會也損失慘重。」侯冠年沉思道。

「我警告過他們了，這有可能是內線殺內線，可是他們不肯放手。」

「大師你怎麼就不先跟我說?」侯冠年有些埋怨道。

「如果我說了,你會信嗎?」榮叔只短短回了一句。

侯冠年沉默了。儘管他相信榮叔的情報蒐集能力,不過他真的有可能因為這樣就收手嗎?這是千載難逢的賺錢機會,而且第三資金一買入福科生技,股價立刻漲停,即使這只是因為供需法則的結果,還是有讓人難以抗拒的吸引力。

榮叔看透了他的想法,搖了搖頭說:「算了吧!就當買個教訓,你的人生還有好幾個三十萬可以賠。」

榮叔說完就下了車,留下一臉失魂落魄的侯冠年。侯冠年看著手機,盯著黑畫面思索了很久,又呢喃了一句:「怎麼可能?」

「別愁眉苦臉的,天又還沒塌下來。」謝怡婷安慰道。

侯冠年像被打開了某種開關,歇斯底里地講了一長串話:「天是沒塌,可我是屋漏偏逢連夜雨。首先,我的工作已經黃了,這是和解盲無關,不過房屋漏水了,就禁不起下雨;再來,這個解盲沒有通過,代表沒有內線交易,我沒有題材做獨家報導,也就沒辦法翻身;最後,我把所有錢都投到第三資金上面,第三資金把所有錢都投到福科生技上,福科生技在解盲失敗後就跌停了,我也就跟著被套牢了。」

「聽起來挺慘的。」謝怡婷被一連串話語轟炸過後只能這麼說。

「不是挺慘的,是真的很慘。」侯冠年把頭埋向方向盤。

謝怡婷轉身面向侯冠年，誠懇地為他想辦法：「先從第一件事開始說起吧！你的工作真的完蛋了嗎？姊夫罩不住你了？」

「姊夫那之後就沒再跟我聯絡了，我也沒想指望他。」侯冠年頭也不抬地說。

「那內線交易的部分呢？」

「解盲結果是失敗的，沒有人從中獲得利益，那代表內線交易案不成立。」侯冠年的頭還是埋在方向盤上，沒有想要起來的意思。

「這件事我倒是挺樂觀。」謝怡婷冷不防地回應。

「妳是可以樂觀，可是我的工作沒了。」侯冠年沒被這句話激勵到，只是稍稍轉過頭看向謝怡婷，露出哀怨的表情。

「我的意思是，解盲結果失敗，不代表內線交易不成立。」

「什麼意思？難不成第三資金明知道解盲失敗，還故意大量買進嗎？」侯冠年又把頭轉回去，整張臉趴在方向盤上：「我知道妳想安慰我，但是這根本就不合常理。」

「我的意思是，當你知道解盲成功的內線消息時，你會怎麼做？」

「當然是大量買進啊！可是如果是解盲……」

「那你會昭告天下嗎？」謝怡婷打斷他的話。

「不會，當然是自己默默買。」侯冠年乖順地回答。

「可是你看現在第三資金做了什麼？」謝怡婷又問。

侯冠年這才把頭抬起來：「這不算昭告天下吧！第三資金一直都是這麼運作的，依靠事先取得的獨家消息來決定資金的投入。要說這麼做有什麼好處的話，那就要講到普路托的跟單機制，被跟單的帳戶能每年抽取百分之三的傭金。」

謝怡婷繼續推理：「不過這些用戶是他們長年累積下來的，就算放掉這條內線不公開操作，他們還是能領到這百分之三的傭金。他們完全可以私下處理這條內線，如果解盲成功，只要一次漲停板，就能現賺百分之十，三天漲停就是百分之三十，已經是傭金的十倍了。相反地，如果公開操作，跟單用戶也未必會增加多少，還可能會引來司法調查，斷送自己的投資生涯。」

「可是他們過去都是這樣操作的啊！」侯冠年反駁道。

謝怡婷搖搖頭：「還是有一點不同，過去只是企業醜聞，因為企業醜聞而決定賣空一支股票，又或者是買進對手公司，本身不太會有什麼法律問題。可是這次涉及新藥解盲洩密，就會有很大的問題。」

侯冠年仍舊不認可這樣的說法：「可是反過來說，明知道解盲失敗還大量買進，他們能獲得什麼？雖然解盲成功不一定能增加多少跟單用戶，但是這次解盲失敗，已經有大半用戶決定不再跟單第三資金了。」

「還是那個問題，傭金的比率太少了。」謝怡婷又搖頭。

「什麼意思？」侯冠年問。

「如果有個人提前知道解盲失敗，可是手中有大量股票，他會怎麼做？」
「提前賣出吧！」
「可是他手上股票的量太大，根據市場原理，當供給遠遠大過於需求時，價格就會快速崩盤，賣方就會承受嚴重損失，那要怎麼辦？」
「你的意思是，第三資金是在創造需求？」這時侯冠年才稍微有點明白。
「沒錯，這就是可能的原因之一。」
「可是經過這件事，第三資金會損失大筆傭金啊！」
「所以我才說，傭金的比率太少了。」謝怡婷又重複了這句話。
「傭金的損失小於崩盤的損失嗎？」
謝怡婷點頭認可道：「就像剛才說的，不只是一次漲停板是百分之十，一次跌停板也是百分之十，三次就百分之三十了，是傭金的十倍。第三資金手上持有的股票價值只要超過跟單總額的十分之一，那買賣就成立了。」
「所以妳在暗示，第三資金本來就是福科生技的股東？」侯冠年有些驚訝。
「沒錯，這樣閻思悅就更可疑了，畢竟福科生技是她爸爸創立的。」
「太好了，我們現在就出發去找她。」侯冠年說著再次發動引擎。
福科生技的大樓比想像中還要樸實一點，本以為這種尖端科技的大樓會有很前衛的設計，不過從外觀看來就是普通商業大樓而已。大樓呈現ㄇ字型的結構，圍繞其中的中庭有座典雅的噴水池，此刻大樓前的中庭聚集著一些紛擾的群眾。

「他們在外面吵些什麼？」謝怡婷望著那些群眾，那群人有男有女、有老有少，看不出是哪種特定的群體。不過一致的是每個人都滿面愁容，還有幾個人對著警衛和過路的人咆哮，周圍也可以看到警察和記者逐漸聚集。

「那些都是這次賠錢的股民。」侯冠年拿起手機，螢幕上正是關於這夥群眾的新聞：「這麼快就已經有新聞了，這年頭記者越來越難做了。」

「這些股民來這裡幹麼？」謝怡婷問。

「跟我一樣，都是來找閻思悅算帳的。」

「可是，解盲的消息不是才剛公布嗎？為什麼這群人這麼快就集結起來？」謝怡婷再次望著這群人，儘管沒有抗議標語或擴音器，這群人卻很明顯有著一致的行動目的。

「今天是福科生技的記者會，這群人本來是來聽好消息的。」侯冠年邊滑著剛剛的新聞快訊邊說著：「這裡的記者也是，記者會才剛結束，沒想到又有大新聞。我錯了，現在記者不是越來越難做，只是這群記者太幸運。」

「可是看這個陣勢，我們要進去找閻思悅應該很困難吧！」

「別忘了，我可是個記者。」侯冠年得意地說。

「在這種情況下，記者更難混進去吧！」謝怡婷指向福科生技主建築的大門，那裡現在有兩名警衛把關著。面對暗潮洶湧的人群，他們的表情顯現出堅守崗位的決心，並對一些激進民眾的辱罵不為所動。

「別擔心，除了記者之外，我們還是單純的學生呢！」侯冠年調皮地眨眨眼，便拿著手機下車。

「等等，我們要不要先想一想。」謝怡婷來不及阻止，侯冠年已經頭也不回地走向福科生技。謝怡婷知道勸不住他，便嘆了口氣，也跟了上去。於是他們倆人有些困難地閃過擁擠的人群，一直到大門口兩名警衛面前。

「現在這裡不開放訪客。」警衛見了兩人便沒好氣地說。

侯冠年卻沒打退堂鼓，反而一臉狀況外的樣子：「不好意思，我是中部大學的學生，是在這裡實習的。」

「有證件嗎？」警衛態度稍稍軟化了一點，不過還是公事公辦。

「我的證件昨天忘了帶出來了，可是我有學生證。」侯冠年說著掏出了學生證，那是貨真價實的學生證。不過顯然兩位警衛都沒見過這種東西，面面相覷好一會兒，才由其中一人代表繼續問話。

「你是哪個單位的？」

「大腸癌免疫治療中心。」侯冠年想都沒想就回答。

「那不是閻思悅的單位嗎？」問話的那名警衛小聲嘀咕，跟另一名同事對了一下眼色後才又繼續：「我幫你打電話上去，你叫什麼名字？」

「何厝三，實習編號三十九。」侯冠年仍然沒有一點遲疑地回應。

「何厝三？」警衛顯然又被這個奇怪的名字搞迷糊了。

「何厝街的何厝，一二三的三。」侯冠年還是一臉理所當然。

「何厝街的何厝？」警衛又問了一次。

「沒錯，實習編號三十九。」侯冠年又重複一次。

警衛還是半信半疑的樣子，不過還是拿起了桌上的電話：「喂，這裡警衛室，你們這邊有一個叫何厝三的實習生嗎？何厝街的何厝，一二三的三。」

「實習編號三十九。」侯冠年又重複一次。

警衛沒有搭理他，聽了電話那頭的回答後說：「他們說沒有。」

「實習編號三十九。」侯冠年堅定地又覆述一遍。

「不需要實習編號，他們沒有這個人。」警衛的耐心看來也快到了極限。

侯冠年搖搖頭，一副不肯善罷干休的樣子：「你請他們轉告閻思悅，有個跟她的實習生叫何厝三，實習編號三十九。」

「真麻煩，他們說沒有了。」警衛對他擺了擺手。

「轉告一句話不會有損失的，如果你們真的搞錯了怎麼辦？」侯冠年死臉賴皮的就是不肯走。

警衛實在拗不過他，只好又湊近聽筒說：「幫我轉告閣思悅，那個實習生是跟她的，實習編號三十九。」這次電話那頭沉默了比較久，就在以為要沒結果時，警衛露出驚訝的表情：「他們說，你可以上去了。」

兩人很快的通過警衛進入大門，一直到遠離一段距離之後，謝怡婷才小聲問：「你是怎麼做到的？那個怪名就又是怎麼來的，聽起來就像是路名。」

「那就是路名，何厝街三巷三十九號。」

「那是什麼地方？」謝怡婷問。

「閣思悅的老家。」

「所以，她就這樣讓你上去嗎？」謝怡婷還是覺得不可置信。

「這是一個提示，如果她不讓我上去，我就會去她的老家。」侯冠年說完，謝怡婷有些驚訝地望著他。那個表情感覺有些陌生，彷彿在眼前是她從未認識的人，而侯冠年也沒有多做回應。

謝怡婷一時也不知道該說些什麼，只能接著問：「那上去之後要幹麼？」

「見機行事，最好能把她帶走。」侯冠年說著按下了電梯，然後好一陣子兩人都沒有交流，就是默默等著電梯開門。侯冠年在等待的過程研究好旁邊的樓層配置圖，進了電梯很快就按了七樓。

「你要怎麼把閻思悅帶走？」謝怡婷先打破了沉默。

「邊走邊看。」侯冠年一臉不想多談的樣子，謝怡婷便也沒有再問下去。電梯很快來到了七樓，侯冠年朝著大腸癌免疫治療中心指標走去，這裡和外頭有著明顯得落差，大部分人還是平靜地做著原本的事，只有些人好奇地朝窗外看。

「我找閻思悅。」侯冠年進到大腸癌免疫治療中心後，便向櫃檯的人員詢問了一下。那人和樓下的警衛不同，並沒有做多想，很快指了閻思悅所在的辦公位置，甚至沒有問兩人的目的，就讓他們自己找去。

侯冠年順著櫃檯人員的指向，很快見到了熟悉的身影。閻思悅雖然面對著電腦眉頭深鎖，不過很難看出是在認真工作還是在煩惱外面的事，其他職員也沒有對兩位不速之客有太大的興趣。

「好久不見。」侯冠年走到閻思悅身邊輕聲說。

「你怎麼進來的？」閻思悅有些驚訝地抬起頭。

「何厝三，實習編號三十九。」侯冠年重複了剛剛對樓下警衛說的話。

「我本來想說可能是惡作劇，沒想到會是你。」閻思悅四處張望了一下。

「先別聲張，我可能有你想要的東西。」侯冠年識破了她的意圖。

「你真的是學生嗎？」閻思悅嘆了口氣。

「貨真價實的學生，如果妳想看的話，我還是有帶學生證。」侯冠年說著又要去翻皮包，被閻思悅制止。

「我覺得不用，偽造的我也看不懂。」

「那我們務實一點吧！我需要妳，妳也需要我。」

「我需要你這樣的人離我遠一點。」閻思悅一臉嫌惡地說。

「可笑的是，我正是有辦法讓妳遠離其他像我這樣的人。」

「什麼意思？」閻思悅問。

「妳可能還不太清楚外面的狀況，如果怕從窗戶看太招搖的話，妳可以看一下新聞。我盡責的同行正在現場轉播，也是妳最討厭的那群人。」

「我知道今天解盲引起一些風波，不過也不是針對我的。」

「這就是我叫妳上網查的原因，有一些人已經查到妳了，而且也推測妳就在這座大樓裡。我相信妳的相片現在已經存在每一位記者的手機裡，只要妳從這裡出去就會引起騷動。」侯冠年一臉不容置疑地說。

閻思悅拿起手機查了一下，發現真的如侯冠年所說的那樣，可是她還是倔強地說：「那我可以不要出去，反正我很常在實驗室過夜。」

「妳不出去也不會比較安全，我一個實習記者都能闖進來了，那些專業狗仔過一段時間也會一個一個摸進來。晚上這裡安全漏洞更多，我不覺得妳有辦法睡得安穩。」

閻思悅又看了一下手機上面的新聞，似乎很為難的樣子，過了許久才又抬起頭：

「你說你可以幫我，我憑什麼相信你？」

「我需要一個獨家，而獲得獨家最簡單的方法，就是讓妳遠離其他記者。」

「你果然還是記者。」閻思悅嫌惡地說。

「現在不是了。」侯冠年有些感慨道。

「我不懂你在玩什麼遊戲。」

「說來話長，妳是開車來的嗎？」

「我都沒想到這點，我可以直接去地下室開車離開呀！」閻思悅恍然大悟。

「別傻了，有點常識的狗仔都會在停車場蹲點的，妳一進地下室就會被發現的。而且狗仔都有車牌辨識系統，妳的車牌號碼恐怕早就被登錄了。」

「那你問我開車幹麼？」閻思悅抱怨道。

「車鑰匙給我。」侯冠年伸出手。

「為什麼？」閻思悅本能地抗拒。

「我等一下開妳的車走。」

「喔，你想用我的車引開注意。」閻思悅再次露出恍然大悟的表情。

「這樣做還不夠，如果狗仔在停車場蹲點的話，很快就會識破。」

「那要怎麼辦嘛？」三番兩次都被否決，閻思悅顯得有些氣惱。

侯冠年倒是顯得心平氣和：「照我說的話做就好了，妳和怡婷一起行動，現在先上網叫一臺車到側門。然後等一下先不要直接去側門，就一直繞著建築走，等車快到了再過去。」

「那你呢？」閻思悅問。

「就是剛剛說的，我去開妳的車。」侯冠年又把手伸出來，閻思悅想了一下，終於才不甘願地交出自己的車鑰匙。侯冠年彷彿怕閻思悅反悔似的，拿了鑰匙很快就離開了。

他先是到了地下室，找到了閻思悅的車，一到車旁就感覺到有些不對勁。他注意到不遠處有兩臺車雖然沒有發動，卻隱隱傳來冷氣的轟鳴聲，顯見裡頭是有坐人的。他很快掃視過那兩臺車，儘管沒有車牌辨識系統，但是根據模糊的記憶，侯冠年有八成的把握，那兩臺車是屬於他的同行。侯冠年不動聲色地打開閻思悅的車門，上車的瞬間立刻聽見兩臺車先後發動的聲響。

侯冠年不慌不忙地將車駛離停車場，後面兩臺車也遠遠跟過來。而就在出停車場的大門後，侯冠年立刻將油門踩到底，連續在兩個路口急轉彎，而後面兩臺車見狀也不躲藏了，明目張膽地就追了上來。因為各家狗仔招數大同小異，所以侯冠年很難完全擺脫兩車的糾纏，而且兩臺車有意協同作戰，再加上又有其他狗仔車加入包圍，在前後包抄下更難逃脫他們漸漸縮緊的封鎖圈，不過侯冠年也沒有顯得很氣餒，反而樂在其中。

這時，謝怡婷打來電話：「我們叫的車快到了，可是後面跟了一堆記者和抗議民眾，你現在在哪裡？」

「不用管我，你們就儘管上車吧！」

「可是如果他們也開車追來怎麼辦？」

「不要緊，我想他們的車全都在我這裡了。」侯冠年看看前方，又看了一眼後照鏡，前後加起來應該有六臺車加入圍堵。

「那你怎麼辦？」謝怡婷問。

「妳先不用管我，顧好閻思悅就好。趁他們的車子掉頭前，妳們先隨便找一間汽車旅館躲好，晚一點我再聯絡妳。」侯冠年說著掛斷了電話，繼續享受在城市巷弄的突圍遊戲。不過又過了幾分鐘，他發現圍堵的狗仔車逐漸散去了，看來是狗仔們接到閻思悅上車的通知，才發現上當，不過剛剛的貓捉老鼠遊戲已經把他們帶離了福科生技好一大段距離。

為了躲避狗仔隊的眼線，謝怡婷選擇下榻的是「條子與狗禁止入內」的旅館街。而且還是獨立車庫的房型，到達車庫後可以直接上樓進入房間，過程中完全不需要露臉。

侯冠年雖然很常在汽車旅館前駐守，卻是第一次進到汽車旅館內部。汽車旅館內的空間大得出奇，一點都不像雙人房型，客廳看來都能讓十個人在這裡開派隊了。臥室則有一張通鋪大小的大圓床，旁邊的情趣椅讓三人不免尷尬了一下。晃了一下過後，三人決定一起待在客廳，儘管客廳的擺置也是引人遐想，不過，至少不比臥室來得難堪。

「我們什麼時候才能離開這裡？」閻思悅首先打破了沉默。

「妳就在這裡住下來吧！」侯冠年果斷地回答。

「什麼？我以為我們只是在這裡避風頭。」謝怡婷驚訝地睜大雙眼。

「我才不要在這種地方，我要回家。」閻思悅說著起身就要走。

「在離開之前，妳先在網路上搜尋一下自己的新聞吧！」侯冠年說。

「你又在玩什麼把戲？」閻思悅雖然這麼說，還是拿起手機開始搜尋起來，接著臉色越來越難看。謝怡婷湊近一看，發現是閻思悅的住家已經被狗仔隊駐點的新聞：

「他們怎麼可以包圍我家？」

「所以妳只能在這裡住下來了。」

「我以為我們只是要甩掉狗仔，才會選擇旅館街的，這樣看來應該要換個地方比較好吧？」謝怡婷愧疚地說著，有些不自在地環視房內一圈。

「選這裡正好，這裡不太可能被狗仔隊打擾。」侯冠年倒是否決了這個提議。

「我總不能在這裡一直躲下去！」閻思悅抗議道。

「妳不需要一直躲下去，妳只需要跟我做一筆交易。」侯冠年說。

「什麼交易？」

「告訴我十年前洩密案的真相。」侯冠年誠懇地望著閻思悅的雙眼。

然而閻思悅不領情，把頭扭向一邊，倔強地說：「我跟你說過，我不知道。」

「或許妳是真的不知道，但是妳是最接近真相的人，總會有蛛絲馬跡的。」侯冠年仍然不願放棄，拉了一張椅子到閻思悅對面坐下。

「比如說？」閻思悅沒好氣地反問。

「你父親自殺那天，有什麼異樣？」

「這也太沒禮貌了吧！」謝怡婷驚呼道。

「沒關係，這我可以回答，他說想給我一個驚喜。」閻思悅倒是平靜地回應。

「驚喜？」

「我永遠不會知道這個問題的答案了。」閻思悅有些哀傷地低下頭。

「說不定我們能找到答案。」侯冠年鼓勵道。

可是閻思悅卻沒有想再說下去了，搖搖頭：「我所知道的就只有這樣。」

侯冠年接著問：「解盲之前有誰進出過你家嗎？比如說朱三沐。」

「我不記得有什麼特別的人，而且如果真的是內線交易的話，我想關鍵人物應該不會明目張膽地跑來我家吧！」閻思悅說著露出苦笑。

「那你爸爸有什麼怪異的舉動嗎？比如說去了哪裡？」侯冠年又問。
「沒有，我爸就是工作狂，他總是在實驗室裡。」
「那在他去世之後呢？有什麼異常嗎？」侯冠年追問。
「完全沒有。老實跟你說，我覺得你是在浪費時間。」閻思悅冷冷地說。
「讓她休息一下吧！今天大家都有點累了。」謝怡婷出來打圓場。
「你們今天也要睡這裡嗎？」閻思悅防禦性地雙手抱胸。
「謝怡婷會陪妳在這裡，我等等就走。」侯冠年毫不考慮地就回答，謝怡婷一臉不可置信地望著他，侯冠年偷偷踢了踢她的腳。
「那就好，我真怕你還覬覦新聞之外的東西。」閻思悅沒好氣地站起身，轉身就走向臥室。謝怡婷看向侯冠年，後者對她使了個眼色，謝怡婷便也跟了上去。侯冠年在客廳的沙發上稍坐一會兒後，決定拿起手機撥通孟平謙的電話。
「姊……孟副總，我想跟你說一件事。」
「你先說說你把閻思悅帶到哪裡了吧？」電話那頭略帶責難地問。
「原來你已經知道這件事了。」侯冠年試著讓自己的語氣聽起來輕鬆點。
「這件事在媒體界都鬧開了，你到底在幹麼？」
「我在幫我們守住獨家新聞。」侯冠年理直氣壯地說。
可是電話那頭顯得不領情，孟平謙繼續說：「聽起來不像，你不是還把閻思悅的老家公告給所有同行了？看起來你也很樂意分享獨家。」

「那是因為我需要引開他們的注意力，真正的獨家還在我手上。」

「聽著，你已經不是記者了……也不是實習記者了。」

「這樣不正好嗎？這就是我們的鬼影行動。」侯冠年愉快地說。

「什麼鬼影行動？」孟平謙的語氣顯得有些煩躁。

「湯姆克魯斯的電影，如果我失敗了，你可以撇清一切的關係。」

「本來就沒有關係。」孟平謙冷冷地回應。

「可是如果我成功了，飛思傳媒會得到一個大獨家。」

「你怎麼能確定閻思悅知道洩密案的真相？」

「這是很簡單的邏輯思維，橫跨十年的兩起洩密案都發生在同一家公司，這兩起案件就算是不同人策劃的，手法可能也會很像，至少不會完全沒有關聯。十年後的這起案件我們不知道主謀是誰，我們只能從十年前查起。」

「閻思悅這條線，警察已經追了十年，你覺得能追到什麼嗎？」

「我也沒有其他辦法了。」侯冠年無奈地回應。

「給你一個消息吧！這兩起案子的共通點，並不是只有福科生技。」

「還有什麼嗎？」

「朱三沐。」

侯冠年瞬間被這個消息震懾住了，拿著手機一時之間不知道要說什麼，過了很久才又開口問：「他這次又獲得內線消息了嗎？可是他不是十年前就已經把福科生技的股票出清了嗎？」

「十年可以改變很多事情，他在五年前又大舉投資福科生技。」

「五年前？」侯冠年陷入沉思，不知該不該繼續說下去。兩人同時在電話兩端沉默，他們顯然都想到了同一件事。五年對他們兩人來說都是意義重大的一個時間點，可是沒有人想要在現在戳破。

過了許久孟平謙才又說：「我想，我這裡或許真的能給你一個幫手。」

「誰？」

「我哥，警察局長孟夏辰。」

第四章　神川集團

如果不開口說話的話，孟夏辰看起來就像孟平謙的拙劣偽裝，區別只在於下巴的山羊鬍而已。可是只要一開口說話，一抬頭一皺眉，就彷彿換了一個人。娛樂圈常說的「整容級的演技」，指的大概就是這個樣子。

「關於十年前的解盲洩密案，你了解多少？」孟夏辰從偵訊室的角落拉來一張椅子，像騎馬一樣橫跨椅背坐著，看起來就像電視劇審訊犯人的場景。不過孟夏辰比較好心一點，至少他沒有把檯燈的強光照到侯冠年臉上。

不過侯冠年還是被這陣式唬住了，怯怯地問：「我們一定要在偵訊室講嗎？」

「沒辦法，這裡比較安靜。」孟夏辰聳聳肩，接著皺眉說：「你還沒回答。」

侯冠年也沒敢繼續閃躲，接著說：「閻任生將解盲結果洩密給朱三沐，讓朱三沐能在解盲前出脫福科生技持股，而閻任生在洩密案爆發之後臥軌自殺。」

「就只有這樣？」孟夏辰冷冷地抽動了一下嘴角。

「簡單來說就是這樣，要更細節的話也可以。」侯冠年乖順地回答。

「試著說說看。」

「臥軌案的現場撿到一捲錄音帶，裡面是閻任生洩密給朱三沐的對話。」

「看來你完全是一張白紙啊！要了解整起解盲洩密案的原委，必須要先從朱三沐和福科生技的關係開始說起。」孟夏辰站起身，從旁邊的桌上拿了一大疊資料，捧到侯冠年面前的桌上。

侯冠年將文件一張一張攤開，發現都是關於朱三沐和福科生技的情報。

孟夏辰接著說：「閻任生原本是腫瘤內科醫師，也是中部大學醫學院的教授，主攻大腸癌藥物治療。為了將研究化為產品，他和一群同事成立福科生技，可是缺乏啟動資金。他們先是尋求政府補助和資金挹注，還參與各種產業媒合會。」

「就是因為這樣和朱三沐搭上線嗎？」侯冠年邊翻著資料邊問。

孟夏辰搖搖頭：「閻任生尋求資金的過程並不順利，不過因為和當時的主政者有些交情，因此主政者介紹了他們的政治獻金大戶。其中朱三沐投入了最多的資金，掌握過半數的股份，這也是朱三沐第一次入股福科生技。」

「第一次？」侯冠年有些驚訝地問。

「別那麼著急，等我先講完。」孟夏辰淺淺一笑：「除了資金投入外，福科生技也和朱三沐的神川集團有所合作，當時神川集團力推的產品，是營養食品『益生飲』，說白了就是我們現在市面上常看到的益生菌。閻任生的大腸癌專業，正好能為這樣的產品背書，他們利用閻任生之前發表的論文，藉由大腸癌患者和健康人體的腸道菌種不同，推出『益生飲抗癌配方』，受到市場廣泛的歡迎。」

「用益生菌就能抗癌，怎麼說也有點太扯了吧？」侯冠年冷笑道。

「沒錯，而且營養食品是不能標榜療效的，所以很快衛生單位就收到許多檢舉，『益生飲抗癌配方』被迫改名為『益生飲強化配方』，宣傳方式也趨於保守。不過益生飲抗癌的效應已經深入人心，另外地下電臺也持續推銷『益生飲』的抗癌療效，遊走在灰色地帶。另外神川集團在全國各地舉辦義診，由閻任生主持規劃，將閻任生的名字和益生飲連結起來，即便沒有明說抗癌療效，但是也達到了某種程度的心理暗示。」孟夏辰將幾張資料抽出來，是閻任生各地義診的相片，每張相片旁邊都可以看到益生飲相關的宣傳品。

「這樣都不會出什麼問題嗎？」侯冠年望著那幾張相片，總有一種感覺，閻任生在那些畫面中顯得格格不入。他的雙眼很空洞，明顯心思並沒有在現場，不知道飄去了什麼地方。

孟夏辰的臉色一沉：「的確出問題了，有大腸癌的患者因為這樣而死了。有患者在診斷出大腸癌後，拒絕開刀或是進行化學或放射治療，堅持每天喝益生飲，不到兩個月，就因為轉移造成多重器官衰竭而死亡。」

「益生飲下架了嗎？」侯冠年看著老農因服用益生飲而延誤治療的新聞，忽然感覺到有些不寒而慄。

不過孟夏辰卻搖搖頭：「朱三沐堅稱『益生飲』早已不再宣稱抗癌療效，所作所為都一切合法，認為這只是病患的個人行為。不過儘管如此，益生飲也的確因為這樣受到衝擊，進而引起股價暴跌。」

「這樣朱三沐的身價應該大幅貶值吧？」侯冠年問。

「問題就出在這裡，朱三沐的資金不只有在益生飲，還有大半的資金是在福科生技。當時福科生技正在研發一款大腸癌的新藥，在醜聞爆發不久後也正準備要進行解盲，而且業界普遍看好，所以股價一飛衝天，間接救了朱三沐。」

侯冠年一下恍然大悟：「就是十年前的那次解盲案嗎？」

孟夏辰露出滿意的微笑：「沒錯，儘管閻任生和『益生飲』的醜聞脫離不了關係，但是投資人大多還是相信閻任生在新藥方面的專業。可是誰也想不到，後來的解盲結果會以失敗收場，而且還爆發解盲洩密的醜聞。」

「因為那次解盲洩密，朱三沐成功在解盲前高價脫手福科生技的持股嗎？」

「這就是另一個讓輿論氣憤的重點了，如果沒有發生解盲洩密，朱三沐在『益生飲』和福科生技兩邊同時股價重挫的情況下，很難東山再起，也就不會有之後的『餿水油』和『水源門』等事件。」

侯冠年望著桌上關於餿水油事件的新聞，忽然感覺到一陣暈眩，孟夏辰不可能沒注意到那些新聞的撰稿者。可是侯冠年看著孟夏辰的表情，後者卻沒有想要多談的樣子，侯冠年只好延續話題：「那次的解盲洩密，最後是以無罪作結吧？」

孟夏辰跳過餿水油的簡報，拿起解盲案的判決書：「這就是最荒唐的地方了，都已經有電話錄音了，在有直接證據的情況下，居然法官還是判決無罪，這是從來沒聽說過的事情。」

「因為毒樹果實理論嗎？」侯冠年指著判決書上的一段文字。

孟夏辰點點頭：「那捲錄音帶不知道是怎麼來的，如果是監聽得來的話，那就不能被列為證據。不過更重要的原因是，錄音的品質太差了，沒有辦法確定是閻任生和朱三沐的聲音。」

侯冠年撓了撓後腦杓：「我現在還是不知道，為什麼閻任生要自殺。如果是因為解盲洩密案的話，那時也還只停留在調查階段，而且沒有那捲錄音帶，根本沒有證據能夠將兩人定罪，閻任生還不至於要輕生。」

「如果要釐清閻任生的死因，就必須釐清那捲錄音帶所扮演的角色。這件案子的另一個謎團，是那捲錄音帶是誰的？又為什麼要留在現場？」孟夏辰抽出錄音帶的證物相片，饒有興致地拿在手裡端詳。

「現場沒有監視器嗎？」侯冠年突然想到。

「監視器有死角，雖然拍到閻任生跌落月臺的畫面，閻任生在月臺等待的畫面有大半部分都被柱子擋住。更進一步說，單純根據監視器畫面，要說閻任生究竟是自己跳下去的，還是被人推下去的，我們也無法十分確定。」

「被人推下去？」侯冠年有些驚訝。
「就像你說的，閻任生沒有自殺的理由，我們自然要考慮他殺。」
「他殺？那會是誰殺的？」
「朱三沐。」孟夏辰平靜地說出這個名字。
「朱三沐為什麼要殺閻任生？」侯冠年有些迷惑了。
然而孟夏辰只是輕佻地聳聳肩：「我就只是隨便提一個意見，不要當真。畢竟如果洩密案成立的話，他們兩個人就是共犯，共犯殺人滅口也不是很稀奇的事情。」
「那錄音帶呢？」侯冠年又問。
「如果說那捲錄音帶不是監聽，而是閻任生自己錄下來的呢？」
侯冠年顯得更迷惑了：「你說閻任生用錄音帶威脅朱三沐嗎？可是為什麼朱三沐不把那捲錄音帶拿走呢？」
「錄音帶掉落的地方是監視器可以拍到的範圍，朱三沐是怕被拍到吧！」
「好不容易殺害了閻任生，卻放著重要證物不管，不是有點本末倒置嗎？」
「不過就結果來說，洩密案還是沒有被定罪。」
「如果我是閻任生，預計要跟朱三沐見面，會把證物帶在身上嗎？」
「不帶在身上要怎麼威脅人？」
「那如果我是朱三沐，已經決定要殺害閻任生，還會約在車站這種地方嗎？」

孟夏辰沒有再反駁，不過臉上不是啞口無言的表情，反而顯得很滿意的樣子。他沉默了好一會兒，就在侯冠年又要開口的時候，他淡淡地說：「很好，說明你的大腦是理性的。」

「什麼？」侯冠年被搞糊塗了。

孟夏辰露出肯定的微笑，那是侯冠年沒想過會出現在他身上的表情：「陰謀論是媒體人的毛病，也是我兄弟的毛病。當你們心中已經有個答案的時候，就會用盡全力去構建一套理論，不過目前看來你還是冷靜的。」

「當然，媒體可不是製造業。」侯冠年終於能將兩兄弟的形象連結在一起了。

「真的嗎？」孟夏辰冷笑一聲，侯冠年本來以為他要說些什麼，可是他什麼都沒有再說。取而代之的是漫長的沉默，這次的沉默比上次更久，而且看來沒有要結束的意思。孟夏辰就是靜靜地審視著侯冠年，像要從他身上榨出些什麼。

為了打破這樣難受的沉默，侯冠年只好自己接著開口：「我以為你對我還算滿意。」

「你是挺不錯，但是讓你猜猜，朱三沐本來是做什麼的？」

侯冠年雖然一下摸不著頭腦，可是又很快從孟夏辰嘲諷的表情中猜出了答案：「該不會他也是記者吧？」

「沒錯，他的前半生都是從事媒體業，所以才會有這麼好的政商關係。也是因為這樣的背景，在操縱益生飲的宣傳上，他也顯得駕輕就熟。如果要說媒體是製造業，他可以說是行業中的典範。」孟夏辰饒有興致地說著。

「別擔心，我還不打算去賣假藥。」侯冠年笑著打圓場。

「如果你這麼做的話，你姊是不會放過你的。」孟夏辰說這句的語氣不是威脅，也不是勸戒，而是一種看好戲的心態。孟夏辰很常露出這樣的表情，彷彿永遠都是個觀眾的樣子。

侯冠年不喜歡那樣的眼神，於是轉移話題：「你剛剛說現場留下了錄音帶，除了閻任生之外，那捲錄音帶上面還有別人的指紋嗎？」

「你很聰明，那捲錄音帶的確有另一個人的指紋，這也是最有趣的地方。」孟夏辰從那疊資料中抽出一張文件，上面是錄音帶在特殊光源下的影像，上面浮現好幾枚指紋。指紋旁邊有做上標記，看來可以分成兩組。

「是誰？」侯冠年問。

「不知道是誰，那時候警局的資料庫查不到，嫌疑人也沒有符合的。」

「那為什麼說有趣？」侯冠年翻著前後的資料，實在看不出有什麼特別。

孟夏辰淡淡地說：「因為在五年後，同樣的指紋出現在你姊姊的案發現場。」

侯冠年翻找資料的手停住了，他不可置信地抬起頭。讓他意外的不只有孟夏辰給出的資訊，還有他明顯低估了後者的惡趣味，居然能將這麼重大的訊息埋藏那麼久，還以如此和緩的語調說出，就像貓在戲弄一隻老鼠。

「我姊的案發現場不是被燒毀了嗎？」侯冠年搖搖頭，不願意去回想。

「雖然大部分的證物都被燒毀了，不過殘餘幾份關於朱三沐的資料上，發現了和錄音帶同樣的指紋。」

「該不會同樣是朱三沐的手下做的吧？」

「先不要預設立場，你不是說了嗎？媒體不是製造業。」孟夏辰又冷笑一聲，這彷彿是他老早就鋪排好的陷阱，就等著侯冠年自己掉進去。

「我不是預設立場，這只是簡單的邏輯推理。你也說了，這組指紋在警局的資料庫中找不到，代表這個嫌疑人沒參與過別的案子。一個人五年來只犯過這兩起案子，當然要從共同點看起，那只有朱三沐。」侯冠年不服氣地反駁。

「不是只有朱三沐，是你只想到了朱三沐。」孟夏辰糾正他。

「那還會有誰？」

「可以是任何人，任何一個偶然跟妳姊和閻任生同時產生連結的人。」

「你這種論點對辦案沒有幫助，我們必須從現有的假設下手。」

「真有趣，一個大學生教警察怎麼辦案嗎？那我們就從現有的假設下手，如果真的是朱三沐的手下，朱三沐這五年間也沒少幹過狗屁倒灶的事，如果這個手下真的是專門幫朱三沐擦屁股的，為什麼其他案發現場沒有他的指紋？」

侯冠年一下被這個質疑問得啞口無言，沉默好一陣子都不能給出一個合理的解釋，只好換一個話題：「對了，你剛剛說了朱三沐第一次入股福科生技，那還有第二次嗎？」

孟夏辰也沒有再為難他，接著說：「朱三沐十年前就把福科生技持股全數賣出，如果沒有第二次入資，他這次哪裡來的股票能賣？」

「也是，那第二次是什麼時候？」

「你是真的不知道，還是只是在反問我？」孟夏辰抬了抬眉毛。

「我為什麼要做這種事？」侯冠年顯得一頭霧水。

「我以為你又要回到上個話題，跟我討論妳姊和福科生技的關係。」

「我只是問朱三沐入股福科生技的時間，又沒有提到我姊。等等，朱三沐第二次入股福科生技，該不會就是……」侯冠年看著孟夏辰的眼神，他忽然意識到一種可能，而這種可能讓他暈眩。

孟夏辰替他說出了內心的猜想：「五年前，正好在妳姊出事不久之後。」

在昏黃路燈所點綴的夜色下，侯冠年走到上次的汽車旅館車庫房的鐵門前，拿起手機撥通了一個號碼：「我到樓下了，幫我開門。」

過不久，車庫鐵門便緩緩升起，迎面而來的是謝怡婷。謝怡婷此刻的穿著很居家，不像是房客，更像是這座房子的主人。兩人相視了一眼，侯冠年腦中忍不住跑過未來成家的幻想，禁不住微微一笑。

「笑什麼？」謝怡婷看著身上的衣服，以為侯冠年是在笑她的打扮。

「沒什麼，就是覺得很不真實。」

謝怡婷聽了也忍不住微微一笑，不過儘管懂了侯冠年的意思，還是忍不住揶揄道：「兩個女人在汽車旅館等你，這種事情你幻想很久了吧！」

「我的幻想裡面只有妳。」侯冠年深情地望了謝怡婷一眼，給了她一個吻，接著按下車庫的鐵捲門。在鐵捲門闔下的瞬間，他們有些熾熱地纏綿了一會兒，才又克制地分開：「她應該不會下來吧！」

「不會。」謝怡婷又給了他一個吻，才牽著他的手上樓。

「她在這裡都在做什麼？」上樓的時候，侯冠年小聲問。

「她拿著筆電在用自己的東西，我也不好一直看。有幾次瞄到她開了幾個視窗，都是表格和英文的文件檔，看起來是還在繼續她的研究。」

「沒有打電話給誰嗎？」

「就我所知沒有。」謝怡婷帶他來到了客廳，指著沙發椅說：「她現在應該在洗澡，你先在這裡等一下。」

侯冠年於是順從地坐下，看著謝怡婷走進裡面的房間，他便拿出手機隨意瀏覽。

他打開搜尋引擎，鍵入了「餿水油」、「朱三沐」兩個關鍵字，一下子就跳出了許多筆搜尋結果。

「噁心餿水油，六八三噸銷全國。」

「神川餿水油衝擊食安，知名大廠皆中標。」

「餿水油風暴，檢方：若涉刑責將分案。」

「餿水油案吹哨者曝光，哥哥是警官，不懼死亡威脅。」

「黑心油案二七九名受害者原求償三千萬，一七二名獲判賠一五四萬。」

「圖利朱三沐？市府火速核定神川土地開發案。」

「餿水油案一審今判朱三沐等六人無罪。」

在事件初期的幾篇貼文，撰寫者是孟平謙當時所屬的「點與線新聞工作室」。到後期孟平謙的身分曝光後，便用本名撰寫新聞稿。另外還有其他採訪孟平謙的專文，其中有幾篇提及了侯冠年的姊姊侯靜芬。

「孟平謙談餿水油案幕後功臣，女友在調查弊案期間身亡。」

儘管這樣的文章已經看過不下一百次了，但是每次侯冠年都會忍不住打個寒顫。專訪所使用的相片，就是孟平謙一直擺在桌上的那張。而侯冠年記憶中的姊姊，也一直停留在那樣的狀態。

「怎麼了？」謝怡婷不知什麼時候坐到侯冠年身旁，溫柔地摟了摟他的肩。

「我只是在思考孟夏辰的話。」這句話算實話，也不完全是實話。

「你是說，神川集團在餿水油案爆發後入股福科生技嗎？那件事當時也有報導，看起來是朱三沐想停損，所以把資金轉投福科生技。而股票來自官股的轉讓，當時也爆出官商勾結的醜聞。」

侯冠年點點頭：「我姊姊和姊夫可能間接促成了這件事情，正是因為他們揭開了餿水油事件，朱三沐才不得不改變他的資產配置。而要另外尋找投資標的，他很自然地回頭看向了他曾經拋下的東西，也就是福科生技。」

「可是就算是這樣，這次的解盲案也不是你姊姊的錯，單純是朱三沐死性不改。」謝怡婷又摟了摟侯冠年，侯冠年心中頓時升起一股暖意。

「我想說的並不是解盲案，而是單純五年前的事件。當年朱三沐的資金主力在兩個產業上，一個是食用油，另外一個就是瓶裝水，這兩大民生必需品，是他主要的獲利來源。」

「我記得那個瓶裝水，廣告口號是『大自然的搬運工』吧！小時候這個廣告詞常常被拿來惡搞，販賣機、福利社也幾乎都有他們家的產品。後來爆發了『水源門』的事件後，發現聲稱的山泉水其實是自來水，這個品牌就消失了。」

「當時我姊姊雖然揭開了餿水油事件，動搖了他的食用油產業，但是瓶裝水事業仍然能提供他穩定的支柱，讓他的現金流不至於斷裂，他也才有機會重新佈署他的資產配置。」侯冠年說到這裡，身旁的電話忽然響了起來。

謝怡婷反射性地掛上了電話，侯冠年問：「妳都不接起來聽一下嗎？」

「接過很多次了，每一次都是無聲電話。」謝怡婷無奈地搖搖頭。

「看來我們得好好跟閻思悅討論這件事情。」侯冠年望向臥室門口。

「我跟她說過了，可是她的意見跟我們有點分歧。」

「那等等再說吧！我們剛剛說到哪裡？」侯冠年又把視線轉向謝怡婷。

「餿水油和水源門事件，我怎麼記得這兩件事情是同時期發生的？」謝怡婷問。

「的確，兩者只相差了半年。但是半年的時間已經足夠他反應，他有大半的資金已經流入福科生技。而福科生技算是半個國營事業，這就成了強健的靠山。他就像在踩高蹺一樣，把重心從一隻腳移到另隻腳，永遠都不會摔跤。」

「你是覺得你姊姊揭發得太早了？」謝怡婷看出侯冠年的心事。

「不是我覺得，而是在水源門案爆發之後，有些輿論的風向就是這樣。而我也基本同意這樣的看法，如果這兩件案子能發生得近一些，或許就能夠一舉擊垮朱三沐的事業版圖。」侯冠年拿出手機，想讓謝怡婷看那些新聞資料。

謝怡婷卻按下他的手，搖搖頭：「可是這也不是你姊能控制的，難道要你姊壓著不報嗎？她也不能預知後來又發生水源門的案子吧！如果真要說的話，也可以說是妳姊揭開餿水油的弊案後，才有人會關注並發現水源門事件呀！」

「可是……」侯冠年正要說些什麼，卻被一個聲音打斷。

「你又來這裡做什麼？我真的沒有你想要的東西。」侯冠年往臥房的門口望去，說話的是閻思悅，此刻她正穿著浴巾，頭上用毛巾包著頭髮，一臉不悅地瞪著侯冠年。

侯冠年看著這一幕，腦中忽然一片空白，不過很快又想起此行的目的：「我只是聽說你們這邊有騷擾電話，來關心一下。」

正說著，電話又響起來了，謝怡婷還是立刻掛斷。

「我有提議跟旅館的人說，可是怡婷不答應。」閻思悅坐下埋怨道。

侯冠年卻立刻給了謝怡婷一個肯定的眼神，點頭說：「的確不應該答應，如果旅館的人進來的話，妳的身分就曝光了。」

「那又怎樣？他們又不是狗仔隊。」閻思悅諷刺道。

「可是這裡是旅館街。」侯冠年堅定地回應。

「那又怎樣？」閻思悅反問。

「旅館街是福東會的地盤。」侯冠年提醒道。

「然後呢？」閻思悅再次反問。

侯冠年嘆了口氣：「大小姐，因為這次的解盲案，福東會可是損失慘重。現在大家認為解盲案的罪魁禍首，就是妳和福科生技。」

「解盲失敗又不是我害的，我也很希望成功啊！」閻思悅抗議道。

「可是有人認為你們解盲洩密、坑殺股民。」
「你是記者，你可以幫我告訴大家我不是。」
「我現在已經不是記者了，就算是，在沒有證據的情況下大家也不會相信。」
「可是也沒有證據顯示我是，不是應該要無罪推定嗎？」
侯冠年搖搖頭：「這裡不是法庭，在輿論的世界中，我們更傾向有罪推定。更何況，妳現在要面對的是無視法律管束的黑社會。」
「那我要怎麼辦？」閻思悅不是真的在提問，而是無可奈何地反問。
而侯冠年彷彿假裝沒聽懂似的，認真回答她：「妳現在能做的，就是幫我找出真正的幕後黑手。在找出真正的主謀之前，妳會一直被當成最大嫌疑人，不管輿論或是福東會都不會放過妳。」
「你還是沒聽懂我說的話，解盲洩密根本就不可能發生，也就沒有主謀。」
侯冠年再度搖頭，殘酷地說：「十年前後發生了兩次類似的事，要說巧合真的太勉強了，這種論點不可能說服社會大眾。」
「發生機率低，不代表永遠不會發生。」閻思悅不以為然。
「設身處地想一下，如果妳是那些賠錢的股民，妳信嗎？」
「我信，因為我是科學家。」閻思悅倔強地說。
「這世界上可沒有那麼多科學家。」侯冠年苦笑道。

「我不管了，這件事情太荒謬了，我明天就要離開這個鬼地方。」

「都這樣了，妳覺得妳能出得了旅館街嗎？」侯冠年指著電話問。

「那又怎樣，根本沒有人知道我在這裡。」閻思悅別過頭。

「這些無聲電話還不明顯嗎？」侯冠年仍舊步步緊逼。

「我們又沒有讓旅館的人進來看過，之前的電話也都是怡婷接的。」

侯冠年又無奈地嘆了口氣：「仔細想想，我們很可能已經曝光了。旅館街是一個很注重顧客隱私和體驗的地方，對方敢一直打電話騷擾，很可能就是確定我們不敢報警和投訴。」

「可是又要怎麼確定呢？」閻思悅同樣不是在提問，而是質問。

侯冠年依舊認真回答：「反向思考的話，一般顧客如果接到無聲電話，應該會打電話跟前檯抱怨吧！而我們一直默默忍受著，就代表我們不是普通人。福東會可能就是用這種方式，來鎖定我們的所在房間。」

閻思悅終於受不了侯冠年的推理遊戲，拍了一下大腿站起身，轉身就要走回臥室：「這太荒謬了，我真的累了，不想跟你們繼續這個偵探遊戲。我先去睡一覺，明天一大早就要離開這裡。」

謝怡婷望著閻思悅走進臥室裡，在她關上門後，她湊近侯冠年低聲說：「其實要讓閻思悅不陷入危險，還有一個辦法。」

「什麼辦法？」侯冠年心不在焉地問。

謝怡婷再次確認臥室的門已經關妥，才又湊近侯冠年的耳邊：「社會大眾只想要一個戰犯，現在你有另一個人選，朱三沐。」

「不行。」侯冠年立刻回絕這個提議。

「我就知道。」謝怡婷嘆了口氣，這次望向臥室的眼神充滿憐憫。

「我還需要閻思悅，所以我必須讓她也同樣需要我。」侯冠年堅定地說。

「我就覺得你是這樣想，所以剛才刻意沒提朱三沐。」

「看來我們英雄所見略同。」侯冠年淺淺一笑。

然而謝怡婷沒有侯冠年那樣的興致，反而臉色一沉：「我只是猜到了你的想法，但是沒有鼓勵你那麼做。而且如果你剛剛說的是真的，那就等於是要把我們繼續擺在危險之中，你不會想要我陷入危險吧？」

侯冠年望著謝怡婷，忽然感到有些慚愧，因為後者的表情充滿著失望。侯冠年又望向一旁的電話，沉思了許久之後才說：「我會想辦法的，今晚我就先睡在這裡吧！」

隔天一早，天色都還沒大亮，侯冠年已經衣著整齊地坐在旅館的沙發上。一旁是從壁櫥裡面拿出來的備用毯，也已經整齊地疊在一起。侯冠年又打開普路托斯指南的介面，盯著第三資金的主頁出神。目前股市還沒開市，不過因為普路托斯指南設計成類似社群網站的介面，幾天來已經湧入大批民眾留言，而第三資金也多次發文回應。此刻侯冠年正看著的，是第三資金昨晚的最新貼文：

解盲結果公布並不是終點，我們過往的績效有目共睹，也請相信我們這次的判斷。我們能理解這幾天的資訊讓大家恐慌，不過我們此刻仍沒有釋出福科生技的股票，希望大家也不要放棄。

侯冠年往下滑貼文下的留言，有質疑的、有訕笑的、有打氣的，每滑過一則留言，侯冠年內心就天人交戰，猶豫著是否要放手。侯冠年多次滑到第三資金頁面頂部的跟單按鈕，遲疑著是否應該取消跟單。

就在他再度往上滑到頁面頂部時，臥室的門打開了，謝怡婷從裡面走了出來。謝怡婷穿著粉色的睡衣，讓侯冠年腦中又飄過許多遐想。然後謝怡婷看著侯冠年手上的手機，卻露出嫌惡的表情：「這是第幾天了？」

「什麼第幾天？」侯冠年試著裝傻。

「解盲後的股價下跌，跌幾天了？」謝怡婷沒有繼續兜圈子。

「第三天。」侯冠年也只能老實回覆。

「福科生技跌了多少？」謝怡婷又問。

「連吃三根跌停，總共跌了百分之三十。」侯冠年看著手機嘆了口氣。

「第三資金有什麼動作嗎？」謝怡婷坐到侯冠年的身邊，湊近手機畫面。

侯冠年讓她看了剛剛那篇貼文：「第三資金沒有把股票賣掉，反而還發聲明要大家堅守，真的不知道是什麼意思？解盲結果都已經出來了，還有什麼好戀棧的。很多跟單的人不相信，都退單自己賣掉了。」

謝怡婷看著那篇貼文說：「說不定第三資金有掌握祕密武器，還沒有人查出第三資金的背景嗎？」

「一點消息都沒有，乾淨得很不尋常。」侯冠年搖搖頭。

「這的確有點奇怪。」謝怡婷沉思道。

就在兩人各有所思的時候，臥室的門再度打開了，這次走出來的是閻思悅。她穿著淺藍色的條紋睡衣，睡眼惺忪地抱怨道：「你們怎麼都這麼早起？我以為大學生都是睡到中午的。」

「時間很重要，妳也不想要一直在這裡吧？」侯冠年回應道。

「不會的，我說過今天一早就會離開，記得嗎？」

「相信我，妳會後悔的。」侯冠年篤定地說。

「你又打算讓我看什麼？難道狗仔隊包圍了這間旅館嗎？」閻思悅說著湊近侯冠年的手機，侯冠年來不及把手機蓋上，就讓閻思悅看見了普路托斯指南的介面。閻思悅於是從原本的擔心，變成嘲諷：「你現在賠了多少錢？」

侯冠年被這樣的語氣給激怒了：「不要一副幸災樂禍的樣子，妳是不是早就知道會解盲失敗？」

閻思悅倒是心平氣和：「不，別把我說成這樣，解盲失敗對我們這些研究員來說是最痛苦的。對你們這些投機客來說，只不過就是賠一點錢，錢再賺就有了；但是對我們來說，那是一生的志業，這種挫折是其他人難以想像的。」

侯冠年還是餘怒未消：「不過我看妳就是一副看好戲的樣子。」

閻思悅一改昨晚的浮躁，拉了一張安樂椅坐到侯冠年身旁，平心靜氣地繼續說：「在旅館的這幾天，我並沒有閒著，而是一直在努力研究解盲失敗的原因。」

「研究出來了嗎？」謝怡婷問。

閻思悅對著謝怡婷點點頭：「解盲失敗的根本原因，是新藥組和對照組沒有明顯差異。可是這次的解盲失敗，並不是因為新藥組的療效沒有到達預期，反而是對照組的療效太好了。」

「對照組的療效？對照組不就是現行的標準治療嗎？」謝怡婷又問。

閻思悅露出欣慰的神情：「沒錯，既然是現行的標準治療，國內外已經有很多臨床數據。我們將這次對照組的數據跟國外進行比較，發現我們的療效顯著優於大部分國內外的數據。」

「怎麼會有這種事？不是都是同樣的療法，怎麼結果會有差異？」

「我只想到一個原因，那就是預期心理。」

「預期心理？是妳之前說的安慰劑效應嗎？」

「可是這次試驗的安慰劑效應可能來得更強烈。」閻思悅突然臉色一沉。

「為什麼？」侯冠年感受到閻思悅語調的變化，這才終於被提起興趣。

「安慰劑效應和預期心理會呈現正相關，當預期心理越強，安慰劑效應就會越強。所以雖然是同樣的治療，在不同的情境下就會產生不同療效。很多病患對於這次試驗是很期待的，我們的新藥是他們的希望。」

「希望？這倒是有點意思。」侯冠年撫著下巴沉思。

「並不是只有你們才是希望的象徵。」閻思悅意味深長地說著，眼神落到了侯冠年的身上，侯冠年這才發現自己正穿著野風社的團服。在黑色的素T上面，胸口印著行草的兩個白字「野風」。

「野火燒不盡，春風吹又生。」侯冠年喃喃道。

閻思悅站起身，長舒了一口氣：「好好想想吧！我覺得你們本質上都不是壞人，就只是執念太深。」

「妳還是要走嗎？」侯冠年有些錯愕。

「當然，我說過了今天早上就會離開。」閻思悅堅定地回答。

「妳都不擔心福東會嗎？」

「電話今天早上都沒再響過吧！」閻思悅指著電話說。

「不，電話沒響的話，事情可能更糟糕。」侯冠年搖搖頭，跟著站起身，然後走到客廳的窗前：「大小姊，請妳過來這邊一下。」

「怎麼了？要叫我跳下去嗎？」閻思悅又顯得煩躁起來。

侯冠年拉開窗簾一道小縫，指著一臺黑頭車說：「妳看見那臺車了嗎？」

「看見了，那又怎樣？」閻思悅沒好氣地反問。

「妳看見那臺車的後擋風玻璃上有什麼嗎？」侯冠年要閻思悅更上前看。

閻思悅於是又上前了一點，瞇著眼琢磨了一下，然後恍然大悟道：「你說那些黑條紋嗎？你也太大驚小怪了，那就是一般擋風玻璃上的除霧線。要我跟你介紹一下，這種東西的原理……」

侯冠年有些不耐煩地打斷她，接著說：「我當然知道除霧線是什麼，但是這些線條也太粗了，而且還有斷線。」

「也對，那到底是什麼東西？」

「那是『巽』卦。福東會的堂口以六十四卦命名，那符號代表的就是巽堂。」侯冠年在窗上呵了口氣，用手指畫出兩條實線和一條斷線，然後下面又是兩條實線和一條斷線。兩相對照之下，就和那臺黑頭車的擋風玻璃如出一轍。

「巽堂跟我有什麼關係？」閻思悅不領情地又問。

「關係可大了，畢竟他們把大筆資金投進了第三資金。」

「那又怎樣呢?」

「這代表他們最近虧了一大筆錢。」侯冠年提醒道。

「關我什麼事,反正我知道這跟我沒關係。」閻思悅還是顯得不以為然。

「重要的並不是妳覺得怎樣,而是他們覺得怎樣。」侯冠年說。

「不管了,我今天就是要離開這裡,我才不相信他們敢在大庭廣眾之下對我怎麼樣。」閻思悅說著便氣沖沖地走回臥室,跟一開始向兩人解釋解盲結果的樣子判若兩人。

侯冠年和謝怡婷對視了一眼,但是誰也沒有再上前繼續勸說。過不了幾分鐘,閻思悅又從臥房走出來,此刻她已經換下睡衣,一身輕熟女的外出服裝扮,手上還拖著一只行李箱。

「她哪來的行李箱?」侯冠年對著謝怡婷問。

「她前幾天連換洗衣物一起託我買的,說是打包方便。」

「妳真的不再想想嗎?」侯冠年向閻思悅懇求道。

「我想離開這裡,你們也不能限制我的行動自由。」閻思悅說著走向門口。

「當然,如果妳要走的話,我們不會阻攔的。」侯冠年雖然這樣說,不過跟謝怡婷兩人還是跟了上去,可是也真的沒有阻攔。他們只是默默陪著她下樓,就像是在送客。

「你要怎麼回去？」謝怡婷問，這時閻思悅已經走到一樓車庫的鐵捲門前。

「這裡是旅館街，應該會有很多計程車進來載客吧！」閻思悅聳聳肩，按下一旁的鐵捲門開關，鐵門於是緩緩升起。外頭因為還是清晨的關係，天色還沒有大亮，還看不清楚周遭的景物。

在鐵門上升到一般人能出入的高度時，門的兩邊忽然竄進一陣黑影。在三人都還沒來得及反應以前，就覺得眼前一黑，瞬間失去了意識。

等再次恢復視覺後，三人發現被帶回旅館二樓客廳。只是這次不是坐在沙發椅上，而是被五花大綁地按在地上。抬頭一看，眼前有三名黑衣人坐在沙發上，正低頭俯視著他們三人。三名黑衣人看起來就是侯冠年和謝怡婷的年紀，手上也沒有任何武器，不過在這樣的情境下就顯得特別有壓迫感。閻思悅一行人不約而同地左右扭了扭身體，發現身上綁的繩子還挺結實。

「終於醒了嗎？」中間看來像領頭的大哥發話了。

「你們是誰，我可是可以報警抓你們的喔！」閻思悅威脅道。

「妳覺得我們會在乎警察嗎?而且要報警的前提，還得是妳能碰得到電話才行。」

還是那位領頭的大哥，從口袋拿出一盒黑色物體，望著閻思悅冷笑。左右其他兩個黑衣人一直都是面無表情，看來是沒有打算說話的樣子。

「這位大哥別衝動，現在全世界都在找她，傷害她的風險很高的。」侯冠年趕緊在一旁打圓場，有些警戒地望著那位大哥手上的黑色盒子。

「你這是在威脅我嗎？」大哥轉頭看向侯冠年。

「我不擅長威脅別人，我只是在陳述事實。」侯冠年繃著臉回答。

「你到底是哪位？輪到你說話了嗎？」大哥顯得很不開心。

「我是『點與線』的實習記者。」

「我這輩子最討厭記者了，你最好別再給我插嘴了。」大哥轉了轉手上的黑盒子，接著轉頭看向閻思悅：「妳就是福科生技那個閻董的千金？」

侯冠年還來不及阻止，閻思悅就已經理直氣壯地回答：「對。」

「告訴我，妳們是怎麼提前知道解盲結果的？」大哥將臉湊近閻思悅。

閻思悅嫌惡地別過頭：「解盲結果是不可能提前知道的。」

「怎麼可能？妳爸十年前就懂這種門路了。」大哥的臉還是不願意移開。

「我爸才不是這種人！」閻思悅罕見地怒吼。

大哥的臉一下退了開來，顯然也被這樣的景況給嚇到了，不過很快又試圖挽回自己的顏面：「別用這種口氣跟我說話，妳知不知道妳惹到的是什麼人？」

不過閻思悅還是不留情面地說：「糾纏我是沒有意義的，我沒辦法告訴你我不知道的事情，只會為你們惹上麻煩。或許現在沒辦法報警，不過你們也不可能一直不讓我們走，除非殺了我們，不過這就是命案了，更會把警察牽扯進來。」

侯冠年聽到這裡，暗自佩服闔思悅的膽量。儘管她說的並沒錯，但是能在旅館街跟黑道公開叫板，侯冠年可沒看過幾個人，更不會是像闔思悅這樣的弱女子。

「看來妳是不見棺材不掉淚啊！」大哥嘆了口氣，終於打開了他手上的黑盒子，不過出乎意料的是，那只不過是一支金屬削皮刀，而不是其他更有威脅性的東西。接著他拍了拍他身邊的手下，指了指的上的侯冠年：「把他帶來我這邊。」

因為侯冠年全身都被綑綁，沒有辦法自己站起來走動，只能被黑衣人在地上拖著到大哥跟前。大哥把玩著削皮刀，儘管那只是廚房常見用品，不過在這種狀況下還是顯得危險。而且不知是不是錯覺，總覺得比一般削皮刀鋒利許多。

就在大家還沒做好心理準備時，大哥猝不及防地拿起削皮刀劃過侯冠年的手臂，侯冠年忍不住「哇」地大叫一聲。等終於定睛下來一看，發現侯冠年的手上多了一道紅色的長方形傷口，而且隱隱要滴出血來。

大哥拿出手帕擦了擦染紅的削皮刀，慢條斯理地對闔思悅說：「妳說的沒錯，我們是不想惹警察。不過妳應該也知道，這世界上有很多折磨人的方法，是不需要去招惹警察的。」

闔思悅看到這一幕雖然也驚呆了，不過還是逞強著說：「你以為我真的在乎嗎？他跟我根本沒關係，我甚至還被他監禁。」

「還是不打算說嗎？」大哥把染紅的手帕丟到桌上，打量著闔思悅的表情。

「我說了，那就是個跟我毫無關係的人，怎樣都沒用……」

「啊！」就在這時，侯冠年的手臂又被劃出一道傷口。他神情痛苦地在地上打滾，不過很快被兩旁的黑衣人按住，並把他劃傷的手臂給拖出來。

「還不說嗎？」大哥又用手帕擦了擦削皮刀，彷彿在擦著一支名貴的酒。

「我真的什麼都不知道，你想要我說什麼？」閻思悅有點慌了。

「啊！」侯冠年的手臂再度受創，儘管整個身體都被壓制住了，當下還是產生劇烈的抖動。他臉色淒楚地望著閻思悅，讓人不忍卒睹。

「真的不說嗎？」大哥又慢條斯理地問。

「快住手，這麼做是犯法的，我出去就會跟警察說我看到了什麼！」

「啊！」侯冠年又大叫，這一道傷口劃下去，侯冠年手臂完好的皮膚已經所剩不多。尤其傷口都集中在右前臂，看起來就像是剝了皮的西瓜一樣。

「還是不想說嗎？」大哥又拿手帕擦了擦。

閻思悅看著侯冠年，心理防線終於潰堤，哭著對大哥哀求道：「我錯了，我不會跟警察說的，求求你放過他好不好……」

「我要的不是這個答案，我要的是解盲洩密的真相。」大哥又準備動手。

「等等！」閻思悅喊了一聲，卻不知道該說些什麼，看大哥要下手時才趕忙繼續說：「我說我說，我知道我爸爸當年是怎麼洩密的，但是你必須讓我回家拿個東西。」

大哥搖搖頭，又拿起手帕擦了擦：「不對，妳現在就可以說，至少可以告訴我妳要去拿什麼東西。」

「我真的什麼都不知道，拜託你們……」閻思悅只能無助地哀求。

「啊！」隨著侯冠年的一聲叫喊，忽然眼前一黑。有那麼一刻，閻思悅以為自己已經受不了刺激而暈了過去。不過他明顯聽見身邊慌亂的腳步聲，接著她感覺到自己被人扶起，然後被引領著走下樓梯。

下樓之後，因為車庫的鐵捲門還半開著，在自然光源的照射下，閻思悅才終於看清帶自己出來的人是誰，她有些驚訝地說：「叔叔？」

「思悅，妳有沒有怎樣？」眼前的中年男子仔細打量了閻思悅的全身。

「我沒有怎樣，不過那些黑道還在樓上，我們還是快點走吧！」

「他們是什麼人？」中年男子看著閻思悅身旁的兩人，閻思悅才發現侯冠年和謝怡婷也被救了下來。兩人剛剛互相解開身上剩餘的繩索，並對中年男子禮貌性地點點頭，神情顯得有些狼狽。

「這兩位都是中部大學的學生……」

「我身上有車鑰匙，先上車再說吧！」侯冠年打斷了閻思悅的介紹，掏出口袋裡的鑰匙打開駕駛座，等所有人上車後就立刻踩緊油門離開。

「這兩位是侯冠年和謝怡婷。」閻思悅上車後補充介紹道。

「叔叔好。」侯冠年透過後照鏡對中年男子點點頭，這時侯冠年才有辦法仔細打量這個男人。雖然看上去就是個標準中年發福的大叔，但是這個男人隱隱散發出某種熟悉的氣息，總覺得似曾相識。

「這是我叔叔，閻任強。」閻思悅指著一旁的中年男子說。

侯冠年忽然理解那股熟悉感來自哪裡：「閻任強……他是閻任生的弟弟？」

「沒錯，他就是我爸的弟弟，所以才是我叔叔。」閻思悅理所當然地回答。

反而是閻任強打量起侯冠年：「你是侯冠年，你和侯靜芬是什麼關係？」

「她是我姊姊，叔叔也認識她嗎？」侯冠年對這突如其來的問題感到驚訝。

「不，我只是看過她揭發餿水油的報導，那個很有名。」

侯冠年還是顯得訝異：「很少人會記得她的名字，大部分是孟平謙，也就是我姊夫。在我姊去世之後，餿水油案的報導都是他負責發出的。」

「不過孟平謙的採訪都會提到她。」閻任強回答。

侯冠年還想再說什麼，閻思悅卻注意到他右前臂的傷口：「你的手還好嗎？」

「表淺傷而已，稍微包紮一下就好。」侯冠年看了一眼，那幾道傷口還是顯得怵目驚心。侯冠年看了一下後照鏡，確認沒有車追來之後，把車停到了路邊。謝怡婷從副駕駛座的置物櫃中找出一只醫療箱，用繃帶和紗布做了簡單包紮。

「可是應該很痛吧！」閻思悅有些不忍心地咬了下唇。

「是滿痛的，不過至少比剁手指好多了。」侯冠年爽快地回應。

「裡面的都是什麼人，為什麼要這樣對你們？」閻任強疑惑地問。

「他們是異堂的人，福東會下面的一個堂口。應該是因為最近投資福科生技虧了錢，就跟其他人一樣，來找思悅出氣的。」侯冠年說到一半，忽然想起：「對了，叔叔怎麼會知道我們在這裡？」

「思悅每天都會跟我聯繫，所以我一直都知道她在這家旅館裡。她原本離開這裡之後要跟我約吃飯，我看很久都沒有到，所以就來這裡看看。」

「還好有叔叔過來，要不然我們都要小命不保了。」閻思悅慶幸道。

「剛剛那個燈光是怎麼弄的？」侯冠年又問。

「其實我主要的目的不是關燈，而是要把樓下的鐵門打開。我看到外頭開關鐵捲門的是個電子鎖，然後又找到變電箱讓電流過載，這裡就停電了。」

「電流過載？為什麼不能直接把總電源關掉呢？」侯冠年繼續追問。

閻任強笑著搖搖頭：「像這種電子鎖，如果關上電源會鎖死，這樣我也沒辦法進來救你們。所以只能讓電流過載，讓電子鎖燒壞斷開。」

「叔叔怎麼知道這麼多？」這次換謝怡婷發問。

「我本身是個機電工程師，也是俗稱的水電工。」

「太好了，我們未來應該有很多問題要諮詢你。」侯冠年愉快地說。

閻思悅的表情卻有些嫌惡：「你們又想要搞什麼大事了嗎？」

侯冠年忙著陪笑臉：「別這樣說，我們現在是在同一條船，妳之後會感激我的。現在既然被黑道盯上了，我們也應該查查看這背後到底有什麼陰謀。」

「福科生技的股價已經連跌三天，是也該好好查查。」閻任強開口打圓場。

「叔叔您也是福科生技的人嗎？」謝怡婷問道。

「不，就像我先前說的，我就只是一個水電工。不過，當年為了支持我哥哥創業，我的確也有福科生技的股份。」閻任強回答。

「不要在我叔叔身上動歪腦筋。」閻思悅警告道。

「不會的，我們就是先了解一下彼此。」謝怡婷安撫著說。

「如果要繼續往下查的話，我們要從哪裡下手？」閻思悅警介著問。

「就從朱三沐吧！」閻任強冷不防地回答。

「為什麼？」侯冠年想起昨晚和謝怡婷的對話，忍不住提心吊膽起來。

「十年前的解盲案，他被懷疑是洩密的最大受益者吧！雖然我相信我哥不會洩密解盲結果，但是朱三沐作為受益者，肯定有某種管道得知解盲結果。無論這次是不是他幹的，他都很值得繼續追查。」

「那要從哪裡下手？」閻思悅問。

「這就是我們擅長的事情了。之前我們調查朱三沐的旗下企業，『源能量』的時候，雖然竊聽設備被他們發現了，不過他們不知道的是，我們也複製了他們公關主任的通行磁卡，我們就看看這個東西能帶我們到什麼地方吧！」

「你們是中部大學的學生吧？為什麼會牽扯進這麼多起事件？」閻任強問。

「我們不只是中部大學的學生，我們還有野風社。」謝怡婷回答。

「野風社？」閻任強被搞得更糊塗了。

「一個致力於社會運動的學生團體。」

「我不明白。」這次換閻思悅發話了。

「不明白什麼？」侯冠年反問。

「一個學生社團，有需要做到這種地步嗎？」閻思悅顯得難以理解。

侯冠年和謝怡婷同時沉默了，不過看起來並不像是被問倒了，而是在思考應該如何回答。有那麼幾分鐘，車裡就只有外頭呼嘯而過的風聲。

「其實……」謝怡婷剛要說些什麼，卻被侯冠年制止。

「注意到左後方那臺白色轎車嗎？」侯冠年指著後照鏡說。

眾人轉頭往左後方看，不遠處的確有一臺白色轎車行駛著，不過大約都保持在半個街區的距離。如果侯冠年不說出來，很難看出有什麼異樣，閻思悅疑惑道：「那有什麼問題嗎？看起來也不像黑道的車。」

「黑道的車也不一定都是白色的。」侯冠年說著拿起手機，這時候剛好路口是紅燈，白色轎車也在他們的正後方停下。侯冠年轉身拿手機對準白色轎車的車牌，等了一會兒後說：「我這邊資料庫顯示的結果是私家車。」

「這麼高級，掃一下就能知道答案？」閻任強覺得頗為驚奇。

「這只是狗仔的小道具，不過也有很多臺車沒在這個資料庫裡面，那臺車真的太可疑。」侯冠年說著收起手機，此時路口轉為綠燈，侯冠年往前又駛一段距離後忽然對謝怡婷說：「我等等在前面的便利商店停下來，妳去幫我買一瓶水。」

「你這種時候居然覺得口渴了嗎？」閻思悅顯得有些不可置信。

不過侯冠年並沒有搭理她，而謝怡婷也顯得心照不宣的樣子。於是侯冠年默默在下個路口停下，謝怡婷很快下車進到便利商店，過程中侯冠年都緊盯著後照鏡，這時閻思悅才終於明白侯冠年的目的，因為白色轎車此刻也停了下來。

「那臺車真的是衝我們來的。」閻思悅有些擔憂地說。

謝怡婷很快從便利商店走了出來，整個過程都相當自然，甚至沒有瞄白色轎車一眼。不過在上車之後，謝怡婷淡淡地說：「果然是跟著我們的吧！」

侯冠年發動引擎，若無其事地將車子往前駛。在即將抵達下個路口的時候，後方的白色轎車也同時發動。侯冠年趁這時用力踩下油門急轉彎，很快轉進另一條路，接著是連續的衝刺和轉彎，在市區都轉一陣後，才終於慢下來。

「你在駕訓班都開那麼狠嗎？」閻思悅有些驚魂未定地抱怨道。

「別擔心，我是有受過專業訓練的。」侯冠年有些得意地說，他盯著後照鏡，此刻白色轎車已經不見蹤影。

「我們剛剛說到哪裡了？」閻思悅還想延續先前的話題，不過她很快就想到剛剛話題的斷點，那時侯冠年和謝怡婷都同時沉默。而且很明顯的，他們的沉默和白色轎車並沒有關係。

過了許久，才由侯冠年開口：「我並不是從今天才突然開始想查朱三沐的。」

「我知道，是因為『源能量』嗎？不過這麼做也太……」

「太小題大作了了嗎？我懂，所以這不是全部的原因。」侯冠年雖然打斷了閻思悅，不過也沒再繼續說下去。

「那真正的原因是什麼？」閻思悅小心翼翼地問。

侯冠年緩緩說道：「我的姊姊，她也是一名記者。剛才妳叔叔也提到了朱三沐的餿水油事件，五年前朱三沐的旗下企業，被人發現將劣質油重製成食用油販售，另外，還有用飼料油充當食用油的事情發生。」

「你剛剛說，你姊後來去世了。」閻思悅感覺自己已經猜到了故事的走向，她向閻任強投出求助的目光，後者的表情則是一臉肅穆。

侯冠年點點頭，接著說下去：「沒錯，在整理好新聞素材之前，她就不幸喪生了。後來發布報導的記者是孟平謙，是我姊的未婚夫，也是她的同事。孟平謙在她死後整理了遺稿，才把餿水油案曝光在公眾視野之中。」

「你姊是怎麼去世的？」閻思悅戰戰兢兢地提問。

「她死於一場大火，就在我姊任職的媒體辦公室，也就是『點與線』。後來的調查報告指出，起火原因是冷氣機電線老舊走火。可是如果只是電線走火，也不至於這麼嚴重，關鍵就在於我姊當時陷入昏睡之中。」

「昏睡？」閻思悅疑惑道。

「法醫在我姊的身體裡面，驗出了高濃度的安眠藥。」

「所以你懷疑，這是一場謀殺？」閻思悅慢慢把線索拼湊在了一起。

「這是再明顯不過的事。」侯冠年肯定地回答。

「查不出是誰下的藥嗎？」

「很難，畢竟火災會破壞大部分的證據，不過還是可以猜出個大概。因為那場大火幾乎把我姊蒐集來的證據燒個精光，如果不是我姊夫從他們同居的住所找到副本，餿水油案的真相很難重見天日。」

「等等，你說孟平謙是你姊的未婚夫，可是剛剛又說了姊夫。」閻思悅歪著頭，一下子不知道該不該相信這個故事。

侯冠年緩緩地說：「在我姊下葬的一年後，孟平謙選擇跟我姊冥婚。」

「好感人……」閻思悅發出感嘆道。

侯冠年搖搖頭：「不，這是個很哀傷的故事。我不相信死去的人會在世間留下什麼，我也一點都不希望有誰對我的姊姊許諾終生，因為那完全沒有必要。孟平謙會選擇冥婚，是因為他真的太過悲傷了，他需要一個謊言來支撐自己。」

「謊言？」閻思悅問。

「一個他可以和我姊白頭到老的謊言。」侯冠年說完這句話後，車裡又頓時安靜了下來。許久都沒有人說話，閻思悅是不知該說些什麼，而侯冠年和謝怡婷覺得無須多言，至於閻任強，則是看起來若有所思。

「可是這麼聽起來，我覺得你也一樣。」閻思悅思考後開口。

「哪裡一樣？」侯冠年問。

「你死咬著朱三沐不放，代表你也還沒走出傷痛。」閻思悅補充。

「但是至少我真的查出了點什麼吧！」侯冠年忽然顯得有些激動。

「你所看到的只是疑點，可是如果最後真的沒有解盲洩密呢？」

「不可能沒有的。」侯冠年倔強地回答。

閻思悅搖搖頭：「是不能沒有，對你來說，這就是一場不能輸的賭局。」

「不對，朱三沐這個人的確是有問題的。五年前不只餿水油事件，在那之後又爆出了『水源門事件』。而且在十年前，就算不提你爸的事情，在那時也同時爆發了『益生飲』服用致死的案件吧！『益生飲』這件事，妳不會不知道吧？」

「我知道，那就是地下電臺炒作出來的假藥。」閻思悅顯得很鄙夷的樣子。

「沒錯，妳說得很好，可是不只地下電臺，朱三沐過去就是媒體人，所以他很懂怎麼行銷，讓益生飲成為當時最著名的保健食品。他的策略是從鄉村包圍城市，買電視廣告，買地方廣告牆，另外還贊助學術研討會，還有舉辦醫師下鄉義診。尤其是後面這兩個，妳爸成了益生飲的門面，就是赤裸裸的共犯。」侯冠年透過後照鏡緊盯著閻思悅。

「贊助又怎樣？研討會和義診都是好事，不代表我爸認同他的全部做法。」

「的確是好事，但是『益生飲』同時也有了曝光，在你爸的白大褂下，大家就會認為那是專家背書的產品，也就多了一分信任。更別說益生飲的抗癌配方，就是打著妳父親的研究推出的。」

「那是朱三沐擅自利用了我父親。」閻思悅抗議道。

「可是妳父親也從來沒有出來澄清過。」侯冠年步步緊逼。

「那是因為福科生技才剛創立，我爸不能失去朱三沐的投資。」

「那基於同樣的理由，我們怎麼能不懷疑妳爸洩密給朱三沐呢？」

「我爸才沒有這麼做！」閻思悅大吼道，讓車裡所有人都嚇了一跳，侯冠年也差點打偏了方向盤。侯冠年都差點忘記剛剛在旅館發生的事，閻思悅只要提起這件事就會特別激動，連黑道大哥也都可以完全不給面子。

不過侯冠年也不想退縮：「那妳要怎麼解釋那份錄音。在妳爸死後，警察在現場找到了一捲錄音帶，那捲錄音帶就記錄著妳爸對朱三沐洩密的對話。警方猜想妳爸就是因為收到了這捲錄音帶，所以才會選擇自殺。」

「我……」闔思悅一時不知道該說些什麼，眼神從原本的義憤填膺轉為幻滅絕望。那樣的表情很是讓人同情，有那麼一刻，侯冠年都想要告訴她孟夏辰關於指紋的線索。可是侯冠年還是忍住了，他還需要這個籌碼。

於是侯冠年只是輕聲說道：「這也是個不能輸的賭局吧！妳始終不願意相信自己的父親是有罪的。」

闔思悅聽到這句話，表情又顯得堅決不退讓：「這不是相不相信的問題，這是科學問題。繼續查下去就知道了，新藥解盲這一塊我已經研究很久了，新藥解盲是不可能提前洩密的。」

侯冠年也沒有退縮，辯駁道：「這世界上沒有什麼是純科學的，任何事情只要牽扯到人，就沒有什麼是絕對不可能的。」

「你要說人的話，那我也來說說關於我爸的故事。在益生飲的醜聞爆發之後，輿論掀起抵制朱三沐旗下企業的風潮，朱三沐是福科生技的大股東，所以福科生技過去所研發的新藥，也受到了群眾的抵制。我爸也是受害者，他每天都在為新藥的問題奔波，而且後來又爆發懷疑解盲洩密的事件。我爸那陣子一直鬱鬱寡歡，一直到去世的那天早上，他才終於露出笑容，我永遠記得那天是我的生日，他答應過晚上要帶禮物回來給我……」閻思悅說到這裡，哽咽著說不下去。

這次換侯冠年不知道該怎麼接話了，他們都明白後來發生了什麼事，也明白閻思悅將要說些什麼。但是沒有人願意接下去，任由沉默在車裡再度蔓延。

過了好一會兒，閻思悅才擤了擤鼻子繼續說：「所以我才相信，我爸爸不可能是自殺的，因為他那天早上的笑容是真誠的。如果他真的是自殺的話，那就太過份了，他怎麼可以這樣對我。」

侯冠年沉思一下，才決定好自己的措辭：「可是在你爸的現場，留下了那捲錄音帶，那代表他在解盲洩密中很難是無辜的。妳必須要有很強烈的證據，才能推翻那捲錄音帶。」

「我知道。」閻思悅有些無助地回應。

車裡又陷入一陣尷尬，過了很久後，很意外的是由沉默很久的閻任強開口：「我想，我哥可能真的不是自殺，而是被殺害的。」

「什麼意思？」侯冠年對這突如其來的陳述感到驚訝。

「我看過那天的錄像，有很多奇怪的地方。」閻任強接著說。

「什麼地方？」侯冠年問。

「他是跑著向鐵軌的。」閻任強忽然說出一句不明所以的話。

「跑著？」侯冠年更不明白了。

閻任強悠悠說道：「如果一個人要自殺的話，只要站在月臺上輕輕跳下去就好了。可是我看過當天的監視器錄像，我哥並不是這樣的，而是跑著跳下月臺。」

「這的確很奇怪，為什麼要用跑的？」侯冠年喃喃道。

「就像有個人在追他一樣，」閻思悅像是突然抓到了救命的稻草：「所以我爸真的事被害死的。」

「可是就算是被人追著，為什麼要跑向鐵軌？」侯冠年又問。

「可能他真的無路可去。」閻思悅回答。

「這有可能嗎？」侯冠年又低語道。

「不過這至少代表我爸不是畏罪自殺。」閻思悅又恢復原本的自信。

「只是『很有可能』不是畏罪自殺，妳還需要更多證據。無論有多少有利於妳爸的證據，最後都還是要回到那捲錄音帶。如果沒有合理的解釋，妳爸爸還是不能完全洗清嫌疑。」侯冠年潑了個冷水。

「那你有什麼建議嗎？」閻思悅賭氣地反問。

「如果是我的話，就是一開始跟你們說的，從朱三沐下手。不過我覺得機會不高，畢竟這幾年來有多少批狗仔想挖他的黑料，解盲洩密這塊就是沒有人能挖出來。所以這個問題應該要問妳，做為閻董的女兒，妳有什麼建議嗎？」

閻思悅聽到這句話，本來還想要再爭辯。不過看侯冠年的眼神是真誠的，一下子也緩和了下來，認真開始沉思。過了很久以後，她才終於又開口：「或許我還可以問一個人。」

第五章　普路托斯指南

侯冠年找了一間遠離旅館街的汽車旅館下榻，這回並不像上次那樣充滿曖昧的氛圍，而是比較偏向家庭式的汽車旅館。閻思悅一到旅館後，就拿出筆記型電腦，過了不久，連上了一段視訊影像，影像中是一名中年女性。

那人看來年紀比閻思悅大上一輪，不過也還沒到閻任強那樣的年紀，畫面中的女子一臉焦急地問：「思悅，全世界都在找妳，妳到底去哪了？」

「就是因為全世界都在找我，所以我才要躲起來。」閻思悅回答。

「總之能看到妳真的是太好了，我還聽到很誇張的傳聞，說妳被福東會的人綁架了。」畫面中的女士說話的同時，不時瞄著螢幕的各個角落，像是要努力看清楚閻思悅這頭的狀況。

「她是妳的什麼人？」侯冠年望著螢幕問道。

「她是福科生技的研發長魏玟琦，是和我爸爸一起創業的元老之一。」

「思悅妳旁邊是什麼人？」畫面中的魏玟琦警覺道。

「別擔心，都只是大學生而已。」閻思悅說著招手請侯冠年和謝怡婷入鏡。

「研發長您好，我是中部大學野風社的侯冠年。」

「我是謝怡婷。」兩人分別自我介紹道。
「野風社？」魏玟琦從警戒轉為困惑。
侯冠年於是流暢地背出那段標準的官方簡介：「野風社是一個致力於社會運動的學生團體，簡單來說，是一個公益組織，接受群眾委託代為發聲，或是自發性進行公益活動。」
「怎麼感覺跟找妳麻煩的那群股民互助會是一夥的？」魏玟琦皺起眉頭。
「只是性質一樣而已，不過我們不是站在股民那邊，而是站在思悅這邊。」侯冠年說話的同時，用手勢刻意強調了「那邊」和「這邊」。
「可是他們只是學生，妳要靠他們解決問題嗎？」魏玟琦望著閻思悅問。
「我就是想要徹底解決問題，所以今天才會來找妳。」閻思悅回答。
「我能幫上什麼忙嗎？」魏玟琦趨身向前，就像是個焦急的媽媽。
「我現在要問一個問題，希望阿姨能誠實回答。」閻思悅誠懇地說。
「什麼問題？聽起來好像有點嚴肅。」魏玟琦頓時也緊張起來。
「我一直想知道，當年益生飲的事件爆發時，福科生技到底扮演什麼角色？」
「我以為妳想問十年前的解盲洩密，怎麼會是益生飲？」魏玟琦驚訝道。
閻思悅的表情卻顯得有些痛苦：「相信我，這件事對我很重要。拜託妳回答我，益生飲那件醜聞，福科生技到底有沒有涉入？」

魏玟琦有些慌亂：「思悅怎麼說這種話，福科生技一直都是受害者呀！」

「可是，福科生技舉辦那麼多義診和研討會，也算是益生飲的幫凶吧！」

「義診是服務性質，研討會是學術性質，本質上我們都是在做好事。」魏玟琦解釋道。

「這些活動我小時候都去過，益生飲的產品商標就明顯掛在會場。」然而閻思悅並不領情。

「本來這種活動就會有贊助方，這是再正常不過的事。」

「可是那可是很有問題的贊助方。」閻思悅執拗道。

「我們那時候又不知道。對我們來說，那就是益生菌廠商，益生菌是保健食品，跟維他命一樣，維他命能出什麼事？」

「可是它就害死了一個人。」閻思悅強調。

「並不是益生飲直接害死那個老人家的，那個老人家的死因是延誤治療，其實跟產品本身沒有什麼關係。」魏玟琦繼續辯解。

「就是因為那個產品的宣傳方式，所以才會讓老人家延誤治療吧！」

「如果要這麼說的話，這世界上很多東西都有問題了。」

「我們也不能裝作完全沒問題。」閻思悅正色道。

魏玟琦的眼神看起來有些受傷：「思悅，妳怎麼了？」

然而閻思悅的表情卻更加絕望：「福科生技的創始成員中，不是醫生就是學者，每個人都是聰明人，不可能不知道其中的倫理問題，你們只是默許這些事情的發生。經歷這麼多事情之後，我發現執念是很可怕的，為了保住朱三沐的資金，為了實現你們的理想，你們可以遊走在這種灰色地帶，並說服自己這一切都是正常的。我真的很害怕，怕我的父親並不是我所想的那樣。」

「可是那畢竟是妳爸呀！總不能連妳也不相信他吧？」

閻思悅痛苦地搖搖頭：「我不知道，只是我覺得不能因為他是我爸，他做的事情就不會是錯的。我知道福科生技對他來說的意義，讓我不敢再繼續細想，我忽然有種很可怕的想法。」

「什麼想法？」魏玟琦擔憂地問。

「益生飲的抗癌配方，我一直認為是朱三沐擅自拿他的研究成果，會不會其實是……」

「不可以！思悅妳不能說這種話！」魏玟琦忽然激動大吼，讓所有人都震了一下。讓侯冠年想起先前閻思悅為自己的父親辯駁時，也是這樣的情緒。只不過魏玟琦很快覺得不好意思，收住了自己的聲音說：「在義診和研討會的事情上，閻董的確低估了自己的影響力。不過閻董這輩子最痛恨的，就是那些來路不明的處方拖延癌症病人的治療，所以他不可能會主動參與益生飲抗癌配方的研發。」

「我只是很害怕，一個人會為了自己的理想而瘋狂到什麼程度。」

「是因為這些人的關係嗎？」儘管侯冠年和謝怡婷一直默不作聲，魏玟琦還是注意到他們兩個人，用銳利的眼神瞪著兩人：「你們真的只是學生嗎？」

「我們有帶學生證，如果妳想檢查的話。」侯冠年一副滿不在乎的樣子。

「算了吧！就算是假的我也檢查不出來。」魏玟琦嘆了口氣。

「這點妳們倒是挺像的。」侯冠年打趣道。

「不過，不管他們是不是學生，看來都對妳帶來不好的影響了。」魏玟琦把視線拉回閻思悅身上。

「不會，他們只是讓我看事情變得更全面。」閻思悅回答。

「你們是記者吧！」魏玟琦又瞄了侯冠年和謝怡婷一眼。

「我是，至少曾經是。」侯冠年誠實回答。

「現在呢？」魏玟琦問。

「說來話長。」

「我有時間，相信你也有。」魏玟琦堅持道。

侯冠年嘆了一口氣，然後決定坦承：「那我老實說吧！我是以一名受害者的身分，來調查這件事情的。」

「受害者？」魏玟琦皺起眉頭。

「我在『普路托斯指南』中跟單了『第三資金』，而在這次福科生技解盲後虧掉了所有積蓄。」

魏玟琦倒吸一口氣：「原來，所以我說你們就像股民互助會那夥人。你們不能因為自己賠錢了，就往思悅身上找麻煩，說起來這也只是你們自己貪婪而已。如果真的要怪的話，你應該要去怪普路托斯指南，或是第三資金。」

侯冠年沒被這番話語激起情緒，反而是淡淡地笑了笑：「妳是福科生技的元老，我以為妳會比較理解普路托斯指南。」

「為什麼？生技人比較需要炒股票嗎？」魏玟琦反諷道。

侯冠年搖搖頭：「普路托斯指南的核心並不是炒股票，普路托斯指南和妳們一樣，創業的初衷都是理想主義。你們的理想是以臨床和學術的角度研發新藥，而普路托斯指南的理想又更創新一些。」

「有什麼創新的？不都是為了錢嗎？」

「有誰可以不用錢活著的嗎？」侯冠年反問，沒等對方回答就繼續說：「只是有人不需要為了錢鑽牛角尖，有些人卻不得不為了生存鋌而走險。而對於我們這些沒權沒勢的人來說，普路托斯指南，是資本遊戲民主化的開端。」

「資本遊戲民主化？」魏玟琦困惑道。

「在過去，資本被少數人掌握在手裡，如何以錢滾錢的資訊和管道也掌握在少數人手裡。但是普路托斯指南的創設，改變了遊戲規則。雖然平民還是只掌握著少數的資本，但是當一群人聚集在一起時，這就是個很大的力量。」

魏玟琦卻不以為然：「不，現在資訊還是掌握在少數人手裡，你們只是把錢交給你們自以為信任的人。從這次的事件就可以看出來，你們還是無法了解這樣的複雜體系。」

而侯冠年也沒有因此而退卻，進而繼續闡述自己的想法，彷彿在進行一場發人深省的演講：「可是所謂的民主政治不也是這樣嗎？我們每個人不可能都是政治方面的專家，不過我們還是可以選擇應該信任哪個專家。我們不需要真的對這個體系了解通透，我們可以透過候選人宣稱的理念，或是他過去的所作所為來決定。」

「你把去中心化的概念想得太美好了。」魏玟琦搖搖頭。

「是妳太習慣於菁英主義了。」侯冠年辯駁道。

「那這次的事件呢？你的世界觀是不是就崩塌了？大家都被第三資金愚弄了。」魏玟琦嘲笑道。

「不，我還是不認為第三資金需要為此負責。」侯冠年堅定地回答。

魏玟琦不可置信地搖搖頭：「為什麼不需要？答案不是已經很顯而易見了？第三資金利用你們不切實際的期待吸收會員，最後再一舉將所有資金捲走，這不是傳銷組織常見的伎倆嗎？」

「不，答案並不是那麼顯而易見，有時候我們看到的未必是真相。」

「那真相是什麼？」魏玫琦用刻薄的語調提問。

「傳銷組織的獲利是透過會員的不斷加入，利用下線投入的金錢作為上線的報酬，可是第三資金的主要獲利方式完全不一樣。」

「有什麼不一樣？」魏玫琦質疑道。

「第三資金就算沒有會員的加入，也透過精準預測股市的漲跌獲利了許多次，這才是他的主要獲利模式。會員追隨只是附加價值，不需要會員就能穩定獲利，也沒有金字塔結構崩毀的壓力，總和來說，就沒有坑殺會員的理由。」

「那這一次是怎麼回事呢？就是單純預測失準嗎？」魏玫琦尖酸地問。

「我覺得事情沒有那麼單純，目前我還沒有找到一個合理的解釋，這也是我請閻思悅女士找上妳的原因。」

「那你期待能從我這裡得到什麼，如果我們真的沒有洩密，那你不可能從我們這裡獲得任何證據。如果我們洩密了，那我要說什麼？這裡是我們的定罪資料，請你拿去吧！」魏玫琦的語氣依舊苛刻。

「我相信閻思悅的眼光，她會找上妳，就是代表洩密案無論是否真的存在，肯定跟妳沒有關係，所以才能以妳做為突破口。」侯冠年見過更多比魏玫琦還要更刁難的受訪者，因此顯得處變不驚。

「那真是謝謝了。」魏玟琦雖然依舊警戒，不過敵意稍微收住了一些。

「所以，如果要調查洩密案，應該從哪裡下手？」侯冠年問。

魏玟琦有些困擾地搔了搔頭：「你這麼一問，我也不知道該從哪裡說。」

「那不然從解盲的流程吧！我們看看哪裡會有漏洞。」侯冠年提議。

魏玟琦卻堅決地說：「解盲不會有漏洞的，如果真的有漏洞的話，之前的人早就發現了。」

侯冠年溫和地安撫：「這也是閻思悅對我的說法，不過事實就是發生了，對吧？而且你們一開始所建立的解盲機制，是為了科學家而設立的，而不是罪犯。所以這當中會有很大的不同，你們不會假設所有人都是壞人。」

魏玟琦也同意：「的確，盲化試驗的目的只是預防干擾，而不是防止作弊。」

侯冠年為終於緩和下的氣氛鬆了一口氣：「沒錯，所以這當中就有很多操縱空間。我先提出一個最根本的問題，只要我們能知道對照組和實驗組有哪些人，就能算出解盲結果吧？」

魏玟琦點點頭，卻嘆了口氣：「理論上這麼說沒錯，但是這筆資料並不是在我們手上，而是外包的數據加密中心。」

「可是這當中有個問題我一直搞不明白，那就是製藥廠。如果只有數據加密中心知道新藥被分配給誰，那製藥廠在包裝藥物的時候，要怎麼把新藥包到正確的包裝裡面？」

「新藥跟安慰劑是一開始就先製作好的，兩者的包裝完全相同，差別在於上面的隨機編號。哪個編號對應到新藥或安慰劑，會在試驗前就先送到數據加密中心。」魏玟琦解釋道。

「如果這樣的話，代表製藥廠也會知道編號所對應到的組別吧！」

魏玟琦搖搖頭：「不會的，目前的生產線都是採用自動化包裝，現場不會有人看到分裝的過程。推送到生產線末端時，也已經被隨機打散，看不出分組了。而隨機編號的清單在產生之後，也會立即變成加密檔案，只有第三方能夠開啟。」

侯冠年卻從這段說明中找到突破口：「雖說是自動化包裝，但如果有人想在旁邊看分裝過程，也是可以的吧！」

「平時的確是可以穿著無塵衣進入生產線，但是像這種盲化的實驗設置，分裝過程我們不允許有人員進入。就算有人員進入，我們也會有門禁紀錄和監視器影像，這種事情很容易會被逮到。」

「這聽起來比我想像中要嚴密多了。」侯冠年沉吟道。

「沒錯，雖然是防君子不防小人，但是已經做到足夠周密了。」

侯冠年忽然靈光乍現：「妳說的是現行體制，不過十年前應該沒有這個技術吧！」

「你在懷疑閻董嗎？」魏玟琦又皺起眉頭。

侯冠年趕忙打圓場：「不，我反而是在為閻思悅解套。因為時空背景的不同，加密技術比過去更進步，所以就算過去的洩密案成立，犯罪手法可能也無法在今日實現，閻思悅更不可能是犯人了。」

可是魏玟琦並不領情，挖苦道：「謝謝你喔！雖然我從來不認為閻思悅是犯人，我們不過就是單純的科學家而已。」

「是你這麼認為，外面的人可不這麼認為。」

「你也不這麼認為吧！不過我要跟你說，這些盲化的制度其實十年前就已經建立得很完整了。」

「十年前就有這種技術了嗎？」侯冠年懷疑道。

「在十年前的確算是很新的技術，不過也不是完全不存在。要知道我們技術的使用，最早會應用在戰爭，其次會用在尖端科學研究，最後才進入日常生活，所以現在生活中會接觸到的科技，通常是已經存在很長一段時間了。」

「我能理解，不過如果只是單純防君子不防小人，有需要做到這種地步嗎？」

「閻董對於實驗設計是很嚴謹的，他想做的一定要做到最好，福科生技很多地方都還是沿用他所設立的典範。」看魏玟琦的表情，他對閻任生很是崇敬。

「那我們得好好思考這套流程有什麼漏洞了。」

「我知道你很想找到答案，不過你也看到了，這套流程是很嚴謹的。」

侯冠年一下沉默了，似乎也是被這個問題給難住了。看侯冠年那樣的表情，魏玟琦的情緒也稍稍緩和下來。但是就在她又要開口時，侯冠年忽然問：「只要能知道對照組和實驗組有哪些人，理論上就能算出解盲結果吧？」

「沒錯，你一開始就說了。」魏玟琦因為被打岔而顯得有些煩躁。

「那如果我偷了一顆藥呢？」侯冠年這句話一說出口，在場的人一下都愣住了，顯然沒有人預期他會說出這句話。

魏玟琦也是過了很久才反應過來：「什麼意思？」

侯冠年接著解釋：「只要拿到一顆藥，去進行化驗分析，應該就可以知道病人是屬於對照組還是實驗組了吧！我雖然不懂科學，不過這兩種藥物在科學檢驗下應該是可以分辨的吧！」

「如果用質譜儀分析的話，的確是能做到的。」閻思悅在一旁補充道。

「那就好辦了。」侯冠年拍了一下手說。

魏玟琦卻潑了冷水：「這還是不好辦，如果是一般藥物就算了，可是這種實驗藥品都是有數量控管的。」

「難道你們之前都沒有出現藥品失竊的事件嗎？」侯冠年質疑道。

「我剛剛說過了，生產線都有門禁和監視器。不只是生產線，藥品庫房也都有，不可能神不知鬼不覺偷走藥品。」

「那如果是內部人士呢？要進入藥庫很方便吧！」

魏玟琦苦笑道：「又要懷疑內部人嗎？就算真的有人偷藥好了，在之後清點的時候也會被發現的。」

「會不會是被掉包了？」侯冠年還是不死心。

「很難吧！我們的商品上都有防偽標籤的。」

「防偽標籤其他人做不出來嗎？」侯冠年繼續追問。

「硬要做的話是可以，只是成本也不低。」

「如果成功竊取解盲結果的話，回報是好幾千萬，我想防偽標籤怎麼說都不需要這麼多錢吧！」侯冠年又是一臉得勝的表情。

「可是防偽標籤需要特定廠商才能做，我覺得很難不被發現。」

「還是幫我查一下吧！我想要藥庫從試驗開始到現在的出入門禁紀錄，還有監視器的影像紀錄。」侯冠年央求道，像是終於抓住救命稻草。

「那會是半年份的資料耶！你有辦法消化那麼多資訊量嗎？」

「沒關係，我有野風社。」侯冠年轉頭看向謝怡婷，在周圍質疑的眼光之中，只有謝怡婷堅定地對他點了點頭。

在把福科生技的藥庫和門禁資料送到野風社後，天色已經黑了。從早上發生那場鬧劇時天都還沒大亮，而現在已經入夜，忙了一整天的侯冠年感覺很疲憊。坐上飛思傳媒的公務車後，侯冠年注意到左後方的一臺寶藍色轎車。雖然那臺車他從來沒見過，但是根據狗仔的直覺，總覺得那臺車透出某種氣息，就和早上那臺白色轎車一樣的氣息，專屬於獵捕者的氣味。

侯冠年發動引擎，車子駛出了一段距離。在即將抵達第一個路口的時候，左後方的寶藍色轎車也發動了，行為模式的確和早上的白色轎車一模一樣。不過侯冠年這回沒有急忙甩開，而是若無其事地繼續行駛著，觀察著對方的行動。

那臺寶藍色轎車和早晨的白色轎車一樣，都是維持著大約半個街區的距離，以一種若及若離的態勢跟著。侯冠年路過了中央車站，這時他忽然有個想法，他把車停到路邊的停車格，帶上手機和錢包後，不動聲色地走下車。

侯冠年雖然沒有回頭，但是他感覺到後方的寶藍色轎車也停了下來。侯冠年快步走向中央車站，中央車站是捷運、鐵路、客運匯集的樞紐，一走進車站就是讓人眼花撩亂的指標。侯冠年透過光亮的金屬牆，窺見後方並沒有可疑人士。

侯冠年稍停了一下，假裝研究站內地圖。從兩旁金屬邊條反射，更可以確認後方沒有跟蹤者。侯冠年索性轉過身，除了各有目的的趕路人外，就沒有其他人了。侯冠年接著走出車站外，發現藍色轎車也已經消失無蹤。

侯冠年嘆了口氣坐上車，他有些疲倦地靠在椅背上，他望著一旁明亮喧鬧的車站，忽然覺得有些恍神，今天所發生的一切都是那麼不真實。他望著右前臂上纏著的白色包布，那是早上謝怡婷替他包上的，他禁不住陷入了沉思。

接著他拿起手機，撥了一個號碼，過一會兒才接通：「孟副總，現在方便說話嗎？」

那頭傳來冷冷的聲音：「我以為你不會再打來了，我以為你靠野風社就夠了。」

「我們也不過是一群學生，你才是專業的媒體人。」侯冠年輕佻地回應。

「少在那邊拍馬屁。而且，千萬不要仗著自己是學生，就覺得自己做什麼事情都能被原諒。你們雖然是學生，但是法律來說已經是成年人了。」孟平謙還是那樣讓人熟悉的語氣。

「我知道，『源能量』那樣的事我已經不幹了。」侯冠年恭敬地說。

「那就不要做一些更奇怪的事。」

侯冠年又望向右前臂上的白色包布，突然覺得有些心虛，不過又很快掩飾過去：「有孟警官在，我也不需要鋌而走險了。」

「我就怕你們兩個狼狽為奸，上次我哥跟你說了什麼嗎？」

這是另一個侯冠年更難回答的問題，他想起孟夏辰昨天最後跟他說過的話語，不知道該不該說出口。可是轉念一想，這麼重要的信息，孟夏辰不可能沒有跟自己的親弟弟提過。

「沒什麼特別的。」侯冠年最後決定這麼說。

「他說了關於你姊的事吧？別擔心，我全部都知道。」

「真不愧是孟副總。」侯冠年打哈哈想混過去。

「我說過別拍馬屁。」孟平謙又嚴厲地訓斥。

「那問點實際的，關於朱三沐這次也涉入的消息，能夠壓多久？」

「你為什麼會問這個問題？」侯冠年彷彿都能感覺到孟平謙皺起了眉頭。

不過侯冠年也沒有打算隱瞞自己的目的：「如果大家把目光轉向朱三沐的話，閻思悅就不需要我了，飛思傳媒也不需要我了。」

「我從來沒說過需要你。」孟平謙疏遠地說。

侯冠年又是一副輕浮的口吻：「真令人傷心，我倒是很需要你。總之我想問，朱三沐賣出股票的事情，多久才會公開？」

孟平謙還是認真回答了：「其實依照朱三沐實際掌握的股權，在賣出股票前的三天就應該跟主管機關通報。但是朱三沐是用旗下的眾多子公司去投資福科生技，每個子公司的持股都不超過百分之十，所以就算大量倒貨也不需要通報。」

「跟我想的一樣，我上網查了福科生技的公開信息，查到一些內部人轉讓的資訊，但是就查不到朱三沐的，換了幾個子公司的名稱也查不到。另外有趣的事情是，我查了這幾個月來的大戶總持股的比率，發現也沒有大幅波動。」

「你在暗示這個消息可能是錯的嗎？」
「怎麼可能，有孟副總背書，這就不可能是錯的。」
「別拍馬屁。」孟平謙又責罵道。
不過侯冠年也只是若無其事地繼續問：「那還有別人嗎？福科生技的內部人有沒有拋售股票？」
「沒有，反而有幾個加碼買進股票，我想這可以解釋大戶總持股的問題。」
侯冠年提起了興趣：「加碼買進？感覺就是被當成冤大頭，名單上有誰？」
「有個你熟悉的名字，閻任強。」
「怪了，他感覺老神在在的，一點都沒有被坑的感覺。」侯冠年一開始想著閻任強那張憨厚老實的臉，但是忽然有有種異樣的感覺，過了好一會兒他才明白那種感覺從何而來：「等等，你怎麼知道我見過閻任強？」
「我跟你說過，不要做奇怪的事情，我都會知道。」
侯冠年反射性地說：「真不愧是孟副總。」
孟平謙也幾乎是反射性地罵道：「別拍馬屁！」
「遵命。」
孟平謙嘆了口氣：「再跟你說一件事吧！我請我哥去調了十年前的卷宗，當時也有不少福科生技的內部人買進股票。這兩波案件的感覺很像，就像模倣犯一樣。」

「連公司也一樣，這種經濟案件的模倣犯應該沒有先例吧！」
「就我所知沒有。」孟平謙肯定地說。
「那『第三資金』呢？孟警官有查出什麼嗎？」侯冠年問。
「調查局有發文要求『普路托斯指南』交出『第三資金』的真實身分，但是目前『普路托斯指南』以客戶隱私為由拒絕了。」
「這種美國企業就是這樣，不意外。」
「『普路托斯指南』似乎也不完全是美國企業，臺灣也有資金投入。」
「這個傳言我也有聽說。」侯冠年想起普路托斯指南的公關主任。
「這應該不只是傳言，我另外找人調查了『普路托斯指南』的資金結構，發現和福科生技有部分重疊。」
「為什麼？這兩個八竿子打不著啊！」侯冠年顯得相當驚訝。
「這次不就打著了嗎？」
「你是說，有福科生技的內部人想透過『普路托斯指南』操縱股價嗎？」侯冠年再次望向身旁的車站，他感覺自己越來越不理解這個世界，這個謎團可能比他原本想像的還要大上許多。
「這個『普路托斯指南』看起來水很深，我也不確定能幫你挖到多少。」孟平謙的語調聽起來也很無奈，這對侯冠年來說相當稀奇。過去的孟平謙總是他們的最後防線，在退無可退的境地中，還能給出希望的那個人。

侯冠年望著車站來來往往的人群，忽然決定自己也給孟平謙一點信心：「這些就很足夠，只是現在都是零碎的拼圖，我還要想想怎麼把它拼起來。」

然而孟平謙的語氣顯得更加絕望：「最好快一點，你的時間不多了。」

「怎麼說？」侯冠年感到很疑惑。

「我必須告訴你一個壞消息，我這邊快壓不住了。『源能量』那邊又有壓力過來，他們希望我們能正式辭退你，如果這件事情留下紀錄，你在業界就混不下去了，甚至連記者證可能都拿不到。」

「那你們怎麼說？」侯冠年差點就要忘記了，這才是所有事情的起因。

而這或許也是讓孟平謙自信心動搖的緣由：「我請老闆再給你一點時間，如果你那邊真的能查出什麼，老闆可以讓你將功補過。而且『源能量』作為神川集團的子企業，手中有神川集團的不利消息，也比較有談判的籌碼。」

「我有多少時間？」侯冠年問。

「我盡量搬出公關和文書作業去拖延時間，不過最多也只能拖一個禮拜，一個禮拜後他們可能就會直接提告了。」

「一個禮拜要查清所有的真相，你也知道不可能。」侯冠年也絕望了。

「不是不可能，只是可能性很低。不過這也是唯一的希望了。」孟平謙說著嘆了一口氣，儘管孟平謙很常對侯冠年嘆氣，不過可能是第一次顯得如此無能為力。

「好吧！我盡力去查，之後有事情再拜託你。」

「祝你好運。」孟平謙難得誠懇地說。

「謝謝，感謝你為我所做的一切。」侯冠年也難得不打馬虎眼，也不逢迎拍馬屁，而是真誠地感性發言。

「如果我不把你顧好，你姊也會念我的。」孟平謙稀鬆平常地說著，就好像侯冠年的姊姊還活著，回到家就要見面一樣。

侯冠年聽到這句話，忽然覺得十分感傷。他明白在孟平謙的內心深處，姊姊都未曾離去。不過侯冠年覺得自己應該做些什麼，哪怕這樣會傷透孟平謙的心，他還是決定說出口：「孟副總，我姊已經去世了。」

「為什麼要突然說這個？」孟平謙冷冷地問。

「我只是覺得很抱歉。」侯冠年真誠地說。

「抱歉什麼？」

「不知道，就是為了這一切。」侯冠年輕輕嘆了口氣。

「你應該感到抱歉的不是我。」孟平謙忽然話鋒一轉。

「什麼意思？」侯冠年一下不知道孟平謙指的是什麼。

「你前面問過我，說我怎麼會知道你見過閻任強吧！」孟平謙打啞謎般說。

「怎麼了嗎？」侯冠年不確定孟平謙要說些什麼，下意識望向自己綁著包布的右手。

「偶爾讓右手出來透透氣，不要太走火入魔了。」孟平謙像洞悉一切般說了這句話，然後就立刻掛上了電話，只剩下一臉茫然的侯冠年。侯冠年四下張望了一下，周圍並沒有可疑的人車，接著他便發動引擎駛離車站。

第二天一早，出於內心不安的騷動，侯冠年很早就開車在街上閒晃。他去早餐店買個燒餅油條在車上吃，就像個執行勤務的便衣警察一樣，等到鬧鐘終於響了，他的早餐也吃得差不多了，他便往中部大學的大學城駛去。

中部大學之所以被稱為大學城，是因為校區相當分散，各個學院散落在一整個行政區的各個角落。不過也因為大學生穿梭其中，整個城區展現出不同於一般城市的街景，道路上充滿著青春洋溢的氣息。

侯冠年把車開到傳播學院的門口，學院的建築模仿了新聞臺的風格，學院內還停有三輛衛星轉播車。如果不特別注意招牌的話，會真的誤認為某家電視新聞臺。只是在學院門口等著侯冠年的，竟是昨天早上那位黑幫老大。

只是那位大哥今天沒有穿著一身黑衣，表情也溫和了許多，在大學城的氛圍下看來就像個普通大學生。他愉快地打開車門坐進副駕駛座，一上車就親暱地朝侯冠年招呼道：「嗨，學長。」

「你的早餐。」侯冠年從後座拿了一份燒餅油條給他，接著踩下油門駛離學院門口。

「怎麼會是這麼老派的早餐，我想說以昨天精彩的表演，應該值得一客法式歐姆蛋。」那位大哥其實是侯冠年在大眾傳播系的學弟李仁傑，他雖然嘴上抱怨著，不過還是爽快地對燒餅油條啃了起來。

「歐姆蛋不適合在車上吃，下次補給你。」侯冠年敷衍著說。

「我最近在健身，不適合吃這麼多澱粉。」李仁傑邊說邊啃著油條，接著他看到侯冠年包著繃帶的右手臂：「我昨天表演得夠逼真吧？」

「削皮刀沾紅色顏料這招還算不錯。」侯冠年也看了一眼自己的手臂。

「就跟你說我在學校沒有白學。」李仁傑得意地說。

「你這招是哪裡學的？」侯冠年疑惑道。

「魔術社。」李仁傑理所當然地回答。

「那就再給我製造一點奇蹟吧！藥庫的影像和刷卡紀錄分析得怎樣了？」

「我們才看一個晚上而已耶，大哥！」李仁傑抱怨道。

「你不會想告訴我什麼都沒進展吧？」侯冠年也臉色一沉。

「監視影像就算是用十六倍速去看，一個晚上最多也只能看三天的份量而已，更何況我們拿到的影像整整有三個月這麼多。還好我們有個資工小天才何弘正，他從門禁紀錄入手，用程式去找出其中異常的地方。」

「有找出什麼嗎？」侯冠年焦急地問。

「目前看到的刷卡紀錄都是員工正常的活動，除了其中一筆。」李仁傑刻意在這裡賣了個關子。

「怎麼了？」侯冠年追問道。

面對侯冠年的渴求，李仁傑也沒有刻意為難，很快就公佈了解答：「有個藥庫管理員應該是上白班，可是晚上卻有他的刷卡紀錄。」

「查過這個人嗎？」侯冠年又問。

李仁傑這次也一樣沒有再賣關子：「這筆資料有被他們的資安單位通報異常，那位藥庫管理員的解釋是卡片弄丟了，不知道是誰刷的。」

「進入藥庫的時間有多久？」

「兩個小時。」李仁傑回答。

侯冠年聽了驚訝道：「兩個小時是一段很長的時間呀！後來沒有藥品失竊嗎？」

「第二天有進行清點，藥庫沒有任何異常。」

「有監視器的紀錄嗎？」侯冠年追問。

「當時他們有調監視影像，看過沒有異常。」

「怎麼可能沒有異常？沒有拍到是誰刷卡進入的嗎？」

「的確有拍到，不過看不清楚是誰，紀錄說藥庫員工常常互相借用識別證。雖然沒有追查出究竟是誰借用這張識別證的，不過因為藥品並沒有丟失，所以就這樣結案了。」李仁傑解釋道。

「監視影像在哪裡？我來看一下。」侯冠年急切地問。

不過李仁傑只是慢條斯理地說：「那是半年前的事了，監視影像的檔案太大，一般只會保存三個月。」

侯冠年顯得不可置信：「可是這不是異常紀錄嗎？怎麼會沒有留下影像？」

「他們的確有留下紀錄，不過不是完整的影像檔，只有一張監視畫面截圖。」李仁傑說著掏出了手機，讓侯冠年看其中一張相片。

侯冠年也不顧還在開車，直接轉頭看了一眼李仁傑的手機，過程還差點撞上一臺突然變換車道的車輛。那張相片只有一個背影，從背影的確很難看出來究竟是誰，甚至是男是女都很難說：「沒有正面的相片嗎？」

「沒有，檔案中就只有這張了。」李仁傑聳聳肩。

「怎麼可能？總不可能這個人一直背對鏡頭吧！」侯冠年顯得有些忿忿不平，他抬頭望著道路前方。看著滿佈街道的監視器，真的很難想像在現代社會中，究竟有什麼是真的能被隱藏起來的：「而且福科生技不只藥庫有監視器吧？」

「可是都是半年前的畫面，只要當時沒留下來，現在都沒辦法再追溯了。」

「那也只能從那個藥庫管理員查起了，把名字給我，我請姊夫幫我查一下。」

「我已經把他的名字傳給你了。」李仁傑說著，得意地點開聊天軟體的畫面，可是又話鋒一轉：「可是如果連這條線也沒問題的話，我們還能再從哪裡下手？」

「如果不是源頭的話，那只有可能是下游了。」侯冠年說。

「下游？」李仁傑疑惑道。

「我還是主張原本的想法，只要從每個病人身上取得一顆藥品，那就能知道誰是新藥組，誰是對照組，進而推算出解忙結果。既然從源頭沒有辦法掉包藥品，那另一種可能，就是從病人端掉包藥品了。」

「你的意思是，要我們去調查所有納入臨床試驗的病人？」李仁傑的表情瞬間垮了下來。

「對。」侯冠年堅定地回答。

「那是很龐大的調查耶！」李仁傑抱怨道。

「沒關係，我們有野風社。」侯冠年卻自信十足地回應。

「別說得好像你自己不是野風社一樣，你也要來。」李仁傑翻了個白眼。

「我這裡還有一些事情要忙，忙完就會加入你們。」侯冠年敷衍地說著，並把車重新停到傳播學院門口：「在這之前我們就先各忙各的吧！」

雖然李仁傑有些不情願，不過看到侯冠年已經拉起手剎車，還有他堅定的眼神，也只能勉為其難地下車，然後有些落寞地關上車門。侯冠年望著李仁傑的背影，就像在目送不願意上學的小孩一樣。

侯冠年有些無奈地搖頭嘆氣，重新放下手剎車踩下油門。就在踩下油門的那刻，一股熟悉的感覺像觸電一般傳進心窩。他很快瞄了後照鏡一眼，瞥見後方不遠處停了一輛紅色轎車，在他駛離半個街區後也同時發動。侯冠年這回沒有打草驚蛇，他慢悠悠地在大學城裡面迂迴，從傳播學院到社會科學院，接著是商學院和理學院，然後是政治學院和醫學院，幾乎繞了大半的大學城。

最後他在農學院停了下來，這裡接近城市的邊陲，有著市中心少有的大片綠地，也是整個大學城最大的校區，侯冠年就把車停在罕有人煙的生態池邊。正因為這裡沒有什麼人車，兩臺車前後停在這裡也顯得特別顯眼。侯冠年熄火走下車，漫不經心地往後方走去，就像只是個在生態池邊散步的城市人而已。他眼角餘光瞥向那臺紅色轎車，那紅在近郊中特別惹眼。

侯冠年神色自若地從紅色轎車邊經過，卻迅雷不及掩耳地拉開後座的車門。不過，車裡的人並沒有受到太大驚嚇，反而是侯冠年看到車裡的景象驚訝得一下說不出話。

後座的人，是榮叔。

不過侯冠年很快從震驚中恢復過來，質問道：「為什麼跟蹤我？」

「或許我只是想避免你陷入危險，或許我在幫你姊夫看著你。」榮叔拄著拐杖打啞謎般繞口令。

「我以為你不在乎我的死活。」侯冠年示意榮叔讓個位置，然後坐進車內關上門。坐在駕駛座的是一名黑衣人，是侯冠年沒看過的面孔，不過氣質上看來跟那天在雲雨館遇到的黑衣人差不多。如果要猜的話，應該是福東會的人。

榮叔沒有回應侯冠年疑問的眼神，只是繼續說：「別這樣說，我看過你這種年輕人，走火入魔只需要一分鐘。」

侯冠年警戒地望著黑衣人，那名黑衣人從一開始就沒回過頭，甚至連後照鏡都不瞄一眼。而在車子前方面板上，是和侯冠年車上類似的車牌辨識系統，侯冠年於是說：「你是想知道閻思悅在哪吧！可是你忘了我也是個狗仔。」

「你的反跟蹤技巧不錯，但是你的女朋友可不一定了。」榮叔意味深長地回應。

「所以我讓她不要走出房門，這樣她就不需要知道什麼技巧。」

「如果她在乎的人受到威脅，她還能不出來嗎？」榮叔說著露出耐人尋味的眼神，他輕撫著鋁製的拐杖，看起來就像個高深莫測的陰謀家。

「你是想威脅我嗎？我以為你想要避免我陷入危險。」侯冠年諷刺地說。

「你也說了，我不在乎你的死活。」榮叔不冷不熱的回應。

侯冠年不理解地搖搖頭：「為什麼你這麼執著想要閻思悅？大師你真的是在為福

東會做事嗎？」

榮淑冷笑道：「你也太小看我了，我不為誰做事，我是在創造時勢。」

「你要造什麼時勢？」侯冠年好奇道。

「年底的市長選舉。」

「你是哪一邊的？」侯冠年又問。

榮叔只淡淡說了三個字：「葉世傑。」

侯冠年一下恍然大悟：「那個福東會勾結的政治世家嗎？說到底還是為了福東會吧！葉世傑在幫福東會喬事嗎？」

「不，你完全誤解這起事件的規模了，這次的解盲洩密本質就是政治事件。」

「我以為應該是科學事件。」侯冠年挖苦道。

而榮叔只是平靜地接著說：「朱三沐跟十年前後這兩起解盲案都有關聯，這你也知道了。而朱三沐是紅頂商人，是政治獻金的大戶，如果他出事的話，很多政治人物都會落馬，十年前就發生過這樣的事了。」

「包括葉家嗎？」

榮叔搖了搖頭：「剛好相反，朱三沐的贊助對象正是葉世傑的競選對手。閻任生跟我們這次競選的對手也算是世交，也是因為這樣，當年才會撮合朱三沐資助福科生技。」

侯冠年頓時豁然開朗：「當年餿水油案爆發，也是政府撮合福科生技讓朱三沐進行資金轉移，進行現金增資讓朱三沐得以大量入股。福科生技有近半官股，雖然對外聲稱現金增資是因為營運需求，不過輿論大多認為是官商勾結。」

「看來孟警官把你教得很好。」榮叔點頭認可道。

「他只有提到資金流動的部分，但是沒有提到政治。」

「當然了，畢竟他是公務員嘛！」榮叔有些不以為然地說。

「那你要閻思悅做什麼？」侯冠年並沒有忘記最初的問題。

「其實只要現有的材料，就可以做出一個繪聲繪影的故事了，這也是目前操作輿論的方向。不過現在到年底還有很多變數，如果能有一個殺手級的王牌，對我們來說會更穩妥一些。」榮叔邊說邊摸著手杖，讓人猜不透他的心思。

侯冠年也是無法理解：「那個王牌是閻思悅嗎？可是她什麼都不知道。」

榮叔顯得有些不耐煩了：「我都說了這麼多了，再加上前後兩次解盲事件，你不覺得福科生技就是朱三沐洗錢的後花園嗎？你會問不出東西，或許只是不夠有魄力，或許得換個人試試手氣。」

「相信我，她看起來就是個純粹的科學家。」侯冠年堅持道。

「也請你相信我，我看過很多這種扮豬吃老虎的小白兔了。」榮叔一副語重心長的樣子，在他面前，任誰看起來都像小白兔。

「可是你還能怎麼做，她如果鐵了心不說，你也沒辦法逼她說吧！」

「我是什麼人？還能沒有辦法嗎？」榮叔陰沉著臉，雙眼微微往上抬，以讓人極為不安的眼神注視著侯冠年。侯冠年不得不把視線移開，望向冷清的生態池，卻讓人更惶恐了，尤其駕駛座又坐著黑衣人，侯冠年腦中瞬間飄過各種可能。

「你該不會是想要動用到福東會吧！」侯冠年倒吸了一口氣。

「你不也在她面前演了一齣戲嗎？」榮叔盯著侯冠年手上的白布說。

侯冠年下意識把右手往後縮，辯解道：「那只是演戲而已，而且即使是這樣，她還是沒有開口。」

「那或許猛藥得再下得更重一點。」榮叔意味深長地說。

「這樣我不能答應。」侯冠年鼓起勇氣抗拒。

榮叔的聲音這時卻柔和了下來，儘管這樣的聲音只是以另一種方式讓人感到不安：「別擔心，閻思悅也算公眾人物，我們不可能真的對她做什麼的。最極端的狀況，就是拿她做人質，把幕後黑手逼出來。」

侯冠年望著榮叔，他的眼神是誠懇的。儘管榮叔時常不擇手段，但是他有種莫名的榮譽感，就如同黑幫教父一樣，有一條底線是不得逾越的，再怎麼流氓也想讓自己看起來體面。

榮叔見侯冠年猶豫不決，繼續勸道：「你也想知道真相吧！你也知道，有時候是必須不擇手段的吧？在這個世界上，只有混蛋和偏執狂能夠生存。」

「我也是有底線的。」侯冠年的回應顯得蒼白無力。

榮叔像魔鬼般輕聲繼續哄道：「你還想當記者嗎？如果想的話，這是你唯一能翻盤的機會。我可以給你保證，如果我們從閻思悅那裡問出什麼，一定會給你一個大獨家。」

「你是把我當作你們的打手吧！」侯冠年還是顯得抗拒。

「看你要怎麼去看待這件事情，如果你只報我們所提供的資料，當然可以說是打手。但是我看你年輕有為，大可去跟各個勢力談交易，每個勢力都會把你當成打手。可是對於你來說，你可以自己選擇平衡報導，材料本身並沒有錯。」

侯冠年被這個問題難住了，因為榮叔說得沒錯。如果善加利用，他的確能穿梭於各方勢力之間，只要不忘初心就好。但這也是事情的重點，他真有辦法做到不忘初心嗎？相反地，在考慮這件事情的當下，他覺得內心遺失了某些東西。

榮叔繼續呢喃道：「如果要打倒朱三沐，光是不斷挖掘他的醜聞是沒有用的。因為無論他被打擊幾次，他都能依靠背後的政治勢力東山再起。你必須徹底斬斷整個共犯結構，而這次就是一個難能可貴的機會。」

這句話的確擊中侯冠年了，他想到了姊姊，想到過去每一次揭發神川集團的失敗。每一次都是以卵擊石，每次朱三沐都能轉危為安。此刻侯冠年打從心底動搖了，

第六章　大學城

侯冠年開車在街道上遊走，昨天和榮叔的見面還是像一場夢，可是此刻他的車後座已經坐著閻思悅了。不過這還不是最糟糕的，副駕駛座坐著的是謝怡婷，侯冠年從上車到現在都一直迴避她的眼神。

「你今天是怎麼了？」在侯冠年第九次把視線移開後，謝怡婷忍不住開口問。

「沒什麼，或許只是累了。」侯冠年還是別過了眼神。

謝怡婷沒有深究，而是轉向另一個話題：「藥庫查得怎麼樣了？」

「查到了……」侯冠年本想說出李仁傑昨天提供的情報，但是看著後照鏡中的閻思悅又突然打住：「錄影的資料太多了，就算用十六倍速也只查了三天的份量。」

「這的確滿累的，我也可以分擔一些。」謝怡婷顯然沒察覺到侯冠年的異樣。

「我也幫忙一些吧！」後座的閻思悅有些興奮地加入他們的話題。

侯冠年立刻婉拒：「不用了，妳應該最近也忙著處理新藥試驗的問題吧！這種事情交給我們這些學生就好了。」

「關在旅館裡面只有電腦，我能做的事情也不多。」閻思悅語氣中帶著一點埋怨，不過又很快轉移注意，一臉興奮地望向車窗外：「今天倒是不錯，你不是要我盡量隱密行蹤嗎？為什麼今天突然帶我出來？」

「我有個線人，說是要看到妳本人才肯透露線索。」侯冠年回答。

「是什麼線人？」閻思悅追問道。

「福科生技的內部人。」侯冠年點到為止，畢竟這種事情說越多破綻也越多。

「福科生技的內部人？那應該會是我認識的人，叫什麼名字？」

「他沒有跟我說本名，我們聯絡都是用匿名的方式。」侯冠年有點承受不住閻思悅越來越多的問題，腦中飛快轉著，盡量把話題帶到死胡同。

「匿名的話，你怎麼確定他是福科生技的內部人？」閻思悅糾結道。

「因為他提供的消息很可靠。」侯冠年此刻顯得惜字如金。

「他的匿名是什麼？」可是閻思悅還是不肯就此罷休。

侯冠年想了一下，然後回了兩個字：「雨人。」

這時反倒是一旁的謝怡婷被提起興趣了：「雨人？那不是你姊姊的線人嗎？我記得他五年前就消失了。」

「我們後來又重新連絡上了。」侯冠年只淡淡地回應。

而謝怡婷此刻卻陷入沉思：「原來他是福科生技的內部人嗎？當年他怎麼會知道餿水油事件的內幕？」

「可能因為都是朱三沐的子公司吧！」侯冠年感覺自己快接不住了。

「可是五年前朱三沐手上不是沒有福科生技的股份嗎？」謝怡婷又問。

侯冠年倒抽一口氣，繼續解釋道：「他或許是朱三沐身邊的人，五年前有接觸到餿水油事件，現在又接觸福科生技相關的業務。」

「的確，朱三沐持有福科生技的股票後，要安插一些人進來管理層。」

「妳看吧！這一切都合理了。」侯冠年忍不住附和道。

謝怡婷對侯冠年的過於激動的反應稍稍皺眉，不過也沒有繼續深究，只是接著問：「那為什麼不是他過來，而是我們過去？」

「那個線人很小心，他要確定閻思悅跟我們是同一陣線的。」

「那他為什麼不能用視訊？上次就是用視訊聯絡研發長。」謝怡婷又問。

「現在外面盛傳閻思悅被綁架了，就算能用視訊聯絡上，人家也會認為可能旁邊有綁匪監看。」侯冠年小心地回答，盡量讓前後的邏輯合乎情理。

「我們這樣看起來不像綁匪嗎？」謝怡婷對著後照鏡仔細端詳著。

「我們就只是普通的大學生而已。」侯冠年故作輕鬆地回應，同時拉上手剎車，將車停在路邊。這回也是在大學城，不過和上次生態湖不一樣，這裡有許多大學生來來去去，侯冠年不自覺鬆了口氣，至少是個好的開始。

「你怎麼停下了？」謝怡婷疑惑道。

「線人說要在這裡等。」侯冠年回答，這是一個比較輕鬆的問題。

「可是這裡是紅線。」謝怡婷指著前方的路面，此刻他們的確停在紅線上，路人都投來異樣的眼光。因為侯冠年停車的位置就在十字路口附近，所以造成後方來車不小的困擾，不是按喇叭就是從旁邊繞過。

不過侯冠年無所謂地擺擺手：「他就說要在這裡，反正大不了就是一張罰單。」

侯冠年往窗外四處望了望，路人的指點也有助於過濾侯冠年要找的人，只不過侯冠年掃了一圈都沒找到可能的人選。過了不久，倒是一名警察先走了過來，敲了敲侯冠年的窗戶。

「怎麼了？」侯冠年降下窗戶裝無辜道。

「你停到紅線上了。」警察也只是公事公辦地回應一句。

「不好意思，我沒有注意到。」侯冠年裝作慌忙地放下手剎車，卻也不急著離開，而是再度掃視了周遭一眼。他看見警察後面跟著一輛警車，警車上還有一名警察，只是那名警察的面孔不知道為什麼有些熟悉。

「把駕照拿出來，我要開單了。」窗外的警察見他還不走，有些不耐煩地拿出小冊，準備記下侯冠年的資料。可是侯冠年顯得心不在焉，而是望著警車裡的那張臉絞盡腦汁想著，可是就是想不起哪裡看過那個人。

「駕照有嗎？」窗邊的警察又問了一次。

「可以幫我開勸導單就好了嗎？我是真的沒注意到。」侯冠年漫不經心地回答，視線還是望向遠處，警車內的人也正望著那邊，侯冠年便把目光移開，不過腦子還在拚命轉。侯冠年確信自己見過那個人，只是或許不是穿著警察制服。

「等等，這位是閻思悅女士嗎？」窗邊的警察將頭探向窗內，注意到後座的閻思悅，表情忽然變得警戒起來。

「不是，那只是我朋友。」侯冠年反射性地回答，就在他轉頭再次看向遠方的那刻，他忽然想起來了。上一次見到那個人時，的確不是穿著警察制服，而是穿著一身黑衣。是在旅館街，那個陪榮叔一起走出雲雨館的黑衣人。

「不對，那就是閻思悅。先生，請你熄火下車，雙手放在我能看到的位置。」不知道為什麼，對話忽然變得有些嚴峻。

侯冠年回過頭，發現對方已經抽出腰際的配槍。侯冠年緊盯著眼前的那把手槍，那並不是刑警常用的華瑟警用快速防禦手槍，而是比較常在黑市上流竄的克拉克改造手槍。侯冠年很快就意識到了這背後隱藏的意涵，迅速採下了油門，對方的手槍因為撞上門框而走火，爆出了劇烈的聲響，子彈打破了對側後座的車窗，後座隨之而來閻思悅的一聲驚呼。

「你在幹麼？你這樣是襲警！」閻思悅緊張地大叫。

「那個人不是警察。」侯冠年解釋道。

「那是誰？」謝怡婷雖然發出疑問，卻顯得異常冷靜。從她的表情，侯冠年相信她也認出了那張臉，只是想要跟侯冠年再次確認。

「他的另一個同事，我在旅館街有看過。」

「所以是福東會的人？」謝怡婷透過後照鏡確認侯冠年的眼神，似乎很希望剛剛的一切也是演戲，但是後者沉重地對她點了點頭。一個短暫的眼神交流，讓謝怡婷意識到這次的事情不簡單。

「為什麼福東會的人要假扮警察？他們的目的是什麼？」閻思悅問。

「他們的目的應該是妳。」侯冠年回答。

「可是他們要怎麼知道我在車上？等等，該不會你那個線人是福東會的吧！」閻思悅有些不可置信地看向侯冠年。

「我想我可能是被騙了。」侯冠年有些喪氣地說。

「那現在怎麼辦？他們從後面追來了。」閻思悅轉身看著後方說。

侯冠年看向後照鏡，剛剛那輛警車的確在後方不遠處，而且還鳴著警笛，路上的民眾很快讓出一條路來，這也讓侯冠年的處境益發危險。侯冠年很快轉動方向盤，一個大迴轉駛入對向車道，跟來的警車也立刻急轉彎，橫腰想攔住侯冠年的去路，只是侯冠年的迴轉並沒有繼續停下，而是繞了一大圈又回到原本的車道，接著踩足油門揚長而去。

侯冠年看向後照鏡，警車因為剛剛那一番操作，一下卡在路中央動彈不得，前後被雙向的來車給堵住，即使鳴著警笛，民眾也不知該如何替警車解套。侯冠年接著急轉彎轉入旁邊的小巷，接著微微一笑：「別小看狗仔的車技。」

可是閻思悅還是顯得相當不安，稍微喘一口氣後，還是顯得驚魂未定：「那些人真的不是警察嗎？怎麼能大搖大擺地開一臺假警車在路上？」

「福東會的勢力不容小覷，如果年底縣市長選舉換成他們的人上臺，福東會的作為只會更加猖狂。」侯冠年說著想起榮叔昨天對他說過的話，忽然覺得自己實在太傻了，一邊想著就不自覺就將油門踩到底。

「剛剛真的好險。」閻思悅長舒了一口氣。

可是侯冠年還是顯得很警戒，他不時瞄著後照鏡說：「現在還沒完全安全，我們的車牌大概被整個福東會通緝了，現在要棄車。」

「棄車？這樣等等那輛警車又追上來怎麼辦？」閻思悅詫異道。

「我們只能搭捷運了，越遠越好，然後試著再去租一臺車。」

「為什麼不坐計程車？」閻思悅又問。

「福東會在計程車的圈子裡面有人脈，難保不會被直接送去旅館街。」

「去中央車站吧！前面轉個彎就到了。」謝怡婷看著導航提議，侯冠年從後照鏡偷瞄了一眼謝怡婷。謝怡婷從一開始就沒有顯現出慌亂的樣子，只有她能理解侯冠年的每一步行動，並且給出適當建議。想到這裡，侯冠年心中不禁流過一陣暖流。可是當他又瞥見後座的閻思悅，又開始覺得心虛，因為謝怡婷從頭到尾都不知道他跟榮叔的交易。

侯冠年收起心事，把車停在中央車站的廣場旁，離他前天晚上停車的地方不算太遠。侯冠年的心思於是又飄向昨天與榮叔的對話，他忽然覺得很後悔，忍不住想著另一種選擇所帶來的不同可能。

「完蛋了，這窗戶夠你賠了。」閻思悅下車盯著車窗上的彈孔幸災樂禍道，她顯然還不明白自己的處境，現在比車窗還更加危險。

「現在沒有時間想這件事了。」侯冠年有些粗暴地結束了這個話題。

閻思悅也沒有顯得不高興，因為一走進車站廣場，看見廣場上的警察，她立刻又慌亂了起來，想起剛剛的遭遇：「我現在看到警察都有陰影了，我們真的不考慮搭計程車嗎？」

「這裡是中央車站，我們可以到任何地方。」侯冠年沒搭理她，繼續往前走去。進到車站大廳後，他很快掃過一眼掛在牆上的電子布告欄，指著其中一行說：「我們走綠線吧！列車再一分鐘後進站，我們到那邊剛好。」

「要去哪邊？去終點站嗎？」閻思悅還是顯得不知所措。

「先上車再說，我先查沿途有沒有比較近的租車店。」謝怡婷握了握閻思悅的手，稍稍安穩她的心緒，並拿出了手機。

「你們常做這種事嗎？」閻思悅似乎對兩人的冷靜很訝異。

「第一次，怎麼了？」侯冠年邊說著邊逕直向前走去。

「我現在看誰都像壞人，該怎麼辦？」閻思悅往四周望了望，搓了搓肩膀。她的眼神避開了站內的警察和警衛，就像個心虛的逃犯，一些路人也投來了異樣的眼光。

「跟著我走就好。」侯冠年熟練地走下手扶梯，月臺邊的電子布告顯示距離列車進站還有三十秒。

就在三人下到月臺時，月臺的柵門被打開了，可是並沒有列車進來。月臺上的人都露出疑惑的表情，明顯是自動控制系統故障了，柵門被提早打開了。有些人議論紛紛，有些人走向站務人員抱怨，有些人則拿起手機拍下這個畫面。

「會不會是警察已經找到我們了？」閻思悅有些害怕地看向一旁確認的警衛，儘管對方只是在確認柵門的異常。

「不會的，福東會不是真的警察。」侯冠年安慰道。

「可是我已經不知道有誰可以相信了。」閻思悅有些歇斯底里。

或許是被閻思悅的情緒傳染，侯冠年忽然也覺得有些恍神，心頭湧上一股無助的失重感。他想到閻思悅說到閻任生死前的情景，忽然有股衝動，他想跑向柵欄，越過柵欄跳進鐵軌，儘管他不知道自己為什麼要這麼做。

絕望的感覺嗎？閻任生在死前的最後一刻，心裡是這麼想的嗎？

想到這裡，侯冠年不自覺往前邁步。一步，兩步，三步，他漸漸走向月臺邊，就要越過地板上的黃色警戒線。旁邊察覺到的民眾開始指指點點，但是侯冠年沒有發現。突然，一陣風吹來，旁邊的隧道深處傳來捷運列車的剎車聲響。

「你在做什麼？」閻思悅一把將侯冠年拉了回來。這一扯，把侯冠年手臂上的布巾拉開了，顯現出底下白嫩的皮膚。閻思悅看著侯冠年的手臂，露出疑惑的神情。白嫩，是因為太久沒受太陽曝曬的關係，但是這其中還有一點不對勁。

閻思悅看著侯冠年的手臂，有些恍惚：「你的傷……好了嗎？」

「對，這幾天恢復了。」侯冠年看到這一幕，立刻清醒了過來，不過下意識還是收起了自己的手臂。

閻思悅看起來並不相信：「這恢復得也太快了，那你為什麼還要包起來？」

「只是一點皮肉傷，不過有時候還是會有點痛。」侯冠年有些做作地輕撫右手臂的肌膚。

閻思悅沒有被說服，小心翼翼地說：「還是說，一開始就根本沒有受傷？」

「什麼意思？」侯冠年裝傻著反問，這時一旁的捷運車廂門打開了，人群陸陸續續上下車。

「之前的那一切，都是假的嗎？」閻思悅露出哀傷的眼神。

「我不懂妳在說什麼？」侯冠年望著一旁打開的車門，感到有些焦急。

「別裝了，你這樣裝傻，反而讓我更確定了。」闔思悅看起來並不打算上車，此刻她的眼神很是絕望，彷彿一切都無所謂了。

「確定什麼？」而侯冠年還在打迷糊仗。

「之前黑道綁架只是一場戲吧？」闔思悅直截了當地問。

「妳太敏感了，妳現在只是壓力太大，所以什麼事情都懷疑。」侯冠年試著露出平常輕佻的笑容，假裝不在乎的樣子。

「不要詭辯，你手臂的樣子，就是顯而易見的事實。」闔思悅並不領情。

「捷運到站了，我們上車再說好嗎？」侯冠年指著一旁的車門懇求道。

「不行，我根本不知道這臺車要帶我去哪，更不知道你要帶我去哪。」

「我們現在被追殺，剛剛的情況你也看到了，那個子彈不會是假的吧！」

「所以你承認之前是假的嗎？」闔思悅抓住了侯冠年的語病。

「我現在沒有時間跟妳解釋，我們先上車好嗎？」看著月臺上的人群逐漸都進入了車廂，侯冠年只能用最誠懇的態度說著。可是闔思悅仍然不為所動，列車發出了「嗶嗶嗶」的關門警示聲響，隨後關閉了所有的車廂門。

「你現在有時間了。」闔思悅冷酷地說。

「我要先查一下等一下哪一條捷運會發車。」侯冠年尋找著周遭的電子布告。

「不用查了，在你解釋清楚之前，我是不會跟你走的。」闔思悅再次冷酷地回絕，一旁的路人投來好奇的目光，他們就像一對吵得火熱的情侶。

「難道你要跟剛剛那個假警察走嗎？」侯冠年只能用激將法。

「說不定那個警察才是要保護我的，我只是被你誘拐了。」沒想到閻思悅很快四兩撥千斤。

「他可是對著妳的位置開槍耶！」侯冠年不可置信道。

閻思悅搖搖頭：「本來應該是對你，只是你踩下了油門，他根本沒有傷害我的意思。而且仔細想想，就算是福東會，真的敢在光天化日下假扮警察開槍嗎？而且那還是在大學城。」

「那是你低估了福東會，他剛剛拿的不是制式手槍，而是改造黑槍。」侯冠年試著解釋。

「這我也分辨不出來，隨便你怎麼說都可以。」閻思悅還是不領情。

侯冠年忽然有點焦急，他看著身邊來來往往的路人，有些人向他們投來異樣的眼光，有些人自顧不暇，有些人看不出是什麼想法。這時候他才體會到閻思悅剛說的，所有人都有可能是壞人。

侯冠年嘆了一口氣，決定坦承：「我承認我偽造了那起綁架案，不過本意是為了保護妳。綁架案是假的，可是我們的位置曝光是真的，為了讓妳同意轉移陣地才會出此下策。」

「還有呢？除此之外你還做了什麼？」閻思悅追問道。

「沒有了，就只有這個。」侯冠年這句話說得心虛。

閻思悅很快戳破了他的謊言：「我打聽到了，那天我的老家會被包圍，也是你洩漏了我家的地址吧！」

「我都能查到妳家地址了，其他狗仔隊也遲早會查到的。」

「不要詭辯，你也是共犯，謝怡婷妳也有參與嗎？」閻思悅說著轉頭看向謝怡婷，後者從剛剛就不發一語，從表情很難看出來正在想著什麼。

「這件事情和她無關。」侯冠年堅定地維護。

閻思悅也沒有繼續糾結，又轉向另一個問題：「還有，這次的新藥解盲，其實朱三沐又賣出大量股票了吧！」

「對。」侯冠年索性承認道。

「為什麼不跟我說？」閻思悅質問。

「如果大家把仇恨都轉嫁到朱三沐身上，妳就不需要躲躲藏藏，妳也就不需要我了。」侯冠年這回事真的豁出去了，反正已經失去了信任，或許坦承一切還會有什麼奇蹟出現。

不過閻思悅只是顯得更加失望：「你明知道福東會對我有生命威脅，還是選擇壓下這個消息？」

侯冠年沉默不語，他偷瞄了一眼一旁的謝怡婷，不是懇求她出手救場，他就只是想看看謝怡婷此刻是怎樣的表情，是不是同樣對他感到失望。但是此時的謝怡婷表情看來相當複雜，仍舊不發一語地望著他們倆。

閻思悅擺擺手：「你不需要回答，我已經知道答案了。而且我現在也不需要再逃了，就算追我的真的是福東會的人，我也有理由讓他們不要再繼續追下去。」

「可是追你的人，可能不會對這個說法滿意。」侯冠年終於擠出一句話。

「為什麼？你不是說他們是福東會嗎？」閻思悅疑惑道。

「不完全是。」侯冠年只是說了這句，就不知道該怎麼說下去。

閻思悅嘆了口氣：「你還是死性不改，對吧？我不會再相信你了。」

「這句話是實話，我不會攔妳，但是請妳小心。」侯冠年多麼希望現在能有一個測謊儀，即使前面他說了許多謊，他真心希望閻思悅知道這句是百分之百的實話。他對閻思悅已經虧欠太多，他不希望再造成更大的過錯。

可是閻思悅沒有給他機會，她只是搖了搖頭，轉身就走。侯冠年遵守自己的承諾，並沒有阻攔，不過也默默期待閻思悅能因此回頭。可是閻思悅並沒有，她就是走上電扶梯，然後消失在電扶梯的盡頭。

等再也看不到閻思悅的身影時，謝怡婷才走上前，終於開口說：「侯冠年，你剛剛那句話是什麼意思？」

「哪句話？」侯冠年一下沒明白過來。

「追我們的人，不完全是福東會的人。」謝怡婷回答，侯冠年轉過頭，才發現謝怡婷正銳利地盯著他看。他知道自己又搞砸了，他覺得很疲倦，對這個充滿謊言的一天感到厭倦。

「所以你知道那些人是誰？那個人不是在旅館街出現過嗎？如果不是福東會的人……」謝怡婷先是有些神經質地追問，接著她的腦中閃過了一個想法，她恍然大悟道：「喔！榮叔。」

「我不知道他會派福東會的人抓她。」侯冠年無力地坐到一旁的長椅上。

可是謝怡婷並沒有跟著坐下，她的情緒一下爆發：「你有什麼好不知道的？你看過榮叔跟福東的人在一起，你自己也說榮叔和黑幫的人有關係。你不是不知道，你只是視而不見。」

侯冠年已經無力招架了，自暴自棄地呢喃道：「她不會有事的，閻思悅自己也說了，只要把焦點移向朱三沐，大家就不會再認為她是幕後黑手，福東會也不會浪費時間在她身上了。」

「可是榮叔不可能不知道朱三沐的事，為什麼他們還要她？」

「我不知道。」侯冠年頹喪地搖搖頭。

不過謝怡婷並不打算放過他：「你說謊，你不可能沒懷疑過這件事，也不可能沒質疑過榮叔。」

「他跟我們一樣，想要真相。」侯冠年的回應顯得蒼白無力。

「如果想要真相的話，以榮叔的人脈，他大可以往朱三沐那邊去查。你是因為手上只有閻思悅這一張牌，所以才會這麼執著，榮叔可不一樣。拜託，請你至少對我說實話。」謝怡婷從原本的質問變成懇求。

侯冠年望著謝怡婷，內心感到由衷的慚愧，只能老實交代：「榮叔在操盤年底的市長選舉，而閻任生和他的競選對手是世交。也就是說，只要證明閻任生有問題，就可以連帶拉對手下馬。」

「所以，他不是想知道真相，而是這件事必須和閻思悅有關。」謝怡婷陷入沉思，接著表情慢慢變得恐懼。

「他們希望如此。」侯冠年回應，不明白謝怡婷的表情轉變。

謝怡婷卻搖搖頭：「你也知道榮叔的作風，他希望的事情，他一定會做到。這樣聽起來，閻思悅的處境很危險，而且更危險的是她還不知道。」

「那我該怎麼辦？」侯冠年這時才意識到問題的嚴重性。

「還能怎麼辦？趕快追啊！」謝怡婷催促道。

但是正當兩人要走向電扶梯時，侯冠年的手機響了，侯冠年邊踏上電扶梯邊拿出了手機。看到來電顯示後，侯冠年的腳步停住了。

「是誰？」謝怡婷疑惑道。

「榮叔。」侯冠年說著接起了電話：「你們抓到閻思悅了嗎？」

「這跟我們講好的不一樣，福東會的人現在很生氣。」電話那頭傳來冷酷的聲音，侯冠年都能想像此刻榮叔拿著手杖的畫面，或許背景還是一個陰暗的房間。

「你也沒說會牽扯福東會。」侯冠年抗議道。

「我也沒說不會，而且你心知肚明。」榮叔一句話戳穿侯冠年的虛假。

「你們要把閻思悅怎麼樣？」侯冠年只能換個話題。

「閻思悅比妳想像得要聰明得多，她自己跑了。」

「真的嗎？我不信。」侯冠年雖然這麼說，心裡卻升起一絲希望。

榮叔沒有繼續跟他爭辯：「你愛信不信。不過我得勸你，如果要保證閻思悅的安危，你最好趕快把解盲案的真相查清楚。你們現在已經惹毛福東會，下次再抓到閻思悅，他們可就不會這麼客氣了。」

「榮叔，你就幫我說情一下吧！」侯冠年討好著說。

「你已經失約了，給你的那三十萬記得還回來。」榮叔顯然也沒耐心跟他抬槓了，說完這句話之後，立刻掛上了電話。

「他說了什麼？」謝怡婷在侯冠年放下手機後問道。

「他說最好把解盲案的真相查清楚，下次福東會不會再這麼客氣了。」

「今天這樣還算客氣嗎？」謝怡婷挖苦道。
「謝怡婷，對不起。」侯冠年誠懇地說。
「你該對不起的人不是我。」謝怡婷則是語重心長地回應。
「那我該怎麼做？我現在連唯一的好牌都沒有了。」
「其實就算把閻思悅留下來，對你來說的意義也不大，福科生技能挖的資料我們都已經挖出來了。」謝怡婷安慰道，此刻她的溫柔是侯冠年唯一的救贖。
「就剩下病人端了。」侯冠年喪氣地說。
「你是說犯人可能是從病人那邊偷藥嗎？」和李仁傑不一樣，謝怡婷很快就理解侯冠年的想法：「可是那會是很龐大的工作量，會比藥庫的錄影資料和門禁資料還多很多。」
「反正我現在也沒有什麼事做。」侯冠年聳聳肩。
「這麼多醫院，我們要從哪裡下手？」謝怡婷沒有繼續質疑，而是和侯冠年重新站到了一起。侯冠年望著謝怡婷，想說一些不合時宜的話，不過最後還是忍住了。有些話，或許等到風平浪靜過後再說比較適合。
比如說，結婚。
有了謝怡婷的支持，侯冠年很快打起了精神：「中部大學附設醫院吧！畢竟是我們自己學校的醫院，我也有認識的人可以帶我們進去。」

「你說的應該是前社長趙功韶吧？」

趙功韶，曾經也是把野風社帶至巔峰的人物，但是在進入醫院實習之後就立刻神隱。在野風社的成員之間有很多傳說，不過只有經歷過那個時代的侯冠年知道，就只是因為醫院的工作環境讓他累到無法喘氣而已。之前在醫院陪病時，侯冠年曾經在深夜的長廊上跟他打照面，那蒼白的臉就像醫院中常聽見的恐怖傳說。或許那些關於醫院的謠言，都只不過源自於那些沒睡飽的值班醫師而已。

而此刻在侯冠年眼前的趙功韶，已經比他先前看過的那個好上許多，至少臉上還有些血色。不過也可能是因為現在才下午四點半而已，畢竟看趙功韶打病歷的態勢，就像《摩登時代》中卓別林飾演的生產線工人。

兩人此刻在醫師辦公室裡面不發一語，整個空間裡面只有敲打鍵盤的聲音。侯冠年稍稍探頭看向門外，外頭的護理站倒是很吵雜，幾乎每一臺電腦前都坐著兩個人，嘴裡呢喃著侯冠年似懂非懂的話語，整個空間充滿著一種魔幻感。

「我看每個人都很忙的樣子，這個時間打擾真的可以嗎？」侯冠年趁著趙功韶切換視窗的空檔，怯生生地提出了一個問題，可是趙功韶不過是又打開了另一本病歷。

然而趙功韶也沒因此停下手，邊敲打著鍵盤邊說：「現在是交接班的時候，會看起來很忙的感覺，一個是因為上班和下班的兩批人同時聚集在護理站；另一個原因，是常常到這個時候才會發現漏了什麼東西，所以看起來特別慌亂。」

如同在回應他的話一般，一名護理師走了進來，遞了一張紙條到趙功韶桌上。上面寫了一堆數字和英文字，儘管侯冠年無法理解，但他知道這肯定不是什麼浪漫的小紙條。趙功韶極其無奈地瞥一眼，打開了另一個視窗，看來是電子醫囑系統，他飛快地輸入幾個英文字後，輸入了密碼儲存，又再次回到病歷的畫面，繼續無止盡的病歷繕打工作。

「我這樣真的不會打擾到她們嗎？」侯冠年忽然覺得有些後悔了。

「又不是要你現在去採訪，當然是等交班完之後，要下班的人就很輕鬆了。而且你手上有必勝武器，肯定沒問題的。」趙功韶同樣邊說邊敲打著鍵盤，完全沒有放慢速度，一切就像反射動作一樣。

「你是說蛋糕嗎？」侯冠年轉頭看向一旁櫃子上的精緻紙盒，呢喃道：「這蛋糕可是排了一個早上才排到的，希望能發揮作用。」

「秀娟姊從月初就在碎念因為上班錯過快閃活動，想換班又一直換不掉，你等等拿這個出來她肯定感動到哭出來。」趙功韶病歷打到一半，又有另一名護理師送了一張小紙條進來，趙功韶又嘆了一口氣，重新進入電子醫囑系統中輸入幾個字，然後再回到病歷的畫面。要是不知道的外人，可能對這個行業有著浪漫幻想，不過如果像侯冠年這樣近距離接觸肯定會瞬間幻滅。

「你確定她有經手過新藥試驗吧？」侯冠年又找了個空檔插話。

「當然，這個病房專門收治大腸癌的病人，而且我之前來這裡見習時，還有參加過福科生技主辦的研討會，講的就是最近解盲的那支新藥。相信我，你的蛋糕錢花得不冤枉。」儘管趙功韶看起來雙眼無神，不過憑良心講，在這麼繁忙的時刻還要面對侯冠年一連串的問題，還能做到不把他轟出去，可以顯現他對於野風社還是有熱情的，只是他的體力已經不足以支撐這樣的熱誠了。

「花錢倒是小事，只是我沒剩多少時間，這樣就花了一整天。」侯冠年自言自語道。

聽到這句話，趙功韶突然把手邊的工作停了下來，轉身正面侯冠年。侯冠年被這樣莊重的舉動嚇到了，以為自己說錯了什麼，沒想到趙功韶只是盯著他問：「兄弟，你該不會是有絕症吧？」

看到趙功韶的職業病發作，侯冠年忍不住想笑，不過想到自己的處境又笑不出來：「絕症可能還比較好處理一點。」

「天啊！該不會是你把身家全壓到福科生技的股票了？」趙功韶雖然嘴裡這麼說，可是立刻又把身體轉向電腦，恢復正常的打字速度。顯然這個答案對他來說沒那麼有吸引力，他只是反射性地敷衍侯冠年。

「差不多的意思。」侯冠年也自討沒趣地說。

接下來侯冠年就像這樣看著趙功韶打字，然後看著護理師不時進來遞紙條，偶爾會說上一兩句話，不過大部分都是公事，有些則是對病人或是對家屬的抱怨。而趙功韶就是像剛剛應付侯冠年那樣，邊打字邊虛應個一兩句話。

「喂！趙功韶，你說的那個學弟真的要來嗎？」在接近晚餐時間的時候，又有一名護理師進來。那名護理師看來明顯就比較資深，除了外表透露出年紀之外，舉手投足也顯得十分世故。

「秀娟姊，這位學弟就是。」趙功韶朝著侯冠年的方向指了指，這時候他的手機突然響了，他立刻退到了一旁接電話，從他的表情和對話內容看來，似乎是有點棘手的事。

侯冠年看趙功韶一時半會也沒辦法搭理他們了，便自己對秀娟姊自我介紹：「你好，我是中部大學野風社的侯冠年。」

然而秀娟姊已經把手機拿出來開始滑了，聽到侯冠年的介紹後有些不耐煩地抬起頭：「今天真的忙死了，我已經比平常晚一個小時下班了，我只能給你十分鐘。」

還好這時趙功韶掛上了電話打圓場，指著一旁的蛋糕說：「姊，我學弟今天買了個蛋糕，你們就邊吃邊聊吧！」

沒想到秀娟姊一看到外包裝立刻跳起來：「等等，這是限定快閃的蛋糕嗎？」

「沒錯，今天排了一個早上才排到。」侯冠年有點驚訝這個蛋糕收穫了奇效，立刻站起身幫忙把蛋糕放到一旁的小桌上，然後拆開了外包裝。裡面看起來就是個巧克力蛋糕，不過最上層的巧克力醬抹得平整如鏡，還有白色拉花點綴。

侯冠年拿出了包裝上層的小盤子和塑膠刀，正當他要準備幫忙分切時，秀娟姊突然喊了一聲：「別動！我先拿個手機。」

趙功韶也有些驚嚇，怯生生地說：「姊，我先去外圍處理一些事，你們先聊。」

「你去吧！不要打擾我們兩個獨處。」秀娟姊擺了擺手，繼續她與蛋糕的各種擺拍，邊拍還邊喃喃自語：「我就想說今天上班怎麼那麼不順，原來是運氣都用到這個時候了。」

「那個……我是中部大學的……」侯冠年試著想把話題拉回正軌。

「我知道，野風社嘛！你們這次為什麼會想要了解新藥試驗的問題？」秀娟姊邊拍照邊回應著侯冠年的問題，就如同趙功韶剛剛打病歷的態勢一樣。

「我們剛好在做一個專題報導。」侯冠年有些保守地回答。

「如果要做專題報導的話，應該去福科生技的，那裡比較適合學生啦！臨床工作其實是很枯燥的，以後你就會懂了。」秀娟姊接著切了一小塊蛋糕，小心翼翼地盛到小盤子上，但是也沒立即吃，而是又對著蛋糕切面拍了幾張相片。

侯冠年想秀娟姊應該是誤會了，把他當成趙功韶在醫學系的學弟：「我不是醫學生，所以才對臨床的部分很好奇。說實在的，現在已經太多生技業相關的討論了，臨床實務方面倒是很少。」

「可是你想了解什麼部分呢？」秀娟姊拍照告一段落，才開始小口小口品味著蛋糕，露出滿足的表情。

「比如說盲化測試，就連你們也不知道自己發的藥是什麼嗎？」侯冠年問。

「對呀！福科生技不會跟我們說是哪種藥。」秀娟姊說著舔了一下嘴角。

「可是這樣不會覺得有點奇怪嗎？」侯冠年看著秀娟姊吃蛋糕的樣子，忽然覺得也有點饞了，不過又不好意思伸手。

「不會啦！畢竟是新藥試驗，多經歷過幾次就會習慣了。」

「既然都不知道是什麼藥，不會有給錯藥的情況嗎？」

「不會，儘管我們不知道是什麼藥，但是藥盒上的編碼和病人是有對應的，給藥前都會再核對一次，不可能會給錯病人。」秀娟姊堅定地回答，一邊俐落地用叉子將蛋糕切成一小口一小口。

「那如果，我是說如果，有人蓄意掉包的話呢？」侯冠年小心地提問。

「為什麼要掉包？」秀娟姊抬起頭，一副難以理解的樣子。

「我只是想知道有沒有什麼防範機制。」侯冠年解釋道。

「給藥是要三讀五對的，我覺得很難有掉包的空間。」

「三讀五對？」侯冠年問。

秀娟姊一邊用叉子切著蛋糕，一邊流暢地背出教科書的內容：「三讀指的是在拿藥、給藥、歸藥時，要確實讀出藥品的完整名稱，五對指的是給藥前要核對病人資料、藥物內容、服藥時間、藥物劑量、給藥途徑。」

「在護理人力短缺的情況下，還有辦法落實這種事情嗎？」侯冠年想起剛剛交接班混亂的場景。

「現在都電子化了，改成掃條碼進行核對。」秀娟姊指了指識別證上的條碼。

侯冠年望著秀娟姊的識別證，忽然靈光一閃：「如果我掌握其中一個人的識別證，理論上是不是就能偷走藥品？」

「像幅科生技這種高價藥物都是鎖在藥櫃裡，每一班都要點數量的。」

「鑰匙放在哪裡？」侯冠年追問道。

「我們每一班都有人負責保管鑰匙，鑰匙就在她身上。」秀娟姊仍舊一邊吃著蛋糕一邊回答，顯然這不是一件值得煩惱的事情。

「不過如果想要的話，還是有機會能夠偷打一把鑰匙吧！」

秀娟姊似乎是被問煩了，擺了擺手說：「當然，只要是想犯罪，不管怎樣都是有機會的。畢竟，放在冰箱裡的蛋糕都會被偷吃了，我前幾天才被人吃了一塊巧克力蛋糕……」

「最近有聽說什麼可疑人士出沒嗎？」侯冠年打斷了她的牢騷。

秀娟姊終於把切下的那一塊蛋糕吃完，放下盤子陷入沉思：「要說可疑的話，每個人都滿可疑的。在我的巧克力蛋糕被吃掉之後，每個人都像是犯人。像之前有個學妹就被我看到嘴角有一抹奶油，後來才知道她是剛刷完牙。」

「除了巧克力蛋糕之外呢？」侯冠年問。

「像你就滿可疑的，很少會有陌生人跑來病房問東問西的。」秀娟姊忽然一臉不信任地盯著侯冠年看。

侯冠年趕忙轉移焦點：「那福科生技的人呢？他們有機會接觸這些藥品嗎？」

「福科生技算是藥商，醫院對藥商的限制比對你們還要嚴格。」秀娟姊還是沒有收起懷疑的目光，意有所指地說。

正當兩人尷尬地對視時，外頭忽然傳來薩克斯風的聲音。而且聽來不像是從播放器出來的，而是有人現場演奏。侯冠年相信醫院的音響品質不可能會好到這種程度，於是便問：「我不知道病房裡還有演奏會。」

「喔！那是閻任生基金會舉辦的，偶爾會有人來辦表演。」秀娟姊說著便開始打包剩下的蛋糕，看來是準備離開了。

「閻任生基金會？是閻任生去世之後成立的嗎？」侯冠年問。

「的確是十年前成立的，不過是在閻董去世之前。」秀娟姊回答。

「去世之前？」侯冠年又感到好奇了。

「就是在『益生飲』事件爆發之後成立的。」秀娟姊有些小心翼翼地說。

「是為了賠償死者家屬嗎？」侯冠年問。

秀娟姊壓低了聲音，彷彿這話題是個禁忌：「一開始或許是吧！不過後來比較像是病友會的形式，而病友會活動的經費就是由基金會贊助。」

「病友？是『益生飲』的受害者嗎？」侯冠年繼續追問。

「也不完全是，不過都是大腸癌的患者，閻董過去在醫院就收治很多這類的病患。而在他加入生技產業後，也是以這方面為重心，所以一直都有跟這類的病人聯繫。不過當然，這也是『益生飲』抗癌配方的目標群眾。」

「這些人對閻任生的感覺不會很複雜嗎？」

「你說『益生飲』的受害者嗎？其實剛好相反，這群人很少會有受害者的意識，他們反而深信著『益生飲』、神川集團和閻董。閻董反而是巧妙利用了這種心理，說服那些『益生飲』的使用者接受正規的癌症治療，而對於那些延誤治療惡化的病人，他也利用自己的影響力將病患納入新藥試驗，提供最新抗癌藥物，家屬反而都很感謝他。」秀娟姊難得露出專業的表情，侯冠年這才理解趙功韶找上她的理由，因為她資歷夠深，經歷過閻任生的時代，可以給他足夠的資訊。

「納入新藥試驗？不會有種被當成白老鼠的感覺嗎？」

「這是人們對新藥試驗的誤解，在癌症研究的領域，新藥針對的往往是傳統治療成效不佳的病患。對於這些人來說，新藥是最後的救命稻草，甚至在臨床試驗裡，還會有家屬拜託醫生讓病人加入新藥組，儘管醫生也是無能為力。」

「這真的完全沒有辦法事先安排嗎？」侯冠年還是顯得無法理解。

秀娟姊有些無奈地說：「規定就是規定，這個我們真的無能為力。轉念一想，如果我們因為憐憫而破壞規則的話，試驗結果不準確傷害到的是更多病人的利益。更何況對照組也不是完全不進行治療，只是沿用目前臨床指引的療法。」

「那你們自己也沒辦法知道病患究竟被歸在哪一組嗎？」

秀娟姊想了想之後說：「只有一種情形，那就是新藥的療效異常得好。當我們發現病患改善的程度明顯比過去的病人還要好時，就會猜測病人是否被分到新藥組。不過這也是猜測，在臨床的經驗上，還是很常有不準的時候。」

「就算接受傳統治療，病況也有可能會有大幅改善嗎？」侯冠年忽然想起閻思岳說過的，這次解盲試驗對照組療效異常好的情況。

秀娟姊點點頭：「對，就像之前說的，新藥試驗是病人最後的救命稻草。在臨床上，這種現象稱作『安慰劑效應』。有時候儘管沒有被分到新藥組，但是在這種希望鼓舞下，身體也會產生不可思議的復原能力。」

「希望嗎？」侯冠年沒想到在這裡聽見和閻思悅同樣的回答。

「對外人來說，新藥解盲不過就是一場賭局吧！可是對於這些病人來說，他們的選擇已經不多，這些新藥代表的是希望。」侯冠年更意想不到的是，原本執著於巧克力蛋糕的大姊，能說出這麼有哲理的話。

「我能去看看嗎？」侯冠年一下子被感動了，搭配外頭悠揚的薩克斯風，侯冠年很渴望去看看這群人。

「當然可以，他們也是民間團體，只是借用醫院當場地而已。」秀娟姊點點頭，然後用迅雷不及掩耳的速度收拾好了所有東西，顯然不打算跟侯冠年一起過去。侯冠年也沒有強留，就目送著她快速離開了辦公室。

侯冠年循著聲音走過長廊，走到長廊底部一個共用空間。聲音就是從那裡傳來的，遠遠看已經聚集了一些人，或坐或站地望向同一個方向。讓人意外的是，吹奏薩克斯風的人穿著白袍，看識別證也是這家醫院的醫生。侯冠年拿出手機錄影，並不單純出於媒體人的直覺，而是有點被這樣的景象感動到了。對照剛剛秀娟姊說的話，他忽然覺得這樣的場景有種聖潔的感覺。

「你是來這裡取材的嗎？」忽然，有個人過來拍了拍侯冠年的肩膀。

侯冠年下意識地收起了手機，不過又覺得這個聲音有些熟悉，轉過頭發現竟然是閻任強：「叔叔，你也在這裡啊！」

「這是我哥哥的基金會，我當然會在這裡。」閻任強微笑道：「別擔心，你的事情我已經聽思悅跟我說了，我覺得你沒有錯。我理解一個人被逼到絕境會不擇手段，不過你本質也不過是想要得到真相而已，我會再勸勸思悅的。」

「看起來闔董也是透過這種形式延續了他的理想啊！」侯冠年望著臺上的表演者感嘆道，他忽然把闔任生的形象重疊到那位吹奏薩克斯風的醫生身上。

「他最大的理想是福科生技，可惜這次解盲還是失敗了。」闔任強有些惋惜地嘆了口氣，不過很快重新露出希望的神情：「不過科學就是這樣，每一次的失敗都是通往成功必經的道路。倒是你那邊不要緊嗎？」

「我想，我的專訪應該可以進行收尾了。」侯冠年忽然下定了決心。

「要怎麼收尾？到頭來，你還是沒有找到答案。」闔任強好奇道。

「或許沒有答案，就是最後的答案。」侯冠年悠悠地說。

「你已經到這種層次了嗎？」闔任強打趣道。

「就像闔思悅一開始說的，如果我們用盡一切都找不到解盲洩密的證據，那她就可以相信自己的父親是無辜的了。」

「可是你還是無法解釋那捲錄音帶。」闔任強提醒。

「其實還有一種可能，只是我一直選擇忽視。」侯冠年望著在場的病患和家屬，有些病人已經骨瘦如柴，甚至雙眼茫然。不過在他們的眼神裡，似乎還有一抹希望，這抹希望就在前方。

「什麼可能？」闔任強問。

「闔任生的目的就是想要朱三沐撤資，而解盲失敗不過就是個謊言。」侯冠年回想起那些孟夏辰給他看的那些義診相片，他終於明白相片中閻任生的眼神為什麼始終有種違和感，彷彿他不應該存在那裡似的。

「為什麼要朱三沐撤資？」閻任強繼續追問，不過感覺他心裡早有了答案。

「今天看到的這一切，讓我有一種感覺，閻任生和我們原本想像的相反。他並不是站在朱三沐這邊的，反而痛恨著朱三沐，所以希望福科生技能脫離朱三沐的魔爪。而解決這個問題的唯一辦法，就是讓朱三沐相信解盲失敗。」

「年輕人，我很佩服你放下執念的勇氣，你讓我想起了一個人……」閻任強正感懷著說著，看是當目光移到侯冠年身上之後，又突然打住。嘴角抽動了幾下，顯得欲言又止，又找不到適當的措辭掩飾。

「是我姊姊嗎？叔叔之前說過知道我姊姊。」侯冠年從眼神中依稀猜出了大概。

「是呀！你們姊弟的正義感還真的是一個模子出來的呢！」閻任強感嘆道。

「叔叔，你是不是……」侯冠年忽然有一種感覺，可是如同閻任強方才的欲言又止，侯冠年也不確定現在是不是說這種話的時機。他想了好一會兒，決定先把這件事情放在心底。閻任強似乎也沒有太在意這忽然的沉默，侯冠年便換了個話題繼續說：

「我想，既然我姊和朱三沐也有些瓜葛，這次應該也把她放進報導裡。」

第七章　點與線

如果要報導姊姊，侯冠年就不可能不去拜訪那個地方，侯靜芬生命中的最後一站。原本點與線所在的大樓，已經變成了侯靜芬紀念館。這裡原是商住兩用的混合性大樓，灰色的水泥建築顯得有些老舊，儘管外牆翻新過還是難掩歲月的痕跡。侯冠年和謝怡婷一起走了進去，先在警衛的訪客登記簿上寫下各自的名字，才再往前走向鋁製的電梯。

「交往這麼久，你好像從來沒帶我來過這裡。」謝怡婷四處打量著說。

「這又不是什麼適合約會的地方，沒道理帶女朋友來這裡吧！」侯冠年瀏覽了電梯旁的樓層介紹圖，終於找到「侯靜芬紀念館」所在的樓層，是在這棟大樓的三樓。看其他樓層標示有些是工作室或公司行號，有些則是沒標示的自用宅。

「那你自己有來這邊看過嗎？」謝怡婷問。

「這邊剛開放參觀時，有邀請我們過來，不過後來只有姊夫出席。」

「真稀奇，一個火災的大樓居然可以保留五年這麼久。」謝怡婷又四處打量著大廳，儘管看來十分老舊，不過很難看出曾經發生過火災的樣子。

「發生火災的是三樓外牆的冷氣機，很快就被路人發現了，所以內部沒怎麼受影響。」侯冠年沒有跟著謝怡婷四處探望，反而像刻意迴避似的盯著電梯門上方的電子面板，似乎是不太願意回想起過往的記憶。

「所以火災的範圍只有點與線的辦公室？」謝怡婷小心翼翼地問。

「沒錯，其實就是很小範圍的火災。如果我姊不是因為安眠藥陷入深睡，肯定能逃過一劫，甚至拿滅火器就能把火災撲滅。」侯冠年咬著下唇，抬頭看著電子面板的側臉上，隱隱泛著一點淚光。

「檢察官最後判斷並不是人為縱火嗎？」謝怡婷輕輕握了握侯冠年的手臂。

侯冠年輕輕搖了搖頭：「鑑識科檢查過冷氣機，認為單純就是線路老舊、電路過載所引起的電線走火。而且調閱附近的監視器和路人的證詞，也沒有發現可疑人士對冷氣機動手腳。」

「不過時間點還是挺可疑的，剛好在餿水油案爆發前。」

侯冠年低下頭，輕輕踢了踢自己的腳：「姊夫後來整理我姊蒐集的素材，發現基本都蒐集得差不多了，是一兩周內可以發新聞的程度。」

「有誰知道你姊在追這條新聞嗎？」謝怡婷問。

侯冠年又搖搖頭：「我姊沒有跟其他人明說，連家人也不知道。不過看我姊蒐集的資料和跑的地點，一些同事和我姊夫也隱約察覺到，是在追神川集團的案子。只是細節要等後來姊夫整理遺物後，才知道案件的全貌。」

「在出事之前，妳姊有受到什麼威脅嗎？」謝怡婷輕柔地問，儘管他們倆人已經在一起很久，不過這是他們第一次那麼深入去談這個話題。

侯冠年又抬頭看向電子面板：「點與線很常追查這種大型醜聞，所以收到各種威脅警告是家常便飯。有時候也會有無聲電話打到家裡來，不過倒是也沒有發生過什麼大事。而且因為威脅太常見，常常也搞不明白到底是為了哪件事。」

「妳姊不會跟妳談公事嗎？」

「在我姊去世之前，我並沒有想要成為記者，很可能就是去當個老師。所以她也不會特別談公事，也不想要我們擔心。」侯冠年還想說些什麼，電梯門叮了一聲打開了，兩人便走進電梯裡。

走進電梯之後，侯冠年不知怎地就不想再繼續這個話題，而是拿出了手機。在打開螢幕之後，他本能地點進了普路托斯指南的頁面。

「你投入福科生技的錢剩下多少？」謝怡婷在旁瞄了一眼問。

「剩下一半。」侯冠年回答。

「我想也是，我上網查了股價，差不多就是這比例。」謝怡婷先是稍微停頓了一下，才又接著說：「有人說，人生百分之九十九的財富，是五十歲之後獲得的。這次就算全賠了，你也不過損失三十萬，人生還有很多個三十萬。」

侯冠年收起手機：「這我不擔心，這一波只是恐慌性拋售，福科生技本身公司的營運還是很健全的。等這一波過後，股價就會恢復正常的。而且即使是這種時候，第三資金都還沒有賣出手中的持股。」

「閻思悅跟你有一樣的想法，畢竟她還是相信她老爸的公司。只不過，在經歷那麼多事情過後，你還是相信第三資金嗎？」謝怡婷懷疑地看向侯冠年。

「過去第三資金對朱三沐子企業的判斷都是很精準的，這次的事件又和朱三沐有關，所以我還是相信第三資金。而且解盲前就算被誤導，解盲後還是沒有改變策略，這讓我更覺得奇怪。」

「可能是明面上沒有賣股票，可是背地裡在做空福科生技。」

「如果是這樣，他們更應該把股票賣掉。如果他們大舉把股票出清，那更能造成民眾的恐慌，加速股票的下跌，這樣一來，他們做空福科生技才有更大的獲利空間。所以我實在想不到為什麼他們不賣，背後一定有他們的理由。」這時，電梯門打開了，兩個人一齊走了出去。一出門就是一面白牆，上面印著「侯靜芬紀念館」幾個大字，旁邊則是飛思傳媒的商標。

「那單純一點想，他們就是被騙了吧！就像你說的，如果現在賣出會造成股價加速下跌，等風頭過後，依福科生技本身的健全體質，還是會慢慢回升。所以這就能解釋了，為什麼他們現在還不打算賣出。」

「或許吧！」侯冠年沒有想繼續爭論，一旁紀念館的門口站了一名掛著飛思傳媒識別證的女員工，不過顯然沒有認出他來。侯冠年也樂得輕鬆，直接就往門口走去，這個紀念館是免費入場的，不過裡面看來沒什麼人，很是安靜。

「要不要考慮把福科生技的股票賣了？」因為這樣安靜的環境，謝怡婷自然地把音量降了下來。

「為什麼？不是說之後還有可能回升嗎？」侯過年有些訝異。

「我只是覺得，你好像有點變了。」謝怡婷站在入口處的一塊展牌前，那是關於侯靜芬的生平簡史，包括她在哪一年出生，哪一年入職點與線，以及發表過的每一篇重大新聞事件。

「最近發生了這麼多事情，總是會有點不一樣的。」侯冠年看這些展覽卻顯得有些漫不經心。

「我覺得不是。」謝怡婷轉過頭，肯定地回應道。

「那是什麼？」侯冠年有些訝異謝怡婷的堅決，反問道。

「在解盲案爆發後，我發現你的信念消失了。」謝怡婷幽幽地說。

「我還是想查出真相。」侯冠年反駁道。

「那已經不是信念了，是執念。」謝怡婷仍舊堅定地說。

「我不了解這兩者的區別。」侯冠年顯得迷惑。

「信念不會傷害人，可是執念會。就像病入膏肓的賭徒一樣，如果將你的理想變成一個不能輸的賭局，那往往就會成為悲劇。」謝怡婷回答。

侯冠年一時之間不知道怎麼回應，只能有些恍神地繼續往前走。因為點與線的辦公室本來就不大，所以這個展間的空間也不算太廣。前面主要是侯靜芬過往的事蹟，接著很大一部分是關於餿水油案和當年的火災，他們甚至還原了侯靜芬當年的辦公桌。旁邊有一張現場的相片作為對照，火災現場的辦公桌已經被燒得焦黑，不過隱約還是看得出來兩者款式相同。

展覽的最後段，也是最尷尬和最違和的一段，是關於孟平謙和飛思傳媒相關的事蹟。介紹孟平謙還算與侯靜芬有些關聯，畢竟後來關於餿水油案的報導，更多人知道的是孟平謙。不過大肆介紹飛思傳媒就顯得有些生硬了，畢竟孟平謙是後來才從點與線跳槽到飛思傳媒的，侯靜芬甚至沒有去飛思傳媒上過一天班。然而整個侯靜芬紀念館是被飛思傳媒買下經營的，所以會有這樣的結果也不會太讓人意外。

就在侯冠年即將踏出展場時，忽然被人叫住：「你是侯靜芬的弟弟嗎？」

「對，請問你是？」侯冠年回過頭，本來期待會是熟面孔，但是眼前的人他完全沒有見過。那名男子和孟平謙一樣有著思文的氣質，不過明顯年長了十歲左右，頭髮也已經有部分斑白。

「我是點與線的主編霍定宇，也是你姊以前的同事。」對方親切地自我介紹。

「你好，我沒想到你們點與線的人也會來這裡。」侯冠年看了看最近的一塊展牌，那正是在介紹飛思傳媒未來展望，顯得有些格格不入。

「反正公司離這裡不遠，有時候寫稿遇到瓶頸了，就來這裡晃一下。」霍定宇看起來倒是沒有很介意，反倒是很自在地四處看了看，就像一般遊客在逛展覽館一樣。

「像到廟裡拜拜一樣嗎？」侯冠年有些好奇地問。

「差不多就是這個意思，你姊就是我們的信仰，而且這個信仰合理多了。」霍定宇露出溫暖地微笑，就像一個虔誠的教徒。

「如果真遇上困難，找我姊夫幫忙或許比較快。」侯冠年也不自覺開起玩笑。

「這可能不太適合，畢竟都已經是不同公司了。」霍定宇看來也沒有被冒犯的樣子，侯冠年總有一股很親切的感覺，一點都不像第一次見面。有那麼一刻，他有點了解姊姊過去願意那麼拚命工作的理由。

「你們沒有再聯絡了嗎？」侯冠年問。

「也不能說完全沒有，只是也不可能像以前那麼熱絡。」霍定宇語帶保留，不過並不是出於戒心，只是不知道該怎麼選擇用詞。

「姊夫離開點與線之後，還是變得有點尷尬吧？」侯冠年幫她說下去。

然而霍定宇卻搖搖頭：「也不完全是，畢竟你姊夫並不是因為理念不合才離開這裡。他是為了獲得更大的影響力，才會進入飛思傳媒，等他當上主管職後，甚至想要收購點與線，不過被我們拒絕了。」

「你們覺得他被金錢蒙蔽了嗎？」侯冠年又問。

「倒不是，反而是怕我們自己被金錢蒙蔽，我們需要為這世界留下一對清澈的眼睛。點與線沒有任何企業贊助，所有的資金都是來自群眾小額募捐，只要認同我們的理念，就可以在網路上定期定額捐款，這像是一種投票。」霍定宇的雙眼有種澄澈的目光，這種目光侯冠年很是熟悉，他曾經在每個野風社的社員身上見到過。不過侯冠年很懷疑，自己還有沒有這樣的眼神。

為了掩飾自己的迷茫，侯冠年只能有些不痛不癢的回答：「這就好像普路托斯指南在做的事情一樣。」

「有點像，只不過他們的捐款是不會獲得回報的，至少不會是很明顯的回報。甚至不能決定我們要報導的內容，儘管他們如果對我們的內容不滿意，隨時都可以取消贊助。不過一個兩個取消，其實不會影響我們的決策。」

「可是企業贊助就不一樣，對吧？」侯冠年像個記者引導他繼續說。

霍定宇也很大方地繼續分享：「因為只要一家企業抽回贊助，就可能會讓公司無法營運下去，這樣我們就不得不聽從企業主的想法。所以才說，我們拒絕了飛思傳媒的併購請求，就是因為一直很害怕這件事的發生。」

「可是我姊夫的想法跟你們不一樣。」侯冠年有點理解霍定宇剛才語帶保留的原因。

霍定宇再次露出為難的神情，表情一下變得深沉，像是陷入一段久遠的回憶。

過了好一會兒，才終於開口繼續說：「在發生那件事情過後，他忽然變得有點不一樣了。他變得很有野心，一直想要往高處爬。可是別誤會我的意思，他並沒有變得不擇手段，他還是堅持著自己的正義，只是不再是埋頭挖掘真相的記者，他想要更多的話語權。」

「大概是想要為我姊申冤吧！」侯冠年解釋道。

霍定宇嘆了口氣：「或許吧！儘管加入了飛思傳媒，他還是默默在關心著點與線，在拒絕併購案之後，點與線收到了大額單筆捐款，儘管是匿名的，但是在仔細調查之後，我們發現那筆錢是來自你姊夫。」

「他也促使飛思傳媒買下了這個地方。」侯冠年往周遭指了指。

霍定宇也轉頭看了看四周，表情顯得有些惆悵：「沒錯，他算是解決了我們的財務困難，因為這地方一直賣不出去，我們也沒能力經營像這樣的紀念館，反而成為一種累贅。可是對於一些人來說，這會導致話語權的轉移，你姊姊本來是點與線的人，經過這樣的操作，餿水油案反而成為飛思傳媒的歷史。所以這呈現一種很尷尬的情況，飛思傳媒解決我們的財務危機，卻剝奪了我們的過去。」

「我也有在訂閱點與線，你們後來還有許多優秀的報導，餿水油案不過只是占了一小部分而已。」侯冠年這句話像是安慰，不過也的確是發自內心的稱讚。

「野火燒不盡，春風吹又生。」霍定宇忽然有點感懷地念了一句詩。

「喔！你知道野風社。」侯冠年立刻意會過來。

「其實，我一開始會知道你，並不是因為你是靜芬的弟弟。」霍定宇眨眨眼。

「是先知道野風社嗎？」侯冠年詫異道。

「我想，你並不是很了解野風社的歷史。」霍定宇露出調皮地微笑，眼神看向侯冠年身後說：「這件事情說來話長，看來還有人要找你，我們之後有機會再聊吧！」

侯冠年轉過身，有些驚訝地發現孟平謙正從展區的轉角走過來。侯冠年回過頭想再招呼霍定宇，但是霍定宇早已經不見人影，侯冠年只好又把視線移到孟平謙身上：

「我以為你不會來這種地方。」

「我以為你還在調查福科生技。」孟平謙有些沒好氣地反問，從眼神看不出來他對霍定宇的出現有何反應。

「是在調查沒錯，不過也應該要開始寫結案報告了。」侯冠年回答。

「你的結案報告要在這裡寫嗎？」孟平謙皺了皺眉。

「會加一點素材進去，畢竟我姊和朱三沐也有點關係。」

「所以解盲洩密的謎底是什麼？跟五年前的事情有關係嗎？」孟平謙又問。

「沒有關係。」侯冠年想了一下後又說：「可能也沒有解盲洩密。」

「看起來不太符合你一開始的預期。」從孟平謙的表情看不出來他對這個答案是否滿意。

「可是做為記者，一開始就不應該有預期，不是嗎？如果是這樣的話，就會變成製造業了，這是你教我的。」侯冠年故作輕鬆地回答，儘管做出這樣的決定，需要在心裡過上好幾道坎。

「我的確教了你很多東西，不過很難得你有在聽。」

「我一直都有在聽。」

孟平謙盯著侯冠年審視了好一會兒，才又接著說：「不過得講句你不愛聽的，如果是這樣的結案報告，可能對於你的記者生涯沒幫助。雖然這仍然是一篇好新聞，不過不是一個可以讓你戴罪立功的大獨家。」

「我知道。」侯冠年微微低下頭。

「而且這樣說起來，如果解盲洩密案不成立，你投資失利的損失也沒有辦法求償了。」孟平謙繼續說。

「這我也知道。」侯冠年的頭又更低了。

「結果是這樣你也可以接受嗎？」孟平謙語重心長地問

侯冠年終於把頭抬起來，他先是看向孟平謙，此刻孟平謙的表情是誠懇的。接著他轉頭看向謝怡婷，謝怡婷的眼神堅定中又帶著一點期盼，侯冠年明白她在想什麼：

「或許，我該把福科生技的股票賣掉，認賠殺出。」

「確定嗎？確定不再查解盲案了？」孟平謙問道。

侯冠年搖搖頭：「如果一個東西不存在的話，無論怎麼查都查不出來的，不如先設好停損點。」

「那你未來怎麼辦？」孟平謙又問。

「時間還很長，也不一定說一定要當記者，還有很多文字工作可以選擇。」侯冠年看了看周遭，這裡介紹著飛思傳媒的歷史和未來展望，看來這些都與他無關了。

「那真的會是一條很漫長的路，不過我會介紹一些工作機會給你。」孟平謙的語氣有些沉重，不過似乎也沒對這樣的回答感到太大的意外。

「謝謝。」侯冠年誠懇地道謝。

「那我走了，等你的專題報導。」孟平謙拍了拍他的肩膀，然後就從展場出口離開，留下有點恍惚的侯冠年。

「我會一直陪著你的，以你的能力去哪裡都沒問題。」謝怡婷輕輕摟了摟侯冠年，侯冠年轉過頭，看著謝怡婷溫暖的眼神，他多麼希望時間就停止在這裡，不用去面對未來現實的可能。

「如果真的不行，也只能重考去當老師了，就像我從小的志願那樣。」侯冠年輕輕笑了笑，不過他相信這條路並不會很輕鬆。

「其實如果真的要繼續當記者，也不是不可能。」謝怡婷意味深長地說。

「怎麼了？你有認識的人在新聞界嗎？」侯冠年打趣地問。

「看來你是真的不知道霍定宇是什麼人吧？」謝怡婷反倒有些驚訝。

「該不會是妳的遠房親戚吧？」侯冠年胡亂猜想。

「雖然不是親戚，不過也不是毫無關係。」謝怡婷看著侯冠年，接著平靜地說出了答案：「他是野風社的首任社長。」

第八章　矩陣科技

侯冠年又回到了中部大學附設醫院，參加每周閻任生基金會例行的聚會，只不過這次是和謝怡婷在一起。而這次臺上也不再是吹奏薩克斯風的醫生，而是芳療師在介紹精油療法，整層病房都充滿著舒緩身心的氣味。

侯冠年這回不是用手機，而是用手持攝影機記錄著這一刻，口中並喃喃自語道：

「如果我這次報導做得夠好的話，霍定宇學長應該會收我進點與線吧！」

「以他和你姊的交情，肯定沒有問題的。」謝怡婷打氣道。

「但是現在連姊夫都保不住我了……」侯冠年哀怨地嘆了口氣，不過拿攝影機的手並沒有一點顫抖，平穩地掃過所有在場的聽眾。和上次的音樂會不同，這次的現場就顯得活潑許多，不僅臺上的芳療師風趣地與臺下互動，家屬和病人也不時提出各種各樣的問題，芳療師都耐心地一一說明。最後還有體驗環節，現場的氣味瞬間就像一座花園一樣互相爭奇鬥艷起來。

「你把福科生技的股票賣出了嗎？」謝怡婷問。

「賣掉了，至少拿回了一半的錢。」不知道是因為精油的影響，還是終於放下重擔的原因，侯冠年的語氣變得輕鬆起來。

「之後會賺回來的。」謝怡婷安慰道。

「這前提是要有工作才行。」謝怡婷得安慰反而讓侯冠年憂慮起來，不過他很快掩飾了過去，指著其中一組病患家屬說：「我們去採訪一些病友吧！」

謝怡婷看出侯冠年的苦惱，不過也沒有立即戳破，因為她知道此刻侯冠年最需要的只有陪伴。不用再繼續多說什麼大道理，只要靜靜得陪著、支持他，時間自然會給出最好的結果。於是謝怡婷跟了上去，輪到她掌鏡，侯冠年採訪病友和家屬。很幸運的是，這是一個閻任生治療成功的病人，侯冠年很自然地挖掘到閻任生與病人互動的點滴，甚至他還是益生飲的受害者，看來運氣現在站在他們這邊。在這一刻，謝怡婷和侯冠年都重新感受到了希望。

可是正當他們想要轉向另一組病人家屬時，看到了一個熟悉的身影：「為什麼一直騷擾我爸的病人？」

侯冠年定睛一看，正是許久不見的閻思悅。侯冠年有點心虛的別過頭，不過仔細想想他們現在正在做的事情，似乎又沒有避開的理由：「我們只是想要更了解妳爸的過去。」

「在這裡找不到你想要的東西。」閻思悅有些厭惡地說。

「我想要真相，不管它是什麼樣子。」侯冠年誠懇地回應。

「我以為你希望我爸是個壞人。」閻思悅的眼神有些猶豫了。

侯冠年坦率道：「我做過了很多努力，結果推翻了我原本的猜想。」

閻思悅這時才徹底鬆懈了心防，不過畢竟之前發生過那樣的事，閻思悅還是顯得有些心口不一：「我聽說了你在這邊拍東拍西的，所以來看看是不是又在打什麼壞主意。」

「我問了很多病人，他們喜歡妳爸爸，但是都不喜歡朱三沐。」

「那你現在還認為我爸和朱三沐是一夥的嗎？」閻思悅直截了當地問。

侯冠年真誠地搖了搖頭：「現在覺得不是了，但是對於那些不了解的人，或許還是這麼認為。我之所以來拍下這些畫面，就是想扭轉群眾的印象，我想這就是媒體的責任。」

「你們媒體可以很輕易地扭轉群眾的想法，這是一把雙面刃。」閻思悅忽然臉色變得嚴肅，又帶著一點哀傷：「我爸爸當年也是因為媒體，才會變得那麼狼狽，也讓我很難再信任你們。」

「我想要用在好的地方。」侯冠年近乎是懇求道，儘管他不需要閻思悅的任何背書。

「我對你沒有信心。」閻思悅也直率地回答。

「上次是我錯了，對不起。」侯冠年懇切地低下頭。

「我不能光聽一句對不起就原諒你，我還要看你之後的表現。」閻思悅搓了搓自己的臂膀，她還是有一點不安，像是在尋找安慰。

「福東會有找妳麻煩嗎？」侯冠年問。

閻思悅搖搖頭：「就像先前說的，把注意力轉移到朱三沐身上，其實根本沒有我什麼事了。倒是你，注意力還一直在我爸身上嗎？」

「看來我已經試過所有可能了，妳爸看起來是清白的。」

「並不是所有可能，」閻思悅稍微停頓了一下，似乎再思考要不要開口，不過最後還是說了：「還有數據加密公司，矩陣科技。」

「我以為那是堅不可摧的。」侯冠年對閻思悅的坦白感到驚訝。

「不過套用你的話，這世界上沒有什麼是不可能的，那就沒有什麼東西會是真的堅不可摧的。」因為侯冠年的反應，閻思悅的眼神一下變得堅定。

「我知道，可是我已經開始懷疑了。」反倒是侯冠年顯得沒幹勁。

閻思悅這時卻成了鼓勵人的角色：「那就帶著你的攝影機去證明吧！你不是要做專題報導嗎？我不知道你們媒體界是怎麼做的，但是對我們科學家來說，證明一個東西不存在也是有意義的。」

「那我得說，我們媒體還真的剛好相反，我們更偏好證明一個東西的存在。甚至有時候，有些人會自己創造存在的證據，所以才會被人說媒體是製造業。」侯冠年語帶自嘲地苦笑道。

「但是你不是，對吧！那就證明給我看。」閻思悅再次打氣道。

侯冠年被這突然的激勵弄得哭笑不得：「這是我姊夫教我的，媒體不能是製造業。不過經過上次的事情，妳也知道我並不是個完美的人，我很抱歉。」

「我知道你是形勢所逼，不過下不為例。」

矩陣科技的大樓比福科生技還要新穎許多，而且整間大樓的冷氣比一般辦公大樓還要低上兩三度。因為時節已經來到初夏，侯冠年一行人的穿著都十分輕薄，在這樣的氣溫下不自覺想打哆嗦。也是因為這樣的低溫，矩陣科技的員工都穿著公司派發的灰夾克，上面繡有部門和名字。諾大的公司呈現灰溜溜的一片，有種近未來的科幻感。

侯冠年一行人被領到了一間會客室，或許是體貼訪客不習慣這樣的溫度，會客室的冷氣就正常上許多，明顯是被調高了一兩度，色調上也暖和許多。會客室裡面已經坐了一個中年男人，身上也穿著一樣的灰夾克，只不過職銜上繡了個「總經理」的頭銜，名字叫「杜國棟」，只見男人笑咪咪地對著閻思悅說：「原來是閻董的千金，真是稀客呢！大家都在傳說妳被綁架了，如果這個人是綁匪的話，妳就眨眨眼。」

「那都是一些浮誇的傳聞。」閻思悅有些尷尬地閃爍眼神。

然而杜國棟還是顯得興致勃勃：「不過那些傳言很像真的呢！還有說警方為了救妳，還在街上發生槍戰。網路上流傳了一些影片，還有很多目擊情報，看起來就像真的一樣。」

「有些媒體就是製造業。」閻思悅說著，不自覺斜眼看向一旁的侯冠年。

侯冠年趕忙把話題帶開：「我們來這裡，是想了解一下矩陣科技的運作機制。」

然而杜國棟並沒有因此感到失望，反而顯得更興奮了：「喔對，我差點忘記了。因為實在很少有人像你們這樣好奇，就連福科生技的成員，也很少過問我們的工作。」

「可是你們應該是解盲系統最重要的一環吧！」侯冠年引導著說。

「我們只是工具而已，就如同你在看一幅圖畫時，不會在意畫筆長什麼樣子吧！福科生技的新藥就是那幅圖畫，而我們只是畫筆。」杜國棟雖然是抱怨的語氣，不過還是隱隱透出自信和驕傲。

「矩陣科技和福科生技具體來說是怎麼合作的呢？」侯冠年雖然不敢直接破壞他的興致，不過也不能讓他一直偏離正題。

侯冠年的循循善誘在杜國棟身上奏效了，眼看他並沒顯得氣惱，就自然地給出了侯冠年想要的答案：「其實和目前媒體披露得差不多，福科生技的藥品序號系統是我們建置的，序號一產生就會加密傳送到我們的資料庫。解盲前福科生技會把臨床數據提供給我們，我們再將每筆數據連結到新藥分組名單，初步跑出解盲結果回傳。」

「也就是說，你們會提早知道解盲結果？」侯冠年有些驚訝，他看了看閻思悅，他沒想過在這麼明顯的地方會出現漏洞。

然而杜國棟否決了他的猜想：「不會，整個運算過程都是在加密資料庫中進行，最後出來的解盲結果也會是一個加密檔案。這個加密檔案總共有三層密碼鎖，第一層先由矩陣科技這邊解開，剩下兩層在福科生技的董事會上解開。」

「三層密碼鎖嗎？」這回讓侯冠年驚訝的反而是程序上的複雜。

「沒錯，這是保全解盲結果最有效的方式。你可以想像加密資料庫就像是個保險箱，外部雖然堅不可摧，但是保險箱終究是要開啟的，那最脆弱的地方，就是密碼鎖本身。密碼可以透過各種方式獲得，我們能防範的只有暴力破解，但是防範不了社交工程。所謂社交工程，這個你可能不知道，就是透過釣魚郵件，或是……」杜國棟還想要長篇大論，但是被侯冠年無情打斷。

「所以你們把風險分散到三個人身上？」

杜國棟第一次皺了皺眉頭：「這就是我要說的，要用釣魚或是買通的方式攻破一個人很容易，但是要攻破三個人就很困難。」

侯冠年也意識到自己太急躁了：「沒錯，就像你說的……跟保險箱一樣。」

杜國棟這才又平和地繼續說下去：「而且這個保險箱是由三個人共同守護，會呈現某種形式的囚徒困境。那就是當他們被外界誘惑時，顧慮的不只是會不會被其他人發現，還要考慮會不會被其他兩人舉發。」

「舉發有好處嗎？」侯冠年問。

「當然有好處，公司本身就會提供檢舉獎金。另外公司還會向被舉發的人求償，這些求償的所得，檢舉人還可以再分百分之十。可別小看這百分之十，有時候求償的金額是天價，這百分之十也會是不小的數字。」

「看來，如果要收買守密人，主謀至少要付出百分之三十的獲利？」侯冠年沉吟道。

「雖然犯罪的獲利不一定就是求償金額，不過大致上是這種概念沒錯。」

「看來從你們這裡也是很難突破了。」侯冠年用眼神和謝宜婷示意了一下，覺得已經可以離開了。

「沒錯，所以我們在業界的口碑一直很不錯。」杜國棟自信地說。

「福科生技一直以來都是跟你們合作嗎？」侯冠年用閒聊的語氣問道，並準備要起身結束這次的訪談。

「已經合作十年了吧！」

然而杜國棟的這句不經意地回答，卻讓侯冠年把重心再度移到座位上，他抓住了當中的關鍵詞：「十年？所以十年前的解盲洩密案也是你們？」

杜國棟被侯冠年緊張的神色逗樂了：「別用這種眼神看我，當時我們也有接受檢察官調查，我們可是清白的。雖然我不能跟你保證別的環節會不會有漏洞，不過至少在我們這裡，是不可能洩漏解盲機密的。」

「這個系統是最近才採用的嗎？還是十年前就是用同一套系統。」
「十年前的系統和現在大同小異，除了加密技術有提升之外，基本流程都是一致的。」杜國棟從容地回答。
「有點奇怪。」侯冠年喃喃道。
「哪裡奇怪了？」閻思悅在一旁問道。
「我在製藥廠的時候，他們也是告訴我，十年前的流程和現在大同小異。」
「的確，很多都是閻董留下來的制度。」杜國棟補充。
「十年能夠獲得的科技提升是很驚人的，可是這套盲化制度能夠十年保持不變，要不就是十年前太過先進，不然就是十年後太過落後，但是就十年後的現在看來，這套流程並不落後，所以可能的答案就是前者。」
「太先進有什麼好奇怪的嗎？」閻思悅又問。
「如果只是單純為了實驗設計，為什麼要做到這種程度？」侯冠年看著閻思悅和謝怡婷，謝怡婷看來已經猜出侯冠年在想什麼，而閻思悅還是一臉疑惑。
「你在懷疑什麼？」閻思悅問。
侯冠年接著解釋：「妳也說過，雙盲的設置是為了避免實驗者和受試者知道誰被分到哪個組別。如果只是這樣的話，那只要把名單放在保險箱就好，有需要做到這種程度嗎？」

「所以你覺得是為什麼？」闔思悅顯然還不明白侯冠年要說什麼。

侯冠年本來還想繼續說下去，但是又打住。他和謝怡婷交換了一下眼神，接著轉頭看像杜國棟，問了一個毫不相干的問題：「有其他生技公司是用這個系統嗎？」

「除了福科生技之外還有兩三家公司。」杜國棟回答。

「這樣能夠支撐你們公司的營運嗎？」侯冠年問。

「我們當然不是只有做這個，只要有加密需求的企業我們都有服務。」

「我來之前查了一下，你們和普路托斯指南也有往來吧！」

「普路托斯指南有用戶隱私要處理，這也是我們很重要的業務，畢竟用戶隱私洩漏是很大的醜聞。」杜國棟雖然仍舊俐落地回答侯冠年的問題，不過顯然不明白為什麼話題會扯到這個地方。

「你們都沒有好奇過『第三資金』是何方神聖嗎？」

「喔！你是說那個大舉買下福科生技股票的帳號嗎？」杜國棟這才稍微理解這段對話的目的：「好奇歸好奇，可是這種系統是沒有後門的。」

「很多企業都是這樣宣稱的，不過不可能沒有吧！」侯冠年試探道。

「其他企業我是不知道，但是普路托斯指南是跨國的大公司，而且涉及的都是金錢交易。如果個資外漏的話，不是單純接受到詐騙騷擾而已，是有可能會讓用戶的資產被盜領一空的。」杜國棟認真地反駁道。

「既然是跨國企業，又是那麼重要的環節，為什麼會找上你們來做？」

杜國棟顯然是被這句話給傷害到了：「就像我們先前說的那樣，我們在保密這方面是專業的。」

「當然，我知道你們肯定是一流的。感謝你對解盲流程的介紹，我現在已經有初步的概念了，至少解盲洩密不會是從貴公司這裡出問題的。」侯冠年安撫道，不過也是真的問到了他所需要的訊息，他便起身準備離開。

「如果之後還有什麼問題的話，歡迎隨時回來找我。」杜國棟有些不捨。

然而侯冠年並沒有戀棧，很快離開了訪客室，再度暴露在訪客室外的低溫之中。他不自覺地加快了腳步，想要回到溫暖的室外，而閻思悅也很快跟了上來：「你剛剛有句話沒有回答我，你覺得矩陣科技為什麼要做到這種程度？」

「一邊是為跨國線上交易企業保密，另一邊只是先把分組名單蓋牌，妳不覺得這兩件事情的規模差距太大了嗎？」侯冠年試著引領閻思悅的思緒。

「所以你認為是為什麼？你質疑他們的加密技術嗎？」閻思悅問。

侯冠年搖頭道：「不，大企業要跟他們合作，一定有經過重重檢驗，所以我質疑的不是他們的技術，反而是這樣的技術用在解盲加密有點太過浮誇了。所以，我覺得這不僅僅是為了實驗而已，我想你父親當初是想要提防其他事情。」

「比如說？」

「朱三沐。」侯冠年淡淡地說出這三個字。

「我還以為你還是認為我爸和朱三沐是同夥。」閻思悅哭笑不得地說。

「這件事情其實並不衝突。」

「你又想說什麼？」閻思悅又露出戒備的神色。

「如果我想把解盲結果賣給朱三沐，那我就會防範朱三沐透過其他方法獲得答案。」侯冠年意味深長地望著閻思悅。

「你又來了。」閻思悅有些不悅地別過臉。

「不，這只是合理的懷疑。」

「那又回到原本的問題，我爸要怎麼提前知道解盲結果？是你自己說你找不到其他解盲洩密的管道，我才帶你來這個地方，而且你也承認矩陣科技的加密技術是可以信賴的。」

「當然，只是我們還是不能忽視眼前的疑點。」此時三人已經走出矩陣科技的大門，侯冠年走向他的車子，此時閻思悅卻停了下來：「怎麼了？」

「我還是自己回去好了，我需要散散心。」閻思悅陰沉著臉說。

侯冠年本來想要挽留，但是看著閻思悅堅決的表情，又改變心意：「那好，妳路上小心吧！」

「她不會有事吧？」謝怡婷有些擔心。

「不會的，我們出來一整天都沒有事了。」侯冠年看著閻思悅走遠的背影，坐上了駕駛座。他又小心地看了看周遭的人車，他目前腦中的警報沒有察覺到什麼異常，沒有像之前那樣散發出狩獵者的氣味。

接著侯冠年感覺到口袋傳來一股震動，反射性地拿出手機查看，發現是關於普路托斯指南的通知。本來想要關上手機屏幕，不過粗略掃過通知的內容後，他決定把普路托斯指南的程序點開來。

「你怎麼又在看這個東西？」謝怡婷語氣中略帶責備。

「我覺得有點不對勁。」侯冠年看著手機畫面說。

「什麼事情不對勁？」謝怡婷好奇之下，也湊了過去。

「第三資金正在加碼買入福科生技。」侯冠年分享了他的畫面。

「這不是很合理嗎？福科生技現在股票大跌，正是逢低買進的時候。」謝怡婷覺得有些無趣的坐回原本的位置。

「可是解盲洩密案還在調查中，風頭應該沒有那麼快過去。」

「不過我們也查出來沒有洩密了吧！你之前說第三資金擅長利用內線消息投資，他們可能也是查到洩密案不成立吧！」

「我還是覺得不對勁，第三資金一直沒有拋售福科生技的股票，也一直給跟單者信心喊話。如果單純要賺價差的話，應該要在解盲失敗後的高點拋售，然後在低點回購。現在看來不像是因為洩密案不成立，而是他們一直知道某件事情。」

「什麼事情？」謝怡婷說著拉起了安全帶。

侯冠年也發動了車子：「我也不知道，但是就是有一種直覺。這次第三資金在解盲前的大量買進，不像是失誤，而是某種隱晦的布局。」

「解盲只是障眼法，真正的利多消息在後面嗎？」謝怡婷問。

「我覺得問題不是在福科生技本身，因為如果真的有利多消息，福科生技沒有道理一直壓著不公布。相反地，面對解盲的失敗，還有股民到公司抗議，福科生技如果真的有一丁點利空消息，都應該會馬上公告才是。」

「如果不是利多消息，那還有什麼理由抱著福科生技的股票不放？」

「福科生技的股東會是什麼時候？」侯冠年突然問道。

「為什麼要查股東會的日期？」謝怡婷雖然這麼問，不過還是拿出手機幫忙搜索，很快就回覆道：「我查到了，福科生技的股東會正好是在三個月後。」

「剛好三個月啊……」侯冠年陷入沉思。

「三個月怎麼了嗎？」謝怡婷問。

「妳知道什麼是賣空嗎？」侯冠年又提出了另一個問題。

「我知道，就是借別人的股票賣出，然後在低價時買下股票還回去吧！」

「沒錯，賣空的人如果預知股票下跌，就可以利用這種方式賺取價差。那既然股票是借來的，那總不會一直借著不還回去吧！」侯冠年意有所指地說。
「對，所以就要趁低價時買下股票還回去。」
「可是如果股價一直降不下來，賣空方可以一直不還嗎？」
「當然不行。」謝怡婷理所當然地回答。
「那還的期限是什麼時候？」侯冠年又問。
「看一開始約定是借多久吧！」
「對，這是一個方式，不過每年還有一個『最後回補日』。也就是說無論如何，都一定要買回股票還回去的日期。而這個日期，通常就是在股東會的前三個月。」
「為什麼？」謝怡婷問。
「其實仔細想一下就很好理解，如果賣空的情況存在，股權的認定就會非常複雜，應該算在借出的那個人身上，還是算在賣空方賣出的那個人身上？所以在股東會前夕把賣空部位清零，讓股權單純化，就顯得十分必要。」
「而你說福科生技的股東會是在三個月後，也就是說，福科生技的最後回補日就是在最近嗎？」謝怡婷說著又開始搜索手機：「沒錯，我剛剛查到，福科生技的最後回補日就在兩周之後。可是，這會有什麼影響嗎？」
「妳想想，在這之前賣空方一定要買下股票還回去，但是如果賣空方一直買不到股票呢？」侯冠年引導著問。

「會有可能買不到股票嗎?」謝怡婷猜測道。

「極端一點來說，如果股票掌握在少數人身上，持股方說好不賣出股票；又或者是股價一直上漲，散戶預計還有獲利空間，傾向於不賣出股票。按照簡單的市場供需原理，會發生什麼事?」

「那賣空方只能不斷提高價碼，希望有人賣出股票?」謝怡婷慢慢理解了。

「可是股價不斷提高，散戶又更不願意賣出股票了，因為股票還有上漲的空間。這麼一來，就會陷入十分矛盾的情況。無論賣空方怎麼做，只要那個最後回補的期限在，都是在提油救火。」

「這就是軋空嗎?」

「沒錯，軋空所造成的效應，不是股價上升幾個百分點的問題。在歷史上所發生的軋空事件，股價上升十倍一百倍都有可能。」侯冠年做出結論。

「你的意思是，第三資金的目的其實是軋空?」

「我很懷疑，因為時機點太過於巧合了。我或許一開始想錯了，第三資金的判斷並沒有錯誤，他們一開始得知的內線消息或許就是解盲失敗。因為解盲失敗，所以出現了許多做空的行情，這種情況下就更容易軋空。」

「可是如果預期解盲失敗，也可以選擇不要在解盲前買入股票，而是在解盲後價格相對較低的時候買進吧!」謝怡婷質疑道。

「不，我剛剛想了想，這可能是透過普路托斯指南才能完成的詭計。」

「為什麼？利用跟單制度嗎？」謝怡婷問。

「沒錯，要創造軋空效應，單以第三資金本身的財力是不夠的，他需要一群目標一致的散戶，而普路托創造了一個完美的環境。這群跟單的投資者過去見過第三資金的實績，儘管這次的事件讓他們有所懷疑，不過他們仍是願意相信的。」

「如果能在解盲失敗前賣空股票，不是更有說服力嗎？」

「我想第三資金的目的，是想要把跟單者綁到同一條船上。」

「綁到同一條船上？」謝怡婷被搞糊塗了。

「儘管有些人已經棄單了，不過還有很大一部分的人在期待股價回升。」

「你的意思是，第三資金是在逼迫這群人參與他的軋空計畫嗎？」

「我猜第三資金晚一點就會公開解釋了，他會說服這群人跟著他繼續加碼買進福科生技。」

「如果照你這樣的說法，會不會解盲結果根本就沒有洩密？」

「不，就像我剛剛說的，解盲結果還是洩密了。只不過是完全不同的方向，所以才能造成軋空行情。這麼一來，還是要搞清楚解盲結果是怎麼洩密的。」侯冠年咬了咬下唇，思緒似乎又陷入了死胡同。

「不對，就算解盲沒有洩密，這個詭計還是能成立。」謝怡婷靈光乍現。

「什麼意思?」反倒是侯冠年不明白了。

「你剛剛說，第三資金是因為預期解盲結果失敗，所以才會先買入股票吧!」這回主客易位，換成謝怡婷引領著侯冠年的思緒。

「對呀!」

「可是如果預期解盲結果成功，第三資金還是會買入股票吧!」

「這……」侯冠年慢慢明白謝怡婷在說什麼了。

「所以說，無論解盲結果是成功或是失敗，都不會改變第三資金的決定。最大的關鍵點就在於你說的最後回補日，第三資金就是看到解盲發布日和最後回補日過於接近，所以才會認為這是穩賺不賠的生意。」

侯冠年深吸一口氣，感覺思路一下全被打通了，這幾天來的迷霧也漸漸散了開來:「我一直以為這是不能輸的賭局，從來沒想過可以是這種解法。」

「你的專題報導，似乎也不是完全沒有看點呢!」謝怡婷打從心底高興。

「太好了，看來我的記者生涯還是有一點希望了。」侯冠年內心暖暖的:「不過要完成這份專題報導，還有一些疑點需要再釐清。」

晚上，侯冠年的車在中部大學的電機資訊學院前停下，夜晚的學院依舊燈火通明。在車子熄火之後，侯冠年再次撥通了那個熟悉的號碼，響鈴幾聲之後傳來了孟平謙的聲音：「專題做得如何了？」

「我想了一下，這次專題還缺一個很重要的拼圖沒補上。」侯冠年回答。

「什麼拼圖？」孟平謙問。

「第三資金。」侯冠年望著電機資訊學院門口來往的學生，暫時沒找到他正在等待的人。

「我一直想找你說這件事，我一直以為你不在意了。」

「有查到什麼結果嗎？」侯冠年聽孟平謙的回覆，忽然感到滿心期待。

「福科生技和普路托斯指南的關係，比外界想像得還要更緊密。」

「普路托斯指南不是外國公司嗎？」侯冠年問。

「福科生技的創始成員當中，有很多是普路托斯指南的天使投資人，我剛剛把名單寄到你的信箱了。」

「天使投資人？」這是侯冠年不太熟悉的名詞。

「一開始普路托斯指南推出的時候，沒有人相信它能營利，畢竟它背後沒有金融財團撐腰，手續費收得比別人貴，一開始大家都搞不懂怎麼會有人去使用這個平臺。幾個福科生技的創始成員看到跟單制度的商機，投入了第一筆資金。」

侯冠年顯得相當驚訝：「這些事情怎麼都查不到？我只知道普路托斯指南是一家外國公司。」

「很少人會知道一家公司的天使投資人，除非這個投資方還在董事會中活躍著。不過也不是完全查不到，如果用英文搜尋的話，這些資訊都不難蒐集，只是普路托斯指南畢竟是外國公司，這些訊息就很少被翻譯。」

「居然現在還沒有媒體查到這點。」侯冠年還是不敢相信。

「現在的記者連國際新聞都不太看了，就別指望他們會主動查這些資訊了。」孟平謙嘆了口氣：「如果你更仔細去查的話，會發現普路托斯指南的創始人，是閻任生留學國外期間的室友。」

「這樣說起來，我可能要重新審視這件案子了。」侯冠年陷入沉思。

「還有一件事情，你之前要我查的那個藥庫管理人，我這邊也有結果了。」

「什麼結果？」侯冠年又急切地追問。

「他的朋友說他最近出手變得闊綽，聽說從朱三沐那邊拿到一筆錢。」

「所以他有可能是被朱三沐買通的？」侯冠年問。

孟平謙並沒有正面回答，反而繼續說：「這人還有另一個有趣的地方，他父親是益生飲的受害者，他父親因為大腸癌延誤就醫而去世。在他父親死後，他本人還持續在領取閻任生基金會的獎助學金。」

「這種人會幫朱三沐做事嗎？」侯冠年很懷疑。

「他可能和大部分的受害者一樣，還是深信益生飲的療效吧！有許多受害者在延誤就醫導致病情惡化後，並不會去怪益生飲導致自己延誤治療，反而是責怪後續接手處理的醫生。」

「真是奇怪的想法啊！」侯冠年感嘆道。

「我知道，這卻是受害者最普遍的想法。」

「我現在只知道他進入藥庫兩個小時，可是不知道他到底做了什麼。」侯冠年語氣有些氣餒。

「那你可能要設法搞清楚了。」孟平謙不慍不火地說。

「我現在就是想要解決這件事。」侯冠年這時終於看到他要找的人從電機資訊學院中走出來，於是便匆匆掛上了電話。他轉開了鑰匙，把車窗降了下來，朝那人喊：「何弘正，這邊！」

那名叫何弘正的男學生戴著一副銀邊眼鏡，穿著鐵灰色西裝褲，一副書生的樣子。見到侯冠年朝自己喊，顯得有些害臊，趕忙低頭快步走上前。坐上車之後，他語帶抱怨道：「下次你可以傳訊息給我就好。」

「打字很麻煩，而且我也不知道你會不會看。」侯冠年一臉輕鬆地發動車子。

「我隨時都會看訊息。」何弘正嘀咕著。

侯冠年沒有理會他：「你昨天跟我說的辦法，真的可行嗎？」

「一般來說，監視影像是每三個月就會被覆蓋一次。」

「可是你說那段藥庫的異常影像不會，對吧？」侯冠年焦急地追問。

「理論上如果是單純存在監視系統中的影像，每三個月就會被覆蓋一次。但是因為藥庫有異常出入，所以這段影像有被調出的紀錄，也就是說影像應該曾經被暫存在某個地方。如果那個地方的檔案還沒被覆蓋，就有機會找到。」

「那你找到那個地方了嗎？」侯冠年不自覺用力踩了下油門，飛思傳媒的座車就在夜色中狂飆起來。

何弘正倒是很冷靜：「沒有，因為我這裡只有影像紀錄，沒有福科生技整個電腦系統的結構圖。而且剛剛說的也只是我預想的情況，我也不確定這個地方是在哪裡，又或者是不是真的存在。」

「那我就帶你去找找看。」侯冠年說著又催緊油門，雖然說目前已經過了下班時間，但是在市區行駛到這樣的速度還是讓人怵目驚心。何弘正也漸漸感受到速度的壓迫感，在差點撞上幾輛車之後，何弘正不自覺地抓緊了安全帶。很快地，侯冠年就抵達福科生技的大樓，福科生技和電機資訊學院一樣燈火通明，這回因為沒有抗議群眾，所以警衛核對身分顯得相當鬆散，只遠遠瞥了一眼侯冠年隨手拿起的學生證，就懶洋洋的給兩人放行。

「這裡學生證就能進來嗎？」何弘正有些驚訝地問。

「現在這種時候，你就算拿飲料店的集點卡也能進來。」侯冠年扮了個鬼臉，然後熟練地走進電梯裡，按下藥庫所在的樓層按鈕。

夜間的藥庫只剩下昏黃的燈光，還有逃生出口微弱的綠光，如果獨自一人肯定會覺得有些不安。不過侯冠年已經沒有餘裕感到不安了，他領著何弘正快步往藥庫管理室走去。

還好此刻的管理室還有人，是一名有些年紀的大叔，正在玩手機遊戲。侯冠年走上前去，自信地抬起了胸膛，以心安理得的從容的語氣說：「你好，我們是閻思悅的朋友，之前有來過。」

沒想到大叔只是瞄了他們一眼，沒有停下玩手機的雙手，制式化的回覆：「抱歉，這裡沒有通行證就是不能放行，還是你要請閻小姐過來？」

「她今天剛好在忙，她說只要報上她的名字就可以了。」侯冠年堅持道。

「我沒有收到這個消息。」大叔也沒有退讓。

「還是請你聯絡一下她？」侯冠年提議。

「那為什麼不是你們聯絡她？」大叔顯得有些不耐煩。

「我只有她公司的分機，可是現在她已經下班了。」侯冠年順口扯了謊。

「好吧！」大叔很不情願地放下手機，拿出一旁的資料簿，翻到閻思悅所在的那頁。侯冠年比大叔還要快盯上閻思悅的電話欄位，不動聲色的拿出手機，撥了上面那個號碼。而這時才大叔慢條斯理地對著電話號碼，笨拙地開始撥號。

過了不久，大叔放下了電話，露出困擾的神情：「她的電話忙線中。」

「那不然這樣好了，你可以幫我聯絡另一個人嗎？」侯冠年又提議。

「誰？」大叔還是顯得不大樂意。

「研發長魏玫琦。」侯冠年淡淡說出了這個名字。

「這種時間要打擾研發長嗎？」大叔一下子清醒了過來。

「別擔心，我跟她很熟。如果你不打這通電話，之後讓她知道我們被卡在這裡，你才需要擔心。」侯冠年語帶恐嚇道。

「那不然你來打。」大叔交出了電話。

「我忘記她的電話號碼了。」侯冠年聳肩道。

「我來幫你找。」大叔因為剛剛那一驚詫，動作一下利索起來，很快就找到魏玫琦的電話：「在這裡，你自己打吧！」

侯冠年看了看上面的號碼，很快撥通了那支電話，等對方應聲後立刻說：「您好，我是中部大學的侯冠年，請問這是魏玫琦的電話嗎？」

「我就是，你是思悅的朋友吧？」電話那頭傳來熟悉的聲音。

「抱歉打擾，是這樣的，閻思悅要我們來藥庫找一段紀錄，可是她現在不方便跟我們來，然後我們就被擋在了門口。剛剛這裡的管理員打了閻思悅的電話，可是沒有打通，想問問看您能不能幫忙說一下。」侯冠年恭敬地說。

「這樣啊！那幫我把電話拿給管理員吧！」侯冠年終於等到他要的答案，他將電話遞給大叔，並露出有些嚴肅的表情。大叔大概是覺得自己要遭殃了，有些狼狽地接過電話，接過電話後連連應了幾聲後才失魂地掛上電話。

「怎麼樣？」侯冠年一臉得勝地問。

「你們可以進去了。」大叔說著站起身，就要引導他們往藥庫的方向走去，邊走邊問道：「聽研發長說，你們上次已經把監視器的檔案都拷貝回去了吧！這次還需要什麼嗎？」

「那只是監視系統中的檔案，我想知道有沒有暫存區。」

大叔停了下來，顯然被侯冠年的這段陳述給迷惑了：「暫存區？一般來說不是也會在系統裡面嗎？」

「這個嘛……」侯冠年轉頭看向何弘正，丟出了求救的眼神。

何弘正適時接話：「因為這段影像有調出的紀錄，如果調出的系統是在錄影系統之外的話，那就有機會在另一個系統留下暫存的紀錄。因為影像調出的紀錄應該不多，所以這段紀錄很有可能還沒被覆蓋掉。」

大叔抓了抓頭，顯然還是沒有很理解，用識別證打開了其中一間機房後說：「雖然不是很明白，不過監視系統相關的主機都在這裡，你們就自己找找看吧！」

大叔離開後，侯冠年望著整間房間閃爍的主機問：「真的能找到嗎？」

「我也不是很有把握。」何弘正說著，就拿出了筆電開始工作。他拿出一堆線路接上機房裡的主機，畫面上顯現侯冠年完全不理解的程式語言，並用飛快的速度敲打著鍵盤。

「那我在外面幫你把風。」侯冠年走出機房，因為這間房間的溫度明顯比矩陣科技還要冷，雖然何弘正看起來好像一點也不在意。侯冠年拿出手機，信箱收到孟平謙傳來的郵件，侯冠年點開一看，上面有福科生技創始人的名單，和普路托斯指南的天使投資人。裡面還有幾張相片，是福科生技創始人的合影，上面標註有幾個名字，同時也是普路托斯指南的天使投資人，另外還有一張相片，是閻任生和普路托斯指南創始人在大學宿舍的合照。

望向昏黃的長廊，正當他想拿出手機打發時間時，忽然看到一個有點熟悉的人影。

「你先自己在這裡待一下，我去看個東西。」侯冠年朝機房內說道。

「你去吧！」何弘正此刻正沉浸在自己的世界裡，只敷衍的回應。

侯冠年加快腳步走向走廊盡頭，不過放輕了腳步聲，就生怕打擾到眼前的獵物。儘管剛剛只是匆匆一瞥，不過侯冠年有八成的信心可以確定，那個人就是侯冠年在追查的藥庫管理員鄭仁凱。而對方似乎也是察覺到有人在跟蹤他，一個閃身過後，快速消失在走廊盡頭。侯冠年於是快步追了上去，只見電梯前已經空無一人。

侯冠年看了看電梯，兩臺電梯明顯都不是剛離開的樣子，於是他往樓梯的方向走去。一進入樓梯間，他就聽見樓下傳來匆促的腳步聲。侯冠年沒有立刻追上去，而是閉上眼仔細聆聽腳步聲的動向，直到聽見那個腳步聲離開樓梯間。

地下一樓，停車場。

侯冠年按了旁邊的電梯下樓，搭電梯至一樓，整個過程不超過一分鐘。他走出大門坐上飛思傳媒的公務車，駛向停車場的入口。夜晚的停車場沒有什麼人車出入，侯冠年很快等來一臺日產車駛出停車場，整臺車散發著慌亂的氛圍。這是只有狗仔才能嗅聞出來的獵物氣味，終日在汽車旅館駐點的經驗終於派上用場，讓他很容易分辨哪臺車暗藏玄機。

可是侯冠年沒有立刻跟上去，而是放長線釣大魚。他等那臺日產車過了前面一個路口後，才慢悠悠地尾隨在後。他不用擔心獵物逃跑，因為獵物根本沒察覺到獵人在哪裡，就不可能知道該向哪逃。

隨著車子的行進，侯冠年越來越感到不對勁。因為他們所前往的是一片高級住宅區，根據侯冠年對鄭仁凱的了解，他應該無力負擔這樣的地段。不過也有一種可能，那就是朱三沐提供了他資金，只是侯冠年還是很懷疑。即使不在意警方的追查，一個人有可能會在收受大筆現金後立刻買下如此高價位的房地產嗎？而且看這種態勢，鄭仁凱似乎已經定居於此。

車子最後進入的是一處莊園式的建築，高聳的鐵門在車輛抵達前開啟，日產車在這樣氣派的建築前面顯得格格不入。侯冠年在附近公園的停車格上停了下來，稍微觀察了一下周遭的情況，才決定下車接近建築查看。

就在他透過圍牆望向裡頭的時候，有人從他身後拍了肩膀。

第九章　朱三沐

侯冠年轉身一看，讓他驚訝的是，那個人竟然是閻任強。侯冠年有些驚訝，頓時語無倫次起來：「叔叔？等等，我以為剛剛那臺車……」

「你是說那臺銀色小客車嗎？」閻任強微微一笑道。

「對，那是你家的？」侯冠年有些心虛地問。

「不算我家的，不過算我朋友的。」閻任強打啞謎般回答道。

「這……」侯冠年頓時不知道該說些什麼。

「說來話長，要不我們進來聊聊吧！」閻任強似乎也看出侯冠年的迷惑和困窘，便招呼他走進大門。在夜色之中，這種莊園式的建築總是會引人遐想，裡面或許住著不世出的吸血貴族。尤其是在這樣動盪的夜晚裡，更讓侯冠年感到不安。不過侯冠年還是跟了上去，在進到前廳之後，明亮的燈光讓侯冠年的疑慮消除大半。然而，當他定睛看清楚前廳的沙發上都坐著什麼人，又讓他驚訝得目瞪口呆。因為眼前的這一排人，幾乎全是孟平謙給他看過的福科生技創始人，同時也是普路托斯指南的天使投資人。

「這是什麼意思？」侯冠年轉頭看向閻任強。

「我很驚訝你會找到這裡。」閻任強不知為何露出讚許的表情。

「我是跟著鄭仁凱走的，我在調查藥庫的時候……」侯冠年再次掃視過這群人，發現研發長魏玟琦也在其中。他不久前才跟魏玟琦通過電話，此刻對方只是一臉平靜地望著他，就像沒發生過什麼事一樣。

閻任強看侯冠年突然打住了，便替他接下去：「有一筆異常的出入紀錄吧！沒錯，你的直覺是對的。」

「你們一直都知道？那究竟是怎麼回事？」侯冠年不可置信地問。

「先說說你的推論吧！」閻任強引導他到一張沙發椅坐下。

侯冠年有些失神地坐下來，他還是不敢相信自己看到的景象：「我查到藥庫管理人收受了朱三沐的資金，再加上那筆出入異常的紀錄，我想他應該是要替朱三沐偷資料。」

「沒錯，表面上看來是這樣的。」閻任強乾脆地坦承。

「所以，你們一直都是一夥的。」侯冠年還沒回過神來。

「什麼一夥？他們都是我爸的老朋友。」這時突然從背後傳來閻思悅的聲音，她正端著茶壺走出來，一臉責備地望著侯冠年。

侯冠年看到閻思悅的出現更驚訝了，彷彿他整個世界觀都崩塌，許久都說不出話。過了很久，侯冠年才有些難受地說：「所以妳老早就知道一切的真相，之前都只是在陪我演戲？」

「別這樣看我，你也曾經騙過我。」閻思悅別過臉。

「所以你們真的是這一切的主謀？」侯冠年又看向閻任強。

閻任強一臉慈祥地解釋：「說主謀也不太對，這一切其實都是偶然，我們幾年前投資普路托斯指南並不是為了今天。第三資金也的確是我們開設的帳號，不過也不是完全為了福科生技的解盲案。」

「我隱約猜到其中的關聯，可是還有很多細節不明白。」侯冠年這才慢慢緩過神來，能夠梳理其中的邏輯。

「不如你先說說你的看法吧！」閻任強鼓勵道。

「從以前我就有注意到，第三資金一直針對朱三沐的關係企業，我猜想兩者應該是有私人恩怨。如果是福科生技的創始成員，一切就很好解釋，我原本以為恩怨是來自閻任生的死，不過後來發現，這並不是一切的源頭。」

「那是哪裡？」閻任強引導著問。

「益生飲致死案。」侯冠年回答：「或許過去閻任生就看不慣朱三沐，不過最大的引爆點應該是益生飲致死案，讓閻任生下定決心要劃清界線。但是福科生技一直是潛力股，很難說服朱三沐讓出股份，所以閻任生利用了解盲案。」

「怎麼做？」閻任強繼續循循善誘。

侯冠年接著推論：「我過去一直專注在解盲結果是如何洩密的，但是我忽略一件事，就是洩密本身就能造成的影響。閻任生並不需要真的知道解盲結果，他要的只是朱三沐能出脫持股，於是他假裝自己提前知道解盲結果，告知朱三沐解盲失敗的內線，說服對方在解盲前夕賣出股票。沒想到最後解盲真的失敗，才誤導了後人的調查方向，把重點放在如何洩密的問題上。」

閻任強滿意地點點頭：「很有趣的推理，那錄音帶要怎麼解釋？」

「一開始人們都以為這是揭發閻任生的關鍵，後來仔細想想，這更可能是閻任生留下的後手。如果當年解盲成功，朱三沐就會錯失獲利的機會，而如果解盲失敗，閻任生也不想放過朱三沐，他想要用那段錄音玉石俱焚。」在剛才那樣劇烈的刺激過後，侯冠年反而覺得自己的大腦沒有那麼清醒過，一切謎團此刻都忽然迎刃而解。

「沒錯，這也是我們當年推論的結果，也是我們認為我哥被殺害的原因。」閻任強再度認可地點了點頭

「所以你們投資了普路托斯指南，然後創立了第三資金的帳戶？」侯冠年問。

「並不是這麼直接相關，我們當初會投資普路托斯指南，其實只是單純認同他們的理念。而創立第三資金的帳戶，是認為在這個社會光有理想是不夠的，我們需要有自己的資本力量。而透過普路托斯指南，我們還可以借助群眾的力量。」

侯冠年繼續推論：「所以這一次，你們複製了閻任生十年前的計畫？假裝洩密給

朱三沐，其實是要他釋出手中的股票。可是十年來福科生技的規模已經不可同日而語了，所以你們本身的資金還不夠，還需要其他跟單者，才能接下朱三沐手上的龐大持股。」

「沒錯。」閻任強乾脆地回應。

「只是沒有想到，這次的解盲真的失敗了。」侯冠年把視線轉向魏玟琦。

魏玟琦惋惜地說：「我們很遺憾，不是單純要報復朱三沐，而是我們對這次的新藥真的很期待。要真正撫慰閻董在天之靈，比起讓朱三沐倒臺，閻董更是希望新藥研究能夠成功。」

「可是就算是這樣，你們也不可能眼睜睜看著朱三沐全身而退吧！」侯冠年銳利的眼神掃過在場所有人，這次他才終於拿回主控權：「那問題就來了，如果錄音帶是閻任生的後手，你們這次的後手是什麼？」

眼前的一群中年人互相交換了眼神，似乎在猶豫該怎麼回答這個問題，最後終於推派出閻任強代表回答：「你說的沒錯，所以我們需要一個替死鬼，一個可以證明朱三沐接受解盲內線的替死鬼。」

「可是我已經幾乎證明解盲結果是不可能被預知的。」侯冠年雖然這麼說，但是內心已經有了一個答案。之所以不願意說出口，是因為這個答案有點殘忍，他不願意相信那是真的。

這回是魏玟琦挺身而出答覆：「是幾乎，對吧？你也說藥庫有問題。」

侯冠年的猜想被證實，令他忍不住倒吸一口氣：「那是你們故意安排的？」

魏玟琦沉重地點點頭：「畢竟如果不這樣的話，我們沒有辦法說服法官，解盲結果是如何洩密的。這就會和十年前一樣，就算留下了錄音帶，朱三沐還是逃脫了法律的制裁。」

「所以你們就事先買通了鄭仁凱嗎？讓他去承擔所有罪刑？」侯冠年還是顯得不可置信。

「我們給了他很優渥的條件，還有很好的律師團隊。」魏玟琦像是在說服自己一樣，聲音越講越小聲，不過一會兒又變得理直氣壯：「再加上他是益生飲的受害者家屬，他本來就痛恨著朱三沐，這是給他復仇的機會。」

「那為什麼不是你們其中任何一個人？」侯冠年有些悲痛地望向眼前一排上了年紀的福科生技創始成員們。

「如果可以，我們也想要自己承擔。」魏玟琦辯解道：「可是我們現在都是福科生技的核心人物，出事的話會直接影響福科生技的名聲，這是我們不樂見的事情。我們能做的，就是盡量彌補鄭仁凱，而他也同意了。」

侯冠年搖搖頭，不過還是決定轉向下一個話題：「可是我去過藥庫和矩陣科技，整個編碼過程都是加密的，加密檔案會直接送到矩陣科技。就算他在裡面待上兩個小時，也拿不到新藥組的名單。」
「法官不會在意這種細節。」魏玟琦肯定地回答。
「那如果朱三沐質疑呢？」侯冠年問。
「如果他真的有所懷疑的話，一開始就不會相信我們的情報。」
「你們當初究竟是怎麼說服他相信的，朱三沐會去相信一個小職員嗎？」
「我們這幾年利用了好幾起食安事件重創他的資本，最近又發生源能量的醜聞，他經不起更大的失敗，本身就會處於很容易受暗示的狀態。不過我們也是花了很大的力氣，才說服他賣出福科生技的股票。」魏玟琦顯得充滿自信。
侯冠年的表情還是顯得相當懷疑：「事情真會像你們想的那麼順利嗎？我覺得朱三沐這次還是能順利脫身。先別說這些證據在法院是否成立，以朱三沐的政商關係，逃脫制裁對他來說根本輕而易舉。」
「所以我們還留了後手，就算解盲失敗，我們也可以對他在資本上造成沉重的打擊。」這時是閻任強發話了。
「怎麼可能?他都已經賣出福科生技的股票了。」侯冠年質疑道。
「我們說服他賣空福科生技。」
「這樣不是讓他賺得更多嗎？」
「如果福科生技股價上漲，就會讓他損失慘重。」閻任強的表情充滿堅決。

「什麼意思，解盲不是失敗了嗎？難道福科生技還有其他利多？」

「這十年來，我們也不是沒有任何成長，我們學習到了資本的力量。你也是第三資金的跟單者，應該知道我們不太會做賠本生意。有時候不需要利多，也可以利用資本的遊戲規則讓股價上漲。」

侯冠年看著閻任強，最後一塊拼圖終於補上了，關於第三資金的操作也忽然變成可以理解的。他先是搖頭苦笑，接著才輕聲地問道：「是軋空嗎？」

「你很聰明。」閻任強再度讚許道。

「我想過很多種可能，都無法解釋第三資金的角色。即使是要完成剛剛所講的計畫，也不需要把第三資金的跟單者拖下水。而你們引入第三資金的目的，就是要培養出一批信徒，一批能加入籌碼戰的信徒。」侯冠年推論道。

「沒錯，除了引起群眾關注，第三資金沒有什麼出場的必要。」

「第三資金的跟單者先前買下了百分之十的福科生技股權，儘管有一半已經棄單了，但是這樣還是有百分之五。但是你們目前還沒有攤牌，等你們端出最後的王牌，願意跟單的資金規模應該不容小覷。而這一張王牌，就是軋空。」

這時換魏玟琦回答：「就像你說的，軋空本質是籌碼戰，百分之五太少了。別忘了我們都是福科生技的創始成員，加上檯面下的個人持股，我們手上的籌碼有百分之二十五。」

「那朱三沐賣空的數量是多少？」侯冠年問。

魏玟琦回覆道：「佔福科生技總股份的百分之十。以過往股市的歷史，這已經是很高的比例了，是隨時都會發生軋空的態勢。之所以還沒有發生，只是目前市場還處於恐慌拋售的狀態。」

「那什麼時候這種現象才會逆轉？」侯冠年又問。

「等到群眾認為差不多應該觸底反彈時，買賣雙方的情勢才有可能會反轉。但是朱三沐也是聰明人，在這之前他就會買回股票補倉，直接實現賣空獲利。所以我們要做的，就是讓反轉點提前出現。」

「要怎麼提前？福科生技不是已經沒有利多了嗎？」侯冠年質疑道。

「福科生技目前會股價下跌，不單純只是因為解盲失敗而已。還有部分是認為福科生技高層與朱三沐勾結，在政府徹查之下，整個公司都會受到影響。在這種不確定的狀況下，才會造成股市崩盤。」

「可是現在我們給出一個答案了。」侯冠年想起了鄭仁凱，不知道為什麼，他忽然覺得沒有那麼內疚了。他雖然對這個想法感到慚愧，不過他不得不承認這是個可行的方案。

魏玟琦彷彿看穿了他的心思：「沒錯，如果把整件事情定調為朱三沐收買下層員工作案，在不波及管理層的情況下，對公司的傷害性減到最小。以福科生技的體質，現在的股價是被嚴重低估了。另外，我們還可以利用群眾的力量。」

「群眾的力量？」侯冠年疑惑道。

「如果公布朱三沐手上握有福科生技的空單，再加上可能會軋空的暗示，你覺得群眾會怎麼想？這可以變成一場社會運動，只要買進福科生技的股票，就能夠讓朱三沐損失慘重，而且還能透過軋空獲利，是絕對雙贏的局面。」

「這就是你們利用普路托斯指南的原因嗎？讓你們有個平臺能發聲？」侯冠年恍然大悟。

「這只是其中一個方法，只是普路托斯在本國的用戶只有十萬，這相對來說是很小的群體。如果要擴大影響力，就必須要找上一個媒體人，這也是我會讓鄭仁凱帶你到這裡的原因。」魏玟琦此刻意有所指地望著侯冠年。

「帶我到這裡？」侯冠年迷惑了。

「你會出現在這裡，並不是偶然，我們需要借用你的影響力。」

「我能做什麼？」

「替我們做一篇報導，就像一名記者一樣。」魏玟琦理所當然地說。

「可是我什麼素材都沒有。」侯冠年還是顯得很困惑。

「你在過去的幾天調查過那麼多地方，素材應該已經夠多了。更重要的是，我可以提供給你最關鍵的人證，鄭仁凱。」魏玟琦說著便往後頭喊了聲，此刻鄭仁凱走了出來。和侯冠年預期的不同，鄭仁凱臉上沒有畏縮的神色，也不像先前那樣一再閃躲，反而一副堅定的表情，就像隨時要赴湯蹈火的烈士。侯冠年望著這樣的景象，忽然覺得有些茫然。

「請不用在意我，這是我自己想承擔的責任。」鄭仁凱彷彿看穿了侯冠年。

侯冠年望了鄭仁凱許久，他很難相信要對朱三沐有多麼強烈的恨意，才有辦法做出這樣的犧牲。過了許久，他才轉頭問魏玟琦道：「如果我同意加入的話，什麼時候要完成專題報導？」

魏玟琦也不拖泥帶水：「最好能在周五股市收盤後播出，我們需要有段醞釀的時間，利用六日讓新聞的作用發酵，在下周一前累積足夠多的人，才能一舉將福科生技推上軋空行情。」

侯冠年還在掙扎，魏玟琦打量著他的表情，接著說：「在福科生技解盲過後，你損失了不少錢吧！」

「那是我個人的判斷失誤。」侯冠年別過頭，他猜到魏玟琦想要說什麼。

「如果福科生技的股票軋空，你可以把你損失的東西再拿回來。不只是錢而已，還有你的職業生涯，和屬於你姊姊的正義。」魏玟琦平靜地望著侯冠年，彷彿不用等待他回答，她就已經知道侯冠年將會給出怎樣的答覆。

「我姊姊……」侯冠年此刻想起一件事情，他轉頭看向閻任強，有一件事情他必須要立刻確認：「叔叔，有個問題希望你能誠實回答我。」
「沒問題，儘管問吧！」閻任強似乎也猜到他想要問什麼。
「你是不是雨人？」侯冠年問。
「你是從什麼時候發現的？」閻任強微微一笑，算是承認了自己的身分。
「你對我姊姊的感情，不像只是一名單純的讀者而已。而且仔細一想，你們應該是從十年前的解盲案之後就開始針對朱三沐，不可能錯過五年前的餿水油事件。就算不是雨人，也或多或少和我姊有些瓜葛。」侯冠年回應。
「沒錯，我跟妳姊姊雖然合作的時間不長，不過也已經有夥伴的意識了。」閻任強的眼神中充滿著對過往時光的懷念。
「那為什麼後來消失了？」侯冠年問。
「沒有消失，只是以第三資金的身分繼續存在著。而且餿水油案已經有你姊夫的報導，蒐集的資料也都很完整，雨人就沒有必要出面了。」閻任強回答。
侯冠年點點頭，他已經得到他想要的答案了：「在我姊還活著的時候，我一直都想當個老師，所以我對她的工作其實了解不多。我想知道，如果是我姊姊的話，她會怎麼做？」
閻任強思考了一下，過了很久才說：「妳姊姊是一個很有正義感的人，如果讓她知道朱三沐並沒有因為餿水油案受到應有的懲罰，她應該會很失望。如果她知道這是打倒朱三沐的唯一機會，相信她會支持我們的。」

侯冠年第二天一早，並沒有繼續他的專題製作，而是把車開到了銀行前。他伸手探向駕駛座的坐墊下方，抓到一個厚實的紙袋，順勢拖了出來。那是榮叔給他的，裡面還放著三十萬，一分錢不少。

「這是我應得的。」侯冠年像在說服自己一樣喃喃低語。

儘管拿紙袋的動作很乾脆，但是在看了裡面的鈔票之後，侯冠年又陷入天人交戰。他看了看手裡的錢，又看了看一旁的銀行。過許久之後，侯冠年還是決定走下車，走向裡面的銀行櫃檯。

「請問有需要什麼服務？」銀行櫃員露出招牌的制式笑容。

「我想要存款。」侯冠年平靜地說。

「那請幫我到旁邊填存款單。」銀行櫃員禮貌地示意一旁填寫各式單據的桌子，侯冠年顯得有些不好意思，因為他已經忘記自己上次到銀行存錢是什麼時候了。他拿著紙袋到一旁的桌子，抽出存款單開始填寫，一切都顯得那麼不真實。

填寫好之後，他重新抽了號碼牌，才想到自己剛剛沒抽號碼就直接走向櫃檯的魯莽。不過櫃員看來似乎也不是很介意，等到終於輪到他之後，櫃員就像記憶重新被刷新一般，制式地替他辦好手續，過程當中沒有一句多餘的話語。

銀行櫃員將紙袋中的錢放進點鈔機，侯冠年望著點鈔機上跳錶的電子數字出神。儘管點鈔的速度很快，侯冠年卻感覺時間彷彿過了很久。直到櫃員再次走向前，他才緩過神來：「幫您存入三十萬元整。」

侯冠年走出銀行大門，直接走向飛思傳媒的公務車。在公務車的駕駛座上，他打開了普路托斯指南的應用程序，他的個人帳戶多了三十萬元的現金。接著他打開股票搜尋框，鍵入了「福科生技」。

他在福科生技的股票買賣畫面停留了許久，他心裡十分明白，只要這一步踏下去，良心的某個部份就消失了，也不可能再回頭了。又過許久，他終於按下了買入的按鈕，總價是三十萬元。

「我只是把我失去的再拿回來而已。」侯冠年試圖說服自己。

接著他跳出了應用程序的介面，撥通孟平謙的電話，電話那頭也很快傳來了熟悉的聲音：「怎麼了？」

「我找到解盲案的真相了。」侯冠年說出這句話還是有點不踏實。

「這麼突然？」孟平謙的聲音聽來很懷疑。

「也不是很難，就是那個藥庫管理員，他承認犯案了。」

電話那頭沉默了很久，久到侯冠年都差點要自首了，這段沉默彷彿在試煉著侯冠年的良心。就在侯冠年即將崩潰的邊緣，才再度傳來孟平謙的聲音：「那你現在要怎麼做？」

「我想要做一個專題報導。」侯冠年回答。

「很好，做好了再給我看過。」孟平謙也很乾脆地說。

「孟副總，我需要一組人力。」侯冠年有些生疏地提出要求。

「我以為你已經有野風社了。」孟平謙顯得很疑惑。

「我這次不能用他們。」侯冠年很快回應，似乎是有點太快了，連侯冠年自己也覺得不自然。就像是面對前任的那種尷尬，侯冠年就像是要急著掩飾什麼。

「為什麼？」孟平謙果然也感到不解。

可是換來的是侯冠年更長的沉默，一來是要思考要怎麼給出合理的解釋；二來侯冠年內心也在思考著，這次會如此排斥野風社加入的理由。接著他給出的答案，或許連他自己的無法接受：「我需要專業的媒體人。」

「這個報導有那麼複雜嗎？」孟平謙顯然對這個答案並不滿意。

侯冠年深吸一口氣，他決定不再閃躲，發自內心地對孟平謙坦承道：「孟副總，假設有這麼一個可能：眼前有一個唯一的機會，讓你能夠扳倒朱三沐，你會怎麼做？」

「別傻了，我每次都這麼覺得，可是每次朱三沐都可以安全脫身。」孟平謙在電話那頭發出輕聲的苦笑。

侯冠年沒有像往常那樣迎合他，而是堅定地說：「孟副總，這次不一樣。」

儘管上次有過進棚錄影的經驗，不過上次畢竟只是普路托斯指南的植入廣告，和黃金檔的談話節目還是有所區別。這裡的攝影棚大上了許多，主持人是剛從其他電視臺挖角過來的知名主持人林崁，這座攝影棚就是專門為她而設立的。林崁頂著一頭俐落短髮，眼神時而犀利時而柔和，可以根據不同對象而變換自如，許多受訪者都是因此被挖掘出潛藏內心的一面，這也是林崁的節目能長期霸占收視排行榜的原因。

林崁長期合作的導播也被一同挖角過來，是一名綁著馬尾的中年大叔，短袖彈性上衣適當地顯露出他精壯的身材，全身散發著費洛蒙的味道，不知道的人或許會以為他是等下要受訪的明星。導播有條不紊地調度現場人力，按部就班地確認每一項細節，整座攝影棚雖然牽涉大量人力，卻像精密機械中的齒輪一樣，有序地互相牽引運轉著。

侯冠年望著這樣大的排場，很難想像這是他要參與錄製的節目。他感到有些恍惚，想像著未來可能站上林崁或是導播的位置，成為被眾人環繞的那個人。可是他很快從想像抽離，對一旁的孟平謙說：「這會不會有點太小題大作了？」

孟平謙也正掃視著攝影棚的一切，不過比起侯冠年的欣羨，他更像是在確認一切都能順利進行：「我希望你是對的，這次會不一樣。」

「的確不一樣，至少我不知道你們居然直接邀請到朱三沐來。」侯冠年望著攝影棚一角坐著待命的朱三沐。這是侯冠年第一次面對本人，儘管新聞已經見過許多次，親眼見到還是有不一樣的感覺。朱三沐理著小平頭，鵝蛋的頭型給人一種鄰家老伯的親切感，臉面也收拾得十分乾淨整齊。如果不知道他的過往，很難跟萬惡的資本家聯想在一起。而他很快也注意到了侯冠年，對後者淺淺一笑，侯冠年反射性地要點頭微笑，但是想到自己的姊姊，又立刻別過頭去。

孟平謙順著他的視線看過去，給了個職業性的點頭招呼：「嚴格來說我們沒邀請他，他是在聽說我們有意報導這件事之後，自己主動說要來的。」

「我以為這種企業家都會請發言人，先設立一道防火牆。」

「可是朱三沐不一樣，他是媒體出身的，這種公關操作他自己就熟。而且由他自己出面，常常會收穫不少好評，他過去都是這麼做的。」孟平謙語調平穩的說著，從他的表情中看不出一點情緒。

「如果這樣的話，你們就不該讓我直接面對他。」侯冠年抱怨道。

「朱三沐不需要防火牆，可是我們需要，還記得鬼影行動嗎？」

「記得，如果我失敗了，你們可以撇掉所有責任。」侯冠年挖苦道。

「當然我是希望你成功，我已經交代了林崁要好好照顧你。」

「說得倒好聽，林崁已經連續三年名列明星最害怕的主持人第一名了。」侯冠年又看了林崁一眼，正好林崁也往這看，侯冠年立刻別過眼去。有那麼一刻他心虛了，深怕自己的心事被看穿。

「你不是明星，那就不用擔心。」孟平謙冷淡地回應，接著意味深長地望著侯冠年問道：「你也沒有做什麼見不得人的事吧！」

「你也知道，我做過見不得人的事可多了。」侯冠年打馬虎眼。

「沒時間耍嘴皮子了，時間差不多了，先進棚吧！」孟平謙推了侯冠年一把，不想跟他繼續爭辯，不過表情看來心事重重。侯冠年也沒繼續胡鬧，乖順地走向受訪者的座位。

孟平謙說得也沒有錯，就在侯冠年坐定位不久後，棚裡的工作人員加速動了起來。攝影機和燈光迅速就定位，林崁和朱三沐也前後就位，朱三沐就坐在侯冠年伸手可及的距離。在導播的讀秒結束後，節目正式開始。林崁先簡單介紹雙方，然後就開始專題報導的內容。開頭是神川集團歷年的食安事件，其中也包括了益生飲事件和侯靜芬參與的餿水油事件，當然還提及了侯靜芬的死亡。

緊接而來的，才是十年前後的兩次解盲案，編導刻意用同樣的背景音樂和架構報導了閻任生的死亡，觀眾未必會察覺，這是埋下兩起命案有所關連的心理暗示。與過往的報導最大的不同，侯冠年將閻任生和朱三沐的角色進行切割，加入了基金會的病友採訪，暗示益生飲的過錯在於朱三沐，而非閻任生。侯冠年過程當中都不時觀察著朱三沐的表情，朱三沐顯得從容自若。

最後，是真相的揭露。先是介紹了解盲流程的各個環節，最後將重心鎖定在藥庫的漏洞上，然後是藥庫管理員鄭仁凱的自白。侯冠年看著那一段錄像，不自覺地低下頭，抬起頭後發現朱三沐竟然正看著自己。從朱三沐的眼神當中，侯冠年不確定他是否看穿了什麼，但是那種沉著鎮定的表情，還是會讓侯冠年感到心慌，深怕自己一不小心就露出破綻。

在專題報導的影片結束後，棚內大燈開啟，進入了專訪環節。

林崁先是問了朱三沐的意見，朱三沐沒有激烈反駁，反而是神情泰然地說著：「首先我必須說，我過去也是媒體人，我了解其中辛苦的層面，所以面對這樣用心的專題報導，實在是印象深刻。這個報導的組織和呈現能力都很出色，我相信是花了很多心思在裡頭的。不過同樣做為媒體人的前輩，我認為這放了太多情緒化的東西在裡面。」

「具體來說有什麼呢？」林崁不慍不火地提問，可是又暗藏玄機。

「比如說裡面提到的兩起命案，就跟我毫無關係。」朱三沐不疾不徐地回答。

林崁沒有繼續追問，反倒是侯冠年這邊先按捺不住了：「怎麼會沒有關係？一起牽涉到餿水油事件，另一起則是解盲事件，這兩件事情都牽涉到你的公司，從客觀的角度來說，你不可能完全沒關係。」

「不，我覺得我們都對彼此誠實一點，我們都明白你想暗示什麼。」朱三沐眼神銳利地看向侯冠年。

「你也可以誠實一點點，先說說我想暗示什麼？」侯冠年反問道。

朱三沐並沒有像侯冠年這麼激動，而是慢條斯理地說：「在這個社會中，通常都是先發生壞事，我們再去找背後的壞人。可是壞事實在太多了，所以我們更願意相信壞事都是同一個壞人去做的。」

「現在換成我聽不懂你想暗示什麼了。」侯冠年苦笑道。

「孩子，你真的相信大企業存在陰謀論嗎？」

「這不是陰謀論，那些食安事件都是法院認定的事實。在爆發益生飲事件之後，抵制神川集團便成了全民運動，你難道要說社會大眾都是陰謀論者嗎？」侯冠年堅定地回應。

「經過了那麼多事件，我的企業依舊能存在，代表法院還是願意再次給我機會的。而你說的抵制運動，不過只是有心人士的操弄而已。」朱三沐的表情看起來人畜無害，要不是知道他的過去，很容易就被他的論點給說服。

然而侯冠年仍然堅守自己的立場：「不，是政府一直在暗中幫助你。」

「這就是我所說的陰謀論。」朱三沐微微一笑，這個回應對他來說正中下懷。

「那食安事件本身呢？你不會說這也是陰謀論吧！」侯冠年有些急躁了。

相對於侯冠年，朱三沐就像個深謀遠慮的老手：「沒錯，這的確是事實，我所投資的企業犯了錯。不過，你真的認為那會是一手造成的嗎？」

「現在你是要跟那些醜聞進行切割嗎？」侯冠年反問道。

朱三沐從容地搖搖頭：「不，我是想要你仔細思考一件事情。如果是小型工廠就算了，你真的認為在一個數千數萬人的大集團當中，一個身在最頂端的老闆，有辦法繞過這數千數萬的員工，去執行一件見不得人的事嗎？」

「我不理解你想要表達的是什麼意思？」

「就來談談之前的餿水油事件吧！我有可能明目張膽地越過好幾個人，去指使最底層的員工幫我回收餿水油嗎？」朱三沐稍停一下，可是沒等侯冠年回答便繼續說：「更常見的可能，是下面的人自己去搞事情，瞞過了上面的管理層吧！」

侯冠年一下啞口無言，過一會兒才重新理清思緒：「那我反過來問好了，回收餿水油這麼大的舉動，你有可能不知情嗎？」

朱三沐很快攤了攤手：「那也請我利用你的話來說，我的確不知情，這也是法院認定的事情。這也是為什麼我能在這裡跟你說話，這也是為什麼在那件事情過後，我還能繼續從事我所熱愛的事業。」

侯冠年不以為然：「你所熱愛的事業，是媒體業吧！你能在每次醜聞過後重新翻身，靠的就是你早年在媒體界學的那些東西，還有民眾本身的健忘。」

「你太小看社會大眾了，他們沒有真的那麼好操弄，也沒有那麼健忘。」

「不過你也說過，民眾是能被操弄的吧！在『益生飲』事件爆發後，抵制朱三沐成了全民運動，你不也說這是有心人士的操弄嗎？這不是剛好打臉你現在的論調嗎？」侯冠年抓住了朱三沐的語病，說話也突然有了底氣。

「不過大眾最後還是還給我一個公道了。」朱三沐也只能制式地回應。

「你只是在慶幸民眾的健忘吧！可是現在不一樣了。」侯冠年乘勝追擊，神情也逐漸變得犀利起來。他看了攝影機旁邊的孟平謙一眼，他一直沒有告訴孟副總為什麼這次和過去不一樣，而侯冠年現在就要揭曉解答了。

「什麼事情不一樣？」朱三沐似乎也對他的自信感到驚訝，眼神突然顯得不踏實。

「你現在手上有福科生技的大量空單吧？」侯冠年反問道。

「這部分涉及商業機密，我不能給你肯定的答覆。」朱三沐露出戒備的眼神，儘管不知道侯冠年將要說些什麼，不過朱三沐已經開始感到不安。和一開始老謀深算的形象不一樣，此刻的情勢開始逆轉。

侯冠年轉向鏡頭，自信地說：「那我可以給觀眾肯定的答覆，根據可靠的情報，你手上的確對福科生技進行了大量賣空。另外在這裡提供大眾另一個情報，兩周後福科生技會進行除權除息，下周就會是賣空的最後回補日。」

朱三沐大概也慢慢意識到侯冠年即將說些什麼，眼神已經開始有一些閃爍，不過仍舊是強裝鎮定。

侯冠年接著說：「也就是說，你必須在一周內的最後回補日補上所有的股票。如果大家都守住手上的股票，或是一起大量買進市面上的股票，讓你沒辦法順利買入股票回補，股價就會一直不斷飆升，你也會損失慘重……」

「就我所知，上次第三資金的事件中，你賠了不少錢吧！」朱三沐終於按捺不住了，急切地打斷侯冠年的話。而且沒等侯冠年的回應，就立刻轉頭看向攝影機，近乎是以懇求的語調對著鏡頭說：「各位觀眾朋友千萬不要相信他，他之所以會這麼說，只是因為他手上持有福科生技的股票，希望大家大量買入，讓自己減少虧損而已。」

侯冠年知道自己的策略奏效了，儘管表面上看來是自己被質疑，不過觀眾光是看到朱三沐的語氣和表情，就知道應該要站在哪一邊，所以侯冠年毫不費力地接著說：「我的確持有福科生技的股票，但是在這一周內，我不會釋出。除了我之外，第三資金的幾位成員也是福科生技的大股東，基於信念他們也不會釋出股票。除此之外，福科生技還有過半官股，我相信他們短期內也不會賣出股票。」

見朱三沐沒再插話反駁，侯冠年一鼓作氣繼續說：「也就是說，目前在市場上可以流通的福科生技股票，已經不到三分之一了。相反地，朱三沐持有十分之一股權的空單，必須在一周內買回。也就是說，必須有將近三分之一的散戶賣出手上的股票，朱三沐才能夠成功補倉。這是很難達成的事情，所以福科生技很可能會出現軋空行情，造成股價大漲。因此就算不是基於信念，而是理性投資的選擇，我相信大家也不會輕易放手福科生技的股票。」

「你這是操縱市場！」朱三沐終於撕下和藹老人的偽裝，指著侯冠年大罵。

「媒體存在的目的是揭露資訊，我只是在盡我的本分而已。」這回換侯冠年慢悠悠地說大道理，侯冠年看著朱三沐慌亂的樣子，終於體會到復仇的快感。

「我想你誤會媒體的意思了，媒體是橋樑，而不是武器。」朱三沐恨恨地說。

「把媒體當成武器的人是你吧！」侯冠年反唇相譏。

朱三沐一時語塞，忿忿地說不出話來。但是讓侯冠年感到驚訝的是，朱三沐很快調整好了心態，以平靜的語氣反問侯冠年：「如果你把我當成一個壞人，那你現在做得更好了嗎？」

面對這樣直擊靈魂的提問，侯冠年忽然陷入恍惚，他甚至忘記自己回答了什麼，因為無論是怎樣的回答，都顯得蒼白而無力。只是朱三沐也沒有再窮追猛打，而是讓林崁依照流程進行下一階段的對談。只是朱三沐不時以深邃的眼神看向他，讓他感覺到靈魂不斷受到拷問。侯冠年不由得又想起鄭仁凱的面孔，儘管他抱著玉石俱焚的決心，不過還是讓侯冠年陷入了自我懷疑。

接下來，侯冠年就是機械性地回覆主持人的問題，一切如同孟平謙先前的沙盤推演。朱三沐也只回應林崁的提問，並沒有繼續再與侯冠年針鋒相對。一個小時的特別節目很快就結束了，侯冠年像經歷了一場夢，夢醒之後恍如隔世。錄影棚的燈光暗了一階，導播也中氣十足地跟所有人道謝，現場充滿如釋重負的滿足感。只有侯冠年想避開所有人，默默離開攝影棚。尤其是孟平謙，侯冠年一直迴避著他的眼神。

沒想到，這時叫住他的是朱三沐：「我們談談吧！」

「我覺得我們沒有什麼好談的。」侯冠年聽見這句話一下清醒過來，剛毅地挺直腰桿回應。同時腦中飄過許多想像，或許是拉他到暗處塞一疊鈔票，又或者是拿家人的相片威脅，侯冠年想起姊姊的下場，不自覺怒火中燒。

「孩子，這世上沒有誰本來就是壞人。」沒想到朱三沐接著說的是這句話。

侯冠年稍微愣了一下，不過很快反駁道：「你還是想說那兩件命案不關你的事嗎？或許命案是扯得有點遠了，或許警察沒有找到直接相關的證據。但是撇開那兩件命案不說，你當年力推益生飲的抗癌配方，那是真的把人害死了。」

「你是說那個老伯伯吧！那你覺得他怎麼就會相信那就是抗癌配方呢？」朱三沐又回到節目一開始那種老謀深算的眼神，感覺每個問句都是一個陷阱，讓人猜不透其中暗藏的玄機。

「因為他沒有專業的知識，所以……」侯冠年還想說些什麼，不料被朱三沐打斷。

「那你有沒有想過，其實我也沒有。」

「怎麼可能沒有？」侯冠年不以為然道。

「你自己也說了，我的專長是媒體業。癌症不是我的專業，生技也不是，甚至食品業我也只是初學者而已。」朱三沐語調誠懇地回答，聽起來不像辯解，而是真摯地想要與侯冠年討論。侯冠年抗拒著想要反駁，可是朱三沐接著繼續說：「沒錯，我當時是投資了一家保健食品的公司，可是有誰說那就代表我懂？說真的，福科生技的股民又有多少真的懂新藥解盲。」

「這是強詞奪理，你不只是投資者，你也有經營權了。」

朱三沐搖搖頭：「我有權力，但是不代表我有相關知識。益生飲的抗癌配方為什麼會有那麼多人信以為真，代表這個議題是真的有迷惑性的。你們常說我只會騙那些很少上網的老人，可是你們有沒有想過，我其實也是很少上網的老人？我也是那些容易被假新聞、假訊息哄騙，然後會在社群軟體發一些粗糙的長輩圖，讓你們嘲笑無知過時的老人。」

「可是你不一樣。」侯冠年還是無法認同。

「有什麼不一樣？就因為我有了一家公司？現在沒有鏡頭了，我沒有必要假裝什麼，我現在跟你說的就是真心話。當年的我，是真心相信益生飲有抗癌效果的。我當時所犯下最大的錯誤，不過就是把閻任生的沉默當成認同。」

侯冠年環顧四週，的確沒有攝影機在拍攝了，甚至沒有人在注意他們兩人。只偶爾有人投來關切的目光，不過很快就興趣缺缺地轉頭離開。朱三沐說得沒錯，此刻他說的這些話，都只是說給侯冠年一個人聽而已。侯冠年有那麼一刻動搖了，只是他還是不理解：「那時候有那麼多醫界人士公開反對你的產品，難道你都沒懷疑過嗎？」

「當哥白尼說地球是圓的時候，反對的聲音有比較少嗎？」朱三沐反問。

「這不一樣。」侯冠年又重複了這句話，只是他也沒辦法說明。

「有什麼不一樣？在爭議的當下，每個人都會覺得自己是對的。」

「你只是被利益沖昏了頭腦。」侯冠年有些無力地反駁。

「要說我被利益沖昏了頭腦，那並不準確，因為我看到的不只是錢而已。在資本主義的世界裡，你所付出的每一分錢，都是在為這個世界投票。對我來說，那不只是錢而已，而是認同我的選票。」朱三沐眼神裡滿是真誠。

「所以越多人買單，你就越相信抗癌配方是真的？」侯冠年還是無法被說服。

「我知道現在看來很難以置信，其實我自己回頭看也不敢相信，不過當時的我的確認為這一切都是真的。對我來說，我正在推出革命性的產品，而那是必經的路程。直到很多年之後，我才發現自己犯了大錯。」

「為什麼你從來沒說過？用這種說法去說服大眾。」侯冠年質疑道。

朱三沐很快回答：「因為沒有人會信，就連現在的我都不信了。而且更重要的是，這代表承認我真的做錯了。我寧願說是下屬蒙蔽了我的眼睛，這樣的傷害性還比較小一點，畢竟這種嚴重的策略性失誤是大忌。」

「那你為什麼要跟我說？」侯冠年看著攝影棚的工作人員漸漸退場，覺得應該有人來記錄下這一切。

「因為我也曾經是媒體人。」朱三沐語重心長地回答。

「那又怎樣？」侯冠年反射性地問道。

「我在你身上看到了同樣悲劇的影子。」朱三沐又露出節目中那種深邃的目光，侯冠年感覺心靈深處又被擊中了。

「悲劇的是你，不是我。」侯冠年還是下意識地防禦。

「媒體人最常犯的錯，就是站穩一個立場不斷攻擊，很快就會迷失真相的本質。當你們看到像我這樣冥頑不靈的老人時，有多少人願意耐住性子溝通？還是說就只沉浸在優越感中？老人更願意相信我們，其實正是你們年輕人造成的。」

侯冠年想要爭辯，可是朱三沐先繼續說了下去。

「你們老愛說『打臉』這個詞吧！當你決定以這樣的態度表述自己的觀點時，就是把自己擺置在一個對立面，所謂的討論也成了一個不能輸的賭局。這點我還是挺佩服科學家的，因為他們不會先預設立場。」

「可是就算你有閻任生這樣一個科學家，你還是做錯了。」侯冠年終於抓到機會反駁道。

然而朱三沐並沒有被挑起情緒，而是用惋惜的語氣說：「因為他不只是個科學家，也是個人。福科生技那時候離不開神川集團，他以為必須看我的臉色，可是其實不用。」

「你不知道他成立了一個基金會照顧病友和受害者家屬嗎？」

朱三沐搖頭：「我到很後來才知道，而且剛知道的時候，我以為這只是他為自己過去的病患所成立的病友會。閻任生什麼都沒有說過，他沒有告訴我益生飲的抗癌配方是錯的，他也從來沒拒絕過我。」

「不可能。」侯冠年立刻反駁道。

「你認為不可能的事情，就是發生了。」然而朱三沐只是面不改色地繼續說著，接著說出讓侯冠年十分驚訝的話：「就好比如說，我明知道那個藥庫管理員只是替死鬼，我還是願意陪你演下去。」

侯冠年一下不知道該說些什麼，甚至不知道該怎麼擺置自己的表情。他極力想掩飾自己的驚訝，可是已經來不及了。而且朱三沐看起來也不像是在試探，而是早就了然於心，於是侯冠年輕聲問道：「為什麼？」

「因為我不想毀了福科生技，這是我和閻任生一起拉拔長大的孩子。」朱三沐誠懇地回答，侯冠年透過他媒體的直覺，看他的表情不像是在演戲。

「可是你還是在最後一刻拋棄了他，而且還做空。」侯冠年質疑道。

「因為我現在自己有困難，我必須得先救自己。」朱三沐坦承。

「那你之前說的就都是空話，你還是會因為自己的利益而犧牲他人。」侯冠年這話說出口的同時，腦中又浮現鄭仁凱的臉，頓時心虛了起來。

「有誰不是嗎？你不是嗎？這一路走來你沒有犧牲過別人？」朱三沐就像看出了侯冠年的心病，一連串的質問讓侯冠年無言以對。不過，朱三沐沒繼續說破，反而話鋒一轉：「還有一件事情，閻任生的死與我無關，你姊的死也是。」

這句話又激起侯冠年的情緒：「我知道你沒有直接動手，但是你是幕後主使。」

「我也不是幕後主使，我根本不需要那兩個人死。」朱三沐輕描淡寫地否認。

「其他人可不這麼認為，這兩個人死了，你是最大獲益者。」

朱三沐又搖頭：「可是就算他們不死，我還是能得到我想要的。我是個企業家，退一步也是一個媒體人，這不是我慣用的手法。我也不需要這樣的方式，同樣能達到目的。」

「可是你用錢沒有辦法封住這兩個人的嘴巴。」侯冠年繼續進攻。

「但是只要有足夠的資金和細膩的媒體操作，我可以遮住公眾的眼睛。」而朱三沐只是四兩撥千金地回應。

「說到底你還是承認你在操弄媒體吧！」侯冠年抓住一個語病。

「我說我有能力，不代表我真的做了。」然而朱三沐還是顯得不痛不癢。

「難道你沒有嗎？」侯冠年逼問道。

朱三沐還是慢條斯理地說：「當你把一件事情報導出來，就一定會經過加工，從選材、取景、剪輯，你不可能完全不植入自己的好惡，每一篇報導都會反映你的想法。你所說的操弄，只有技術層面的好與壞，所謂的善與惡則是沒有絕對的。」

「你這是強詞奪理。」侯冠年還是不願意被說服。

「我不期待你馬上接受我的觀點，只是如果你要在這條路繼續走下去，希望你一直記住我的話。」

「你可不是我的好榜樣。」儘管朱三沐看來一臉誠懇，但是想到他曾經做過的事，侯冠年還是顯得不領情。但是朱三沐也沒有跟他繼續爭辯，轉身就離開了攝影棚。這反而讓侯冠年覺得有點失落，他原本期待的是針鋒相對的對決，可是他的回擊就像打在一團軟綿綿的海綿之上。朱三沐給他一種感覺，那就是他不需要繼續爭辯，時間自然會證明一切。

侯冠年討厭這樣的感覺，因為他相信自己不一樣，儘管這次他的確逾越了一點道德底線，不過他知道這是完全不一樣的狀況，即使他也不清楚究竟有哪裡不一樣。此刻的侯冠年，忽然急切地想找到孟平謙，雖然侯冠年前幾分鐘還試圖避開他，孟平謙是一股安定的力量，讓他相信媒體人也可以一直堅持理想。只是在侯冠年和朱三沐講話的時候，孟平謙已經不知道消失到哪裡去了，侯冠年也只好帶著一股失落離開了攝影棚。

離開飛思傳媒的大樓後，侯冠年一直懷揣著心事，他始終無法忘懷和朱三沐的談話。坐進飛思傳媒的公務車後，他漫無目的地在夜晚的街道中遊蕩，直到他的手機響起，他瞄了一眼來電顯示，發現正是孟平謙。

「晚安，孟副總。」侯冠年很快接起電話。

「今天找不到機會跟你說話，看你和朱三沐聊得挺愉快的。」孟平謙的語氣當中似乎帶著一點不諒解。

「沒什麼好聊的，只是一些詭辯。」侯冠年很想告訴他具體說了些什麼，他想傾訴自己陷入的迷惘，現在他的需要人指引一個方向。不過侯冠年很快又打住了，因為在接通電話的那刻，他再次確認自己的信念並沒有改變。

而孟平謙也沒再追問，而是接著說：「我剛和上面的人開完會，今天節目的收視率很不錯，網路上的評價也很高。你的專題報導算是成功了，高層也希望有後續的報導。」

「我還以為我被開除了。」侯冠年鬆了一口氣。

「不，你成功把自己留下來了。」孟平謙的語氣聽來也比前幾天輕鬆許多。

「可是朱三沐的訴訟怎麼辦？」侯冠年還是有些不放心。

「別擔心，我們的律師會去處理，現在輿論站在我們這邊。」

「那法官呢？」

「法官也會參考民情的。」孟平謙的話語中充滿自信。

可是侯冠年心中還是有疑慮：「不可能，這次的事情就算了。先前源能量的案子，他們有足夠的證據，控告我們試圖竊取商業機密。」

「關於這件事情，第三資金已經替你出面了。」孟平謙回應道。

「第三資金？」侯冠年忽然覺得有些恍神，他想到那天在大廳所見到的那些臉孔，他現在還是很難將他們與第三資金連結在一起。他不禁幻想著他們在黑暗的空間中進行沙盤推演，最後決定給侯冠年一個機會。

孟平謙大概沒有察覺侯冠年的異常，只是繼續說下去：「他們才是真正揭發源能量醜聞的人，他們把那些竊聽的行為也承擔下來了，剩下的就交給他們的律師團去處理。」

「為什麼他們要這麼做？」侯冠年忍不住問。

「或許他們也討厭朱三沐，把你當成了他們的隊友吧！」孟平謙即使沒有參加那場句話，所說的話卻也跟現實情況相去不遠，讓侯冠年暗暗佩服。

「那我現在還能做什麼？」

「就像我剛剛說的，去做後續報導。」孟平謙直截了當地回答。

「可是我已經把我想說的都呈現出來了，我不覺得有辦法再做什麼深入報導。」經過這一晚上的特別節目，侯冠年覺得異常的疲累，他現在只想要回家好好睡上一晚。

「這就是你該好好學習的事了，不管多小的一個事件，背後都會有值得挖掘的地方。」孟平謙難得溫柔地引導著侯冠年，侯冠年只敷衍地答應一聲，就匆忙地把電話掛斷。

那是因為他還不知道，有些事情，禁不起太多的挖掘。

第十章　閻任生

那天晚上侯冠年並沒有回家睡覺，而是像過去幾天那樣在車裡睡著了。他做好幾個關於鄭仁凱的夢，這些夢境儘管驚悚，卻也不至於讓他驚醒。不過也因為這樣，他被迫持續陷入在意識的牢籠之中，直到刺眼的陽光將他喚醒。

侯冠年往車外看了看，他的車不知怎地停到中部大學社會科學院的門口。而他之所以會醒過來，不僅僅是因為陽光的關係，而是有人正敲著副駕駛座的車窗。侯冠年轉頭一看，發現是謝怡婷，才趕忙將車門鎖打開。

「為什麼這件事情我得看新聞才知道？」謝怡婷一進車門劈頭就問。

侯冠年本來想要裝傻，可是他實在是太累了，所以也只能直球面對：「這件事情很危險，想想我姊姊，朱三沐不是好惹的人。」

「我們都已經跟你出生入死過了，還親眼看到福東會的人在我們面前開槍，你在最後關頭跟我說危險？」謝怡婷轉頭看了一下後座的車窗，車窗上的彈孔被厚紙板粗糙地遮擋了起來。

「就是最後關頭才最危險。」侯冠年打了呵欠，發動車子向前緩緩行駛。

「我不相信，你是不是遇到了什麼事情？」謝怡婷懷疑地上下打量著他。

「事情沒有妳想得那麼複雜。」侯冠年不著痕跡地迴避了她的眼神。

「朱三沐真的是解盲洩密的幕後主使嗎？」謝怡婷繼續質問道。

「當然，現在證據已經這麼完備了，他這次是真的逃不了了。」侯冠年假裝四處看，就是不想對上謝怡婷的雙眼。

「朱三沐真的會相信一個小職員的洩密嗎？」謝怡婷質疑道。

「那是他長期培養的臥底。」侯冠年搬出早準備好的答案。

謝怡婷沒有這麼好被糊弄過去，她說出了侯冠年之前就發現的問題：「可是我們都調查過藥庫和矩陣科技，就算他在藥庫裡待了兩個小時，也不可能拿到新藥組的名單。」

儘管事先預想到了，但是針對同樣的問題，侯冠年依舊沒有答案：「藥庫還有太多我們不知道的機制，總之他就是拿到了。」

「這種結果你服氣嗎？」

侯冠年閃避著謝怡婷的目光：「這個結果很合理，我沒有什麼好不服氣的。」

謝怡婷搖搖頭，嘆了口氣，顯然還是沒有被說服：「就算他真的拿到名單好了，他又是怎麼拿到臨床數據的？」

「他是福科生技的內部人，這種東西有很多方式可以拿到。」

「你都沒有懷疑過這些問題嗎？」

「我不可能搞懂所有技術的細節，這些細節並不影響結果，這樣的結果還不夠好嗎！」侯冠年覺得有些煩躁地提高音量，對前面一個走得稍慢的行人按了喇叭，他第一次這麼不想要跟謝怡婷共處在同一個空間下。

「那你信嗎？」謝怡婷並沒有因此噤聲，只是淡淡地反問。侯冠年也察覺到自己的失態，一下子沉默了。這一段沉默持續的時間很長，因為侯冠年也不知道該怎麼回答。

「拜託你，不要連面對我的時候都要說謊。」謝怡婷帶著懇求的語氣說：「何弘正跟我說了，在調查藥庫時你離開了，是去追那個藥庫管理人。結果你回來後，那個管理人就自白了。」

「對。」侯冠年只能保守地回答，因為他不知道話題會被帶向何方。

然而謝怡婷搖了搖頭，質疑道：「不對，他既然一開始要逃跑，為什麼後來又對你坦白了？」

「可能是我很會說服人，也有可能是他良心發現。」侯冠年打迷糊仗。

「你用什麼方法說服他的？」謝怡婷不安地追問道，大概是想起了閻思悅。

侯冠年透過後照鏡看了一眼謝怡婷，猜出了她的心思：「不要用那種眼神看我，妳問何弘正就會知道，那天完全是突發狀況。就算我想，也不可能立刻叫福東會的人來審問他。」

謝怡婷雖然放心了，不過表情還是很迷茫：「我已經不知道該怎麼看你了，我還是不覺得管理員有辦法完成這種事。」

「有時候事實就是跟表象不一樣。」侯冠年只能顧左右而言他。

這句話反倒激怒了謝怡婷：「可是你甚至沒查清楚事實是什麼！我已經搞不清楚是什麼蒙蔽了你的眼睛，是對朱三沐的恨，還是對真相的執著。我已經感受不到你對朱三沐的恨了，至於真相，我覺得你也不是很在乎了。」

侯冠年不知道該怎麼回應，甚至連簡單的安撫都做不到。或許他現在耗費太多心力在隱藏自己，已經沒有多餘的心力在思考別的事情。謝怡婷想了一下，忽然意識到了什麼，然後伸出左手探向駕駛座：「把手機拿來。」

「為什麼？」侯冠年防衛性地問。

「如果我們之間還有一點信任，那就把手機拿來。」謝怡婷索要手機的那隻手堅定地懸在半空。

「如果我們有信任的話，那妳就不會要我的手機。」侯冠年還在掙扎。

「別這樣對我，如果你不把手機給我，我現在立刻下車走人。」謝怡婷的右手探向車門，也不顧車子還在行駛中，隨時就要拉開門把跳車。侯冠年拗不過，只好把自己的手機交了出去。

謝怡婷幾乎是用搶的把手機接過來，侯冠年看謝怡婷熟練地把螢幕解鎖，接著把普路托思指南的介面打開。在應用程序開啟的那刻，侯冠年就意識到事情的嚴重性：「你又投了三十萬在福科生技上面嗎？」

侯冠年腦袋快速轉過一輪，給出一個勉強像樣的回覆：「我都已經叫大家支持福科生技了，沒理由自己不支持吧！」

「可是你哪裡來的錢？」謝怡婷質疑道。

「跟家裡的人借的。」侯冠年隨便扯了個謊。

然而謝怡婷沒有放過他：「為什麼那麼剛好，不多不少就是三十萬？」

「這可以是隨便一個數字。」侯過年倔強地回應。

謝怡婷盯著侯冠年的臉，就像是在讀心一樣，過了不久後淡淡地說出結果：「上次榮叔要你幫他做事，不是完全沒有報酬吧？」

侯冠年看是瞞不住了，只好承認：「他自己給了我三十萬，不是我跟他要的。」

謝怡婷的肩膀瞬間垮了下來，她的雙眼中滿是失望：「我以為你當時只是想要找到真相而已，沒有想到比我想得更糟。」

「我那時候是真的只想找到真相而已。」侯冠年為自己平反道。

「那現在呢？」謝怡婷顯然不期待他能給出滿意的答案了。

侯冠年繼續辯解：「大家都知道福科生技接下來會有軋空行情，買福科生技的股票是正常不過的事情。」

「可是你比別人早知道這件事情，這已經可以算是內線交易了。」

「我問過法律上的朋友，這在定義上不算。」侯冠年脫口而出，但是在他說出這句話的當下，他就明白這不是一個恰當的回答。

聽到侯冠年的這句回應，謝怡婷的表情瞬間死寂：「那你自己的良心呢？侯冠年，你變了。我以為和你去你姊姊的紀念館，可以讓你找回信念，可是看起來好像沒有用。」

「我已經努力把自己做到最好了。」侯冠年喪氣地低聲說。

「顯然還不夠好，至少沒有像以前那樣好。」謝怡婷也失魂地喃喃自語。

侯冠年在一個紅燈前停下，車前斑馬線來來往往著行人，大部分是中部大學的學生。侯冠年望著眼前的景象，忽然有些悵然：「以前的我只是學生，可以只談理想。可是現在不一樣了，除了理想之外，還有其他很多事情需要考慮。」

謝怡婷也隨著他的視線往前看，還是覺得不能諒解：「比如說錢嗎？我跟你說過，這件事我們可以一起想辦法。」

「不只是錢，比如說福科生技……」侯冠年想說出真相，但又隨即打住。他總有一種感覺，如果把自己與第三資金的密謀和盤托出，只會讓謝怡婷對他更加失望。只是什麼都不說，又會讓他和謝怡婷的距離越來越遠。

「福科生技怎麼了？」謝怡婷狐疑道。

侯冠年看著眼前的紅燈倒計時，還有三十秒，感覺也像是他內心的倒計時。在紅燈剩下二十秒時，侯冠年才終於下定決心繼續隱瞞：「沒事，我只是覺得這次的事件太複雜了。」

「你也不相信那個管理員是犯人，對吧？」謝怡婷試圖猜測道。

「不是那個問題。」侯冠年下定決心守住自己的口風。

「我都不記得我們是從什麼時候開始有隔閡的。」眼前的紅燈只剩下十秒，謝怡婷也望著倒計時，似乎也在期待著什麼。六、五、四……就在最後一秒，紅燈準備轉為綠燈，侯冠年也準備踩下油門時，謝怡婷決定打開車門，下車離去。

侯冠年可能永遠沒辦法習慣孟夏辰的那張臉，因為那張臉幾乎和孟平謙一模一樣，卻有著完全相反的性格。相較於孟平謙的沉穩內斂，孟夏辰顯得輕佻且玩世不恭，總覺得孟夏辰是褻瀆了這張忠厚老實的臉。

而孟夏辰此刻又是以一臉看戲的樣子對侯冠年招呼道：「我的大英雄，今天怎麼有榮幸跟您見面呢？」

「姊夫要我做後續的追蹤報導，這是最好入手的地方。」侯冠年回答。

「拿警方的調查資料當素材嗎？這可真是個好方法。」從孟夏辰的語調當中，真的很難分辨他是諷刺還是真心讚嘆，又或者只是在敷衍。

「別這麼說，我這幾天也提供了警方很多資料。」侯冠年也不惶多讓。
「那你能告訴我，管理員是怎麼從藥庫拿到新藥名單的嗎？」孟夏辰盯著侯冠年，露出了審問犯人的銳利眼神，相信他已經靠這樣的眼神攻破了許多嫌犯的心防。
「我以為他會告訴你們。」侯冠年不敢嘗試挑戰，只能不斷閃避。
而孟夏辰不斷深入核心：「他沒有說，實際上我的同事也沒問，不過我就是很好奇。福科生技整個解盲流程做得這麼嚴密，這種事情真的是進入藥庫兩個小時就能解決的問題嗎？」
「可是解盲結果的確洩密了，而且他也認罪了，不是嗎？」侯冠年反問道。
「根據我多年的辦案經驗，人會因為各種原因承認不屬於自己的罪行。」孟夏辰仍舊盯著侯冠年，意味深長地說著。
「那你可以去好好找原因，至少我自己是找不到。」侯冠年雙手一攤。
孟夏辰又盯了侯冠年一會兒，看著似乎是逼不出什麼東西了，便把視線移開：「好，不談這個了，先說說你這次想要找什麼吧！」
「我想找十年前解盲事件的資料。」侯冠年回答。
「上次給你的那些還不夠嗎？」孟夏辰故作受傷地問。
侯冠年沒有陪他演戲，只是接著說：「上次只是口述，一些影像的資料我都沒有帶出去，這次來看看有沒有什麼是我可以帶走的。比如你之前說錄音帶的指紋，和我姊案發現場的指紋一樣，這個我就沒有放到報導裡面。」

「那的確不行，偵查還是要保留一些細節，這樣才能遏止想出名的人來冒名認罪。」孟夏辰難得換上專業的表情說。

「可是公開一點細節，也可以讓民眾幫忙破案吧！」侯冠年試圖說服他。

「那是肖像畫之類的才有用，你想想，光是指紋這件事能幫到什麼忙？」

「那還有什麼是我能放到專題報導的？」侯冠年一臉煩惱。

「我是警察，沒有義務幫你完成家庭作業。」孟夏辰冷漠地回應。

「那監視器影像呢？我看很多懸案都會公布監視影像。」

「可是臥軌案的監視器也沒有拍到犯人。」孟夏辰仍舊沒有動搖。

「我聽說，閻任生那時是跑著向鐵軌的，對吧？」侯冠年想起閻任強對他說過的話：「光是這點就很有可看性……我是說，說不定民眾可以幫忙推理為什麼會出現這種詭異的畫面。」

孟夏辰聽到侯冠年的話，卻突然臉色一沉。侯冠年以為又踩到他的底線了，正當他要繼續解釋時，孟夏辰才又開口：「閻任生跑向鐵軌的事情，你是聽誰說的？」

「閻任強，閻任生的弟弟。」侯冠年有些奇怪孟夏辰怎會有這麼強烈的反應。

然而孟夏辰也沒有多說什麼，又沉默一會兒之後，站起身說：「你等我一下，我去把那段影像拿過來。」

侯冠年看著孟夏辰走出偵訊室，還是搞不明白他葫蘆裡在賣著什麼藥。過了大約十多分鐘，孟夏辰再度回來了，他把一臺筆記型電腦放到桌上，插上一支隨身碟，操作了一會兒後把螢幕面向侯冠年。

那是一段影片檔，看進度條只有一分鐘，明顯被剪輯過。畫面是在月臺邊，鏡頭前方有大半被一根直立的柱子擋住，所以只能看見鐵軌和月臺最邊緣。在幾秒鐘後，柱子後方跑出了一個人影，快速從月臺落到鐵軌上。而就在人影落到鐵軌的下一秒，列車很快行駛而過，車廂經過時產生劇烈的抖動，並噴灑了一些紅色液體到月臺上，接著便是一團混亂的人群聚集。

「沒錯，看起來就像是跑向月臺的，也有可能是被推下去的。」侯冠年看完，反而更不明白為什麼孟夏辰會有這麼大的反應。

「當初因為這段畫面太詭異，所以一直沒有公開。」孟夏辰若有所思。

「就像你前面提到的，透露太多犯罪細節，就無法辨別誰是冒名頂罪的。」侯冠年想起孟夏辰剛才說過的話，只是這仍然解釋不了孟夏辰的反應。

「我的意思是，這段影片沒有給外部人員看過。」孟夏辰看向侯冠年。

侯冠年看著孟夏辰琢磨了許久，才終於領會到他的弦外之音，可是隨即搖了搖頭：「閻任強是閻任生的弟弟，你們當年應該有給家屬看這段影片。」

「為什麼要讓家屬看？我們只需要他們確認屍體就好。」孟夏辰反問道。

「你確定嗎？可是閻任強說他看過。」

然而孟夏辰的眼神非常堅定：「非常確定，剛剛會出去那麼久，可不是只有找影片而已。我剛剛查過這支影片的調閱紀錄，除了警方跟檢方，這段影像沒有被其他外人調閱過。」

「也有可能是私下調閱的吧？」侯冠年猜測道。

「這是重要證物，調閱都是需要理由的，給誰看過都需要註記。更何況這剛好就是我們決意不公開的犯罪細節，不可能毫無理由就給外人看，也不需要給家屬看。」

孟夏辰再度換上專業的表情，態度十分堅決。

侯冠年想了想，覺得孟夏辰說的確實有道理，可是又覺得無法被說服：「可是閻任強就是看過了，而且他說的也都符合影片的內容，沒道理……」

侯冠年說到這裡忽然打住，有一個想法在他腦中逐漸成形，一個可以完美解釋這一切的可能性。可是這個可能性實在太讓人震驚了，讓侯冠年久久無法回神。孟夏辰也看透了他的思緒，淡淡地說：「這正是我最擔心的事。」

侯冠年睜開眼，發現天已經亮了，而他又在車裡睡著了。侯冠年已經忘記自己是第幾次在車裡醒來了，車子裡的空氣因為密閉一整晚，所以悶塞得讓人快要窒息。侯冠年甚至都不敢吃安眠藥，就怕自己會在這臺車子裡悶死。

想到這裡，侯冠年就想到自己的姊姊。然後他又想到閻任強，他趕忙看了一下手機，發現時間還很早，現在還是早上，距離晚上的特別節目還有一段時間，他還有很多時間可以準備。接著，他打開了普路托斯指南的頁面。

那天的專訪發揮了作用，福科生技的股價連續幾天大漲，已經把侯冠年損失的錢都賺了回來。更重要的是，現在福科生技的股票還是供不應求，大家都在期待漲到更高的價位，還捨不得賣出。在福科生技股票頁面下的相關情報，有金管會盯上這支股票的消息，並研議要停止交易和延後最後回補日，不過無論哪個選項，都只是緩兵之計，還是無法阻止股票一路上漲。

正當侯冠年要往下看福科生技的其他相關新聞時，忽然有人敲了他的車窗，侯冠年轉頭一看，發現是謝怡婷，立刻按掉了手機螢幕。侯冠年打開了車門鎖，謝怡婷便打開副駕駛座的車門坐了進來。

「妳怎麼知道我在這裡？」侯冠年收起手機，有些心虛地問。

「大學城沒有很大，而且你的車很好認。」謝怡婷簡短地回應，她看起來心事重重，似乎一整晚都沒有睡好。

「妳在找我？」侯冠年心裡想著，要找過大學城所有的車也不是那麼容易。

謝怡婷轉頭看向侯冠年，像是要在他臉上找到什麼，過一會兒之後她嘆了口氣：

「看來你還不知道。」

「我應該知道什麼？」侯冠年一下緊張了起來。

謝怡婷別過頭，看著車子的前方緊抿下唇，好一陣子之後才終於開口：「那個藥庫管理人，被福東會的人攻擊了，現在昏迷送到醫院。」

侯冠年想起來了，剛剛在看福科生技相關新聞時，有一條快訊的確有提到這件事。只是謝怡婷那時候剛好在敲車窗，所以他才沒有細看。侯冠年儘管覺得內疚，還是故作輕鬆地說：「那至少證明一件事，我不是靠福東會的人逼他開口的。」

謝怡婷聽了只是苦笑：「今天我不是來找你談這件事的。」

「那是什麼事？」侯冠年又緊張了起來，自從那件事以後，侯冠年和謝怡婷的相處總是覺得不自在。

「你最近都去了哪裡？」謝怡婷問。

「姊夫要我做後續報導。」侯冠年小心地回答，他原本想要說閻任強的事，可是又隨即打住。侯冠年忽然感覺到陌生，如果是以前的話，謝怡婷會是他第一個傾訴的人，結果現在她人就在眼前，侯冠年還在猶豫要不要開口。

「你還是一個人在行動？」謝怡婷略略抬起頭，眼裡含著一點淚光。

「我想先自己查一下，之後再看有什麼可以找你們幫忙。」侯冠年都能感覺到自己話語裡的疏離，以前不是這樣的，以前對謝怡婷或是野風社都不會有這麼多的客套話。

「你以前不是這樣的。」謝怡婷也說出了侯冠年內心的想法。

「我需要一點時間沉澱一下妳之前說過的話。」侯冠年避重就輕地說。

「你要是有聽進我說的話，就不會是這樣的反應，拜託不要對我說謊。」謝怡婷轉過頭，用懇求地眼神說：「那個藥庫管理員不是犯人，對吧？」

侯冠年沉默了。他被謝怡婷的表情影響了，有一刻他就要說出真相了。可是想到說出真相後的後果，他又很快收住口。不過這樣的反應就已經足夠，就算沒有明說，謝怡婷也猜到了他即將說出口的答案會是什麼。

「你一直都知道，對吧？」謝怡婷假設他已經承認了。

侯冠年不知道該說些什麼，他多麼希望能有暫停鍵，可以讓他好好思考該怎麼回答。而不是像現在這樣，沉默已經替他做出最糟糕的自白。謝怡婷也立刻領會過來，神情哀傷地說：「你明知道如此，卻還是做了那篇專題報導？」

侯冠年知道已經無法挽回了，任何謊言都無法自圓其說，他只好正面回答謝怡婷的問題：「我不知道會發生今天這樣的事。」

儘管侯冠年先前的沉默已經等同於默認，不過在侯冠年說出口的這刻，還是讓謝怡婷徹底崩潰了。謝怡婷摀著臉，然後一臉不可置信地看著眼前最熟悉的陌生人：

「天啊！侯冠年……」

「對不起。」侯冠年只能低下頭，用最卑下的語氣回應。只有在這一刻，他才終於能直面自己的錯誤。不再有任何謊言和自欺欺人，他終於意識到自己錯得離譜，意識到鄭仁凱生命的重量。

而謝怡婷只是揮了揮手，痛苦地把臉別過去：「你不用跟我對不起，我們結束了，我們真的結束了。」

「什麼意思？」侯冠年的大腦又陷入一片空白，似懂非懂。

謝怡婷深吸了一口氣，把話說得更清楚些：「我想跟你分手。」

「為什麼？」侯冠年感覺自己的世界崩塌了，他一直以為有些事情是永遠不會變的。他以為這種改變只是短暫的，他們終究會好起來的，等事情過去之後，他們還會是那樣心照不宣的靈魂伴侶，甚至也是時候昇華關係了。

然而謝怡婷沒有給他機會：「我覺得你已經不是我當初認識的侯冠年了。」

「發生這麼大的事，不可能會有人完全不改變的吧！」侯冠年辯解道。

謝怡婷搖搖頭，再次仔細地看過他的臉，只是這次她什麼都找不到了：「可是你變化得太快了，快到讓人覺得原本那個才是假的。」

「我做錯了什麼，我可以改。」侯冠年試圖挽回道。

「我知道你不行，因為我已經給過很多次機會了。」謝怡婷的態度很堅決。

「我們交往了那麼多年，希望我在你心目中不是那麼糟糕的人……」侯冠年還想說些什麼，可是被謝怡婷無情打斷。

「就在我坐進車裡之前，你都還一直在看著那個東西吧！」謝怡婷指著儀表板上的手機，侯冠年當然明白她在說些什麼，在敲車窗之前她肯定已經看到了。侯冠年頓時啞口無言，他已經毫無辯解的能力了。

「我已經想不到該說什麼了，謝謝你陪伴了我的青春，再見。」謝怡婷說完話，沒有再給他解釋的餘地，就打開車門離去了。她關車門的聲音很輕，讓侯冠年更確定她不會再回來了。侯冠年看著謝怡婷漸行漸遠，他內心還隱隱有妄想，妄想她能突然回過頭，可是並沒有，她就是一直往前走，然後消逝在遠處的路口。就在謝怡婷身影消失的那一刻，侯冠年把頭趴到方向盤上，像擰毛巾一樣一下把所有淚水都擠了出來，就像是山洪暴發一樣，全身都在顫抖著。

侯冠年在車裡哭了很久很久，他內心的某個部分已經再也回不來了。

侯冠年拿下冰敷袋，用車內的後照鏡照了照自己的臉，確認自己的眼睛是不是有消腫了一些。畢竟晚上要上節目，如果頂著這雙眼睛去的話，會讓節目組困擾的。侯冠年的心還是覺得酸楚，不過他需要利用忙碌來麻痺自己。

走進公司之後，第一個遇到的竟然是榮叔，他還是堆滿著讓人猜不透的笑臉：「感覺已經很久不見了吧！今天怎麼會想要回公司？」

「其實嚴格來說，我最近才回公司過。」侯冠年盡量讓自己保持平常心。

「我記得，是那個專題報導嘛！做得還不錯。」榮叔稱許道。

「謝謝大師，之前一直還沒問過您滿意嗎？」侯冠年想起榮叔的角色，這才意識到，自己一直都沒有跟榮叔匯報調查的進度。

榮叔聽了侯冠年的話，隨即露出心領神會的笑容：「你說的是葉家吧！雖然你把閻任生捧得太高，不過基本上還算滿意。當然他們最希望的是把閻家也抹黑了，不過能打到背後的金主朱三沐，也不算太差。」

「那三十萬怎麼辦？我要還一半嗎？」侯冠年想起普路托斯指南的帳戶，他現在已經有能力把錢還回去了。

榮叔笑著擺擺手：「不用，就當作我投資你了。對了，提醒你一件事，我手上有內線說政府正在偷偷釋出手上的官股。等市場的供給增加，軋空行情就會結束，你最好一早就把股票賣了。」

「這樣一來，朱三沐又挺過這一關了。」侯冠年感嘆道。

「是啊！朱三沐就是靠著政商關係才能不動如山。」榮叔的表情卻沒有那麼惋惜。

侯冠年看著榮叔，突然想明白了：「看來你也早預期會發生這樣的事情吧！」

「怎麼說？」榮叔露出狡黠的笑容。

「葉家身為在野黨，最期待的就是讓政府出手救朱三沐，落得官商勾結的口實。所以你們的目標一直都不是朱三沐，而是背後的執政黨，這也是為什麼你說這次的解盲就是一起政治事件。」侯冠年感覺思路一下子暢通了許多。

「那也必須要他們狗改不了吃屎。」榮叔一臉嫌惡的回應。

侯冠年沉思了一會兒，發現其中還是有個疑點：「這一次軋空行動，很多親近葉家的企業家都參與聲援，甚至是金援。」

「你想表達什麼？」

「從頭到尾，你是不是一直都知道會有這樣的結果？」侯冠年質疑道。

「我也不是你想像得那樣全知全能。」和榮叔說出口的話剛好相反，他的表情等同於給出了一個肯定的答覆。

「這個結局太完美了，你們就像是各取所需。」

「你這樣的說法並不準確，我和葉家得到我們需要的政治利益，可是福科生技的創始元老們獲得了什麼？朱三沐還是沒有被打倒，他們反而承擔了解盲失敗所帶來的損失。」

侯冠年搖搖頭：「你剛剛給我的消息，剛好證實了這件事。」

「什麼消息？」

「閻任強這一夥人的最終目的，不是要打倒朱三沐，而是要收購政府手上的官股。當年就是因為政府干預，才會有朱三沐第二次入股福科生技。守護福科生技最好的方式，除了排除朱三沐之外，還要排除政府的控制。」

「你要說的是，讓政府賣出股票拯救朱三沐，也是福科生技的元老們希望的事情。」榮叔見侯冠年已經看穿一切，便不再遮掩：「你很聰明，你姊夫把你教得很好。」

然而侯冠年並沒有搭理他的奉承，而是繼續挖掘其中的疑點：「不過這當中有一個問題。」

「什麼問題？」榮叔問。

「這個計劃要成功的前提，是新藥解盲失敗，可是你們怎麼預測解盲結果？」

榮叔輕鬆地回答：「你可以把它稱作或然率犯罪吧！如果解盲成功的話，雖然沒有辦法完成我們的最終目的，不過我們還是有辦法找其他方法達成。而且，解盲成功對我們來說也是好事，我們也可以讓朱三沐付出代價。」

可是侯冠年對這個答案並不滿意：「不對，你沒有說出全部的實話。花費了這麼大的力氣在這個計劃上，不可能把最終結果交給或然率，我想你們也很難有其他的方法逼政府釋出官股。」

「那你覺得我們能有什麼辦法預知解盲結果？」榮叔反問道。

「這就是問題了，我們一直以為問題是解盲洩密，所以才會找不出癥結點。因為要猜到問題的答案，不是只有偷看答案這一個方法，也可以選擇偷改答案。」

「要怎麼偷改答案？」

看榮叔有些不安的表情，侯冠年有自信自己已經很接近真相：「之前在調查藥庫時，我們發現唯一的疑點，只有那空白的兩小時。」

然而榮叔還在做最後的防禦：「可是我們藥品並沒有丟失，你應該也同意不可能被掉包。如果要另外製造掉包用的藥品，一定會引起注意，不可能到現在都沒有被查到。」

侯冠年稍微停頓了一下，他確信這就是事情的真相，所以他想好好享受公布解答前的懸疑感。過了一會兒之後，他才緩緩說出口：「但是，如果不是掉包，而是實驗組和對照組的藥品被交換了呢？」

「要怎麼交換？藥物包裝好之後，就已經分不清實驗組和對照組了。」

「所以只能隨機交換，這也是為什麼最後實驗組和對照組的療效沒有顯著差異。並不是安慰劑效應，就算真的有預期心理，也沒辦法達到那麼好的效果。這件事情的答案，就是實驗組和對照組被人刻意弄混了，才導致解盲失敗。」

榮叔沉默了，他似乎沒有預期到侯冠年會走得那麼遠。沉吟片刻之後，他決定坦誠相對：「你是從什麼時候開始懷疑的？」

「我之前就一直覺得很奇怪，為什麼他們一直說不清楚藥庫要怎麼取得新藥名單。當然我知道這本來就是演戲，但是連這種最基本的細節都沒做好，這套戲真的很沒有說服力。後來我才想到，這可能是在預留後路。」

「後路？」榮叔這裡不是真的疑問，而像是在考驗侯冠年到底知道多少。

「如果藥物掉包，代表這次的解盲試驗都白費了。雖然他們痛恨朱三沐，但是一群相信科學的人，真的能容許這樣的解盲結果嗎？可是如果要讓新藥試驗重啟，就必須要有一個理由，我猜他們會找機會把真相公諸於眾。」

「那為什麼不一開始就公開呢？」榮叔又問。

「新藥掉包代表公司在安全性上有重大問題，在軋空行情結束之前，福科生技都不會想要這件事情被公開。所以我的猜想是，在政府釋出官股結束軋空行情後，他們就會找機會公開真相。」

榮叔點點頭，對侯冠年的推理能力很是認可，不過又隨即露出鬼魅般的笑容：「有時候，你會寧願真相永遠不要公開還比較好一些。」

「我已經體會過這種感覺了。」侯冠年想起晚上的專題報導，頭又開始痛了起來。

「侯冠年，侯冠年……」

侯冠年恍惚間聽見有人在喊他，他的視野目前一片慘白，就像剛暈過去一樣。要過很久他才意識到，自己正坐在攝影棚裡，剛剛只是因為盯著攝影棚的大燈才導致暫時的暈眩。大燈旁邊站著一個人，孟夏辰正看著他點頭。

接著他看向聲音的來源，對上的是林崁的臉：「怎麼了？」

「你還好嗎？」林崁有些擔憂地看著他。

「我沒事。」侯冠年轉頭看了一眼孟夏辰，孟夏辰又對他點了點頭。還好今天孟平謙沒有來到現場，不然如果兩兄弟站在一起，肯定會讓不明白的外人感到困惑。

「你剛剛看起來有點恍神。」林崁關心道。

「可能是因為最近發生太多事了。」侯冠年小心翼翼地回覆，儘管現在的林崁看起來很溫暖，不過只要想起她攻克了多少名人的心防，挖出多少不為人知的黑歷史，侯冠年就會不自覺緊張起來。

「辛苦你了，要我把剛剛的問題再說一遍嗎？」林崁不疑有他地繼續問。

「麻煩了。」

「當初怎麼會想到去採訪閻任生基金會？」林崁重述了問題。

儘管這個問題聽起來沒有任何玄機，侯冠年還是花了好一段時間才回覆：「一開始其實是想要了解新藥試驗在臨床端的執行情況，過程當中剛好遇到基金會的活動，才了解到這個基金會背後的歷史。」

接著林崁把視線轉向侯冠年身旁的閻任強：「閻任強先生可以再跟我們聊聊這段歷史嗎？」

閻任強大方地回答：「閻任生基金會原型是我哥在醫院成立的大腸癌病友會，加入生技產業後也一直都有在聯絡。在益生飲抗癌配方推出後，有許多受害者也因為大腸癌惡化加入這個互助會，我哥也盡量提供醫療和新藥方面的幫忙。」

「基金會當中也有人參與新藥試驗嗎？」林崁繼續提問。

閻任強點了點頭：「沒錯，畢竟有些病患是對傳統治療毫無反應的，新藥是他們唯一的希望。不只是福科生技本身的新藥，只要符合收案條件，我哥都會盡量幫他們找尋最新的解方。」

「您本身也是福科生技的股東嗎？」林崁照著訪綱接著問。

而閻任強也順暢地回應：「對，當年為了支持我哥哥創業，我也投資了一筆錢。不過我也不是什麼有錢人，就是一筆小錢而已，以支持為主。」

「那你對十年前的解盲洩密案了解多少？」接著是比較困難一點的問題。

儘管事先對過流程，閻任強還是停頓了一下後才說：「我仍然相信我哥哥。」

「可是那捲錄音帶要怎麼解釋？」林崁的提問稍稍變得尖銳了一點，侯冠年忍不住又把視線飄向場邊的孟夏辰。孟夏辰看了一眼手錶，顯然心思已經沒在訪談本身，而是在等待著什麼發生。

閻任強沒有留意到兩人的眼神交流，繼續說著：「或許我哥真的洩密了，可是他也想要自首，正是因為這樣才被殺害。」

「你認為那起臥軌案是謀殺嗎？」林崁問。

「因為現場太奇怪了，我哥哥是跑著跳向月臺，一般人應該不會……」

閻任強說到一半，冷不防被侯冠年打斷：「你怎麼知道他是跑著跳向月臺？」

儘管因為被打斷而卡頓了一下，不過閻任強還沒察覺出侯冠年的異樣：「我看過捷運站的監視畫面。」

「沒有，你沒看過。」侯冠年以極為冷酷的聲音說。

「我有……你怎麼了？」這時閻任強才終於意識到侯冠年的不對勁，可是他仍然不知道這一切是為什麼。

侯冠年並沒有直接回應閻任強的問題，而是轉向鏡頭，向在對電視機前的觀眾進行解說：「我問過當年承辦這件案子的警察，除了警方和檢方，沒有人調閱過那段畫面。」

「可能是警察讓我看的。」閻任強解釋道。

「也不是，這點我也詳細確認過了，我訪問過當年的承辦警官。這段監視影像是敏感證物，調閱的過程都會記錄得非常清楚，確實沒有給體系以外的人看過。」侯冠年堅定地回答，就如同孟夏辰告訴他的時候那樣。

「但是他真的是用跑著向月臺的，你可以跟警方確認。」閻任強開始有些心浮氣躁起來了。

「當然，我確認過了，他的確是用跑的。」侯冠年相對平靜地回答。

「那就對了，代表我一定看過監視器畫面。」閻任強似乎先鬆了一口氣。

然而侯冠年的下一句話依舊緊迫盯人：「不對，你沒有。」

「那我是怎麼知道的？」閻任強被搞糊塗了。

侯冠年低頭抬眼審視了他好一會兒，最後如同審判般緩緩說：「因為你人就在現場。」

「沒有，不可能。」閻任強趕忙搖了搖頭。

「你不只在現場，而且閻任生就是因你而死。」侯冠年不容置疑地說。

「不可能，你到底在胡說什麼！」閻任強不自覺地提高了音量。

「那你能解釋為什麼錄音帶上會有你的指紋嗎？」侯冠年只平靜地反問。

「指紋？」閻任強又迷惑了，一下子蓋過了原本的憤怒。

「警方當年沒有公開這個線索，但是錄音帶上除了閻任生之外，的確留下了另一個人的指紋。當年之所以沒有比對到你，是因為你一直都不被列在嫌疑人的範圍內。可是就在剛才，我請警方證實了這件事情。」侯冠年把頭轉向孟夏辰，這次不再是偷瞄，而是引導在場所有人的視線轉向他。而孟夏辰也向前站了一步，身旁也突然多了幾名身穿制服的刑警。

「為什麼？為什麼這麼突然？」閻任強有些崩潰的搖搖頭。

「你在後臺用過的水杯，被我們拿去採集了指紋。」侯冠年回應道，剛剛孟夏辰對他點頭，就是確認了兩者的指紋相符。也是因為這樣，侯冠年才會突然感到暈眩，因為他最不願意看到的結果成真了。

「我是說怎麼會突然在今天……」閻任強還是難以接受。

「抱歉，閻先生，我可能要請警察逮捕你了。」侯冠年說完，孟夏辰身邊的刑警便走上前，圍到閻任強的身邊。

「從頭到尾，這就是一個局嗎?你就是為了這一天?」

「不，我一開始還相信你是個好人，是我看走眼了。」侯冠年心寒地看著警察替閻任強上銬。

閻任強在鏡頭前被警察帶走，在經過孟夏辰，他露出恍然大悟的表情。他看了看孟夏辰，又轉頭看向侯冠年，接著邊搖頭邊苦笑道：「果然是因為這樣，這也真難怪了。你畢竟是侯靜芬的弟弟啊!還有孟平謙，我怎麼沒想到呢?」

侯冠年此刻也默默走到孟夏辰身邊：「看來他把你認成姊夫了，可惜還來不及問他關於姊姊的事。」

「別擔心，我和我的同事會讓他說出口的。」孟夏辰回應道。

第十一章　雨人

侯冠年和闔思悅來到看守所，他們抽了一張號碼牌，在辦理接見申請的櫃檯前等著。好長一段時間他們兩人都沒有說話，直到侯冠年首先開口打破沉默：「抱歉，沒有先知會妳就帶走妳叔叔。」

「沒關係，如果他真的是你說的那種人，那也是他應得的。」闔思悅抿了抿嘴唇，此刻臉上的表情十分複雜，分不清是憤怒還是憐憫。

「你恨他嗎？」侯冠年小心翼翼地問。

「我現在覺得很複雜，就像夢一樣，畢竟他真的對我很好。」

「可能是因為愧疚吧！」

「我還是不知道為什麼他要做這種事。」闔思悅嘆了口氣。

「我姊夫的哥哥說，是妳叔叔竊聽了你們家的電話，意外聽見妳爸洩密給朱三沐的通話。因為妳叔叔也買了福科生技的股票，因此在捷運站裡和妳爸爭吵，拉扯當中把妳爸推下月臺。」侯冠年轉述了孟夏辰的話。

「為什麼我叔叔要監聽我們家？」闔思悅疑惑道。

「因為他手上有福科生技股票，他一直以來都透過監聽提早知道內線消息。」

「所以那捲錄音帶，其實是我叔叔的？」闔思悅又問。

「沒錯，所以上面才有他的指紋。」

「沒想到叔叔一直在監聽著我們家。」闔思悅還是不敢置信。

侯冠年也不知道該說些什麼，只能說：「任誰都想不到吧！」

倒是闔思悅很快展開了新的話題：「記得我們上次見面的最後，你說我叔叔是雨人，那不是你姊姊的線人嗎？」

侯冠年點點頭：「沒錯，我姊曾經跟你叔叔一起追查過朱三沐的餿水油案。現在想起來，他大概是因為對十年前的案子心懷愧疚，所以才會那麼執著於扳倒朱三沐。」

「到頭來，還是沒能替你姊姊討回公道。」闔思悅遺憾地說，不過又隨即無奈地苦笑道：「不過我爸爸的公道雖然討回來了，不過卻也不是我想要的，還不如一直恨著朱三沐就好。」

「說到底，始作俑者還是朱三沐。沒有朱三沐，就不會有那起解盲洩密案，妳爸和叔叔也不會因為爭吵而被推下月臺。」侯冠年安慰道。

闔思悅正想說什麼，不過看守所的櫃檯此時叫到了他們的號碼，兩人便一同走上前。闔思悅遞出了自己的證件，並說出了要見的人，櫃檯人員操作了一會兒電腦後皺眉道：「闔任強目前不接受會客。」

「為什麼？」闔思悅不解地問。

「抱歉，我這裡看不到原因。」櫃檯人員以制式化地態度回答。

「可以再幫我問問看嗎？就說是他姪女。」閻思悅求情道。

櫃檯人員拗不過，便拿起電話撥打了內線。在交涉一番之後，櫃檯人員掛上電話，搖搖頭說：「我報上了妳的名字和身分，閻任強還是不願意見面。」

「那好吧！」閻思悅又些洩氣地離開了櫃檯。

侯冠年同情地看著她，安慰道：「別灰心，我之前也想到會有這樣的結果，或許要給他一點時間。」

「或許他也是想給我一點時間。」閻思悅顯得悵然若失。

「我多麼希望有些人也能給我多一點時間。」侯冠年不知怎麼就想起了謝怡婷，或許他還不習慣這種時候她不在身邊。

「今天你女朋友怎麼沒來？」閻思悅彷彿看穿了他的心思。

「我們分手了。」侯冠年也很坦然地說。

「為什麼？感覺你們兩個很般配呀！」儘管猜到了，閻思悅還是很驚訝。

「個性不合吧！」侯冠年不願多談其中的細節。

「真是可惜了，你們交往多久了？」閻思悅倒是很好奇。

「三年。」侯冠年簡短回答。

「那幾乎是整個大學生活都在一起了。」閻思悅感嘆道。

「是啊！也要隨著大學生活一起結束了。」侯冠年想結束這個話題，快步走出了看守所的大門，此時卻被一個聲音叫住。

「請問是侯冠年嗎？」侯冠年轉頭一看，是一名西裝筆挺的中年男性。

「對，請問你是？」侯冠年不記得有見過這名男子。

「我是當年偵辦閻任生臥軌案的檢察官曾睿亨。」男子這時突然注意到侯冠年身旁的閻思悅：「妳是閻思悅吧？我十年前有見過妳。」

「我好像記得，可是不太確定。」閻思悅沒把握地回答。

「當然，我們只有見過一面而已，當時就是聊聊妳父親平常的狀況。」曾睿亨散發出一股溫暖的氣息，這讓侯冠年聯想到之前見過的野風社創社社長霍定宇。

「那檢察官怎麼會在這裡，來辦案嗎？」閻思悅問。

「我本來是想透過關係去看看妳叔叔的，不過妳叔叔不願意見面。」曾睿亨顯得有些苦惱。

「看我叔叔？為什麼？」閻思悅狐疑道。

「關於那天晚上的專訪，我有一些疑問。」這時曾睿亨把視線移向侯冠年。

侯冠年見焦點移到自己身上，便不自覺緊張了起來：「什麼疑問？」

「你說監視器畫面當年只有警察和檢察官看過吧？」曾睿亨問。

侯冠年了問題鬆了口氣，至少不是在問鄭仁凱：「對，這有什麼問題嗎？」

「閻任強的確看過那段監視畫面。」曾睿亨意有所指地回答。

侯冠年聽到這句回應，腦袋一下子變得空白。他不自覺地望向看守所的門口，如果是這樣的話，代表他誤會了某些事情：「你確定嗎？」

曾睿亨肯定地答覆：「我就是當年承辦的檢察官，我很確定。倒是你，你說你的消息來源是當年的承辦警官，可是我問了一輪，都沒有人說給過你資料，你到底問的是誰？」

「孟夏辰，孟警官。」侯冠年很快地給出答案。

曾睿亨聽了卻皺眉：「孟警官嗎？他當年沒有參與這件案子呀！」

「可是他的確是跟我這麼說的。」侯冠年困惑地說。

曾睿亨也陷入沉思：「當年的臥軌案是我全權負責的，這段監視影像也如同你說的，清晰記錄了每個調閱的足跡。孟警官即使是在十年前應該也職位不低，如果他有參與這起案子的話，我應該不會不知道。」

「孟警官應該不會騙我呀！」侯冠年雖然這麼說，但是內心還是產生動搖。

「或許是我真的記錯了，不過閻任強的確有看過監視畫面沒錯，這一點我昨天又重新確認了一次調閱紀錄。」曾睿亨搔了搔後腦，顯出很困擾的樣子。

「他也堅持他的確有看過。」侯冠年看著對方的窘態，忽然感到很抱歉。

「不過錄音帶上的指紋也的確是閻任強的沒錯，所以你們並沒有抓錯人。」曾睿亨也幫忙打圓場。

「還好最後歪打正著，不然如果這樣冤枉好人就糟糕了。」

「你們也是來看他的吧？他還有說些什麼嗎？」曾睿亨關心道。

「我叔叔也不願意見我。」閻思悅有些喪氣地垂下頭。

「畢竟發生了這種事，會有些尷尬是必然的。」曾睿亨安慰道，不過也不知道能再說些什麼，想了一會兒後便匆匆道別：「看來今天不會有結果了，那我改天再過來好了，也希望你們的關係能好起來。」

「謝謝你，那就再見囉！」閻思悅和侯冠年禮貌性地和曾睿亨道別。

在曾睿亨離去之後，閻思悅和侯冠年各自懷有心事，過了一會兒才由閻思悅開口：「剛剛檢察官提到監視影像的事情，到底是怎麼回事？」

「我也不知道，或許我該找個地方沉澱一下。」

在送閻思悅回家之後，侯冠年一個人來到侯靜芬紀念館，一個讓他可以沉思的地方。他以前很少來這裡，沒想到這次居然在短期內來了兩回。侯冠年來這邊也沒有特別要找什麼，畢竟紀念館內大部分都是他早就知道的事情。只是不知道為什麼，當思緒覺得一團糟的時候，他現在第一個想到的就是這個地方。或許是因為，如果換作是以前他還能找謝怡婷傾訴，而現在謝怡婷已經不在了。

侯冠年隨意瀏覽著館內的展版，腦中還在思索著剛才曾睿亨跟他說過的話。他實在想不明白中間究竟出了什麼問題，而如果孟夏辰打定主意要作弄他的話，也不可能從他身上獲得答案。

就在他煩惱的時候，身後傳來熟悉的聲音：「冠年，你也來這裡啦！」

侯冠年轉頭一看，發現是霍定宇，心中頓時升起一股暖意：「就跟你上次說的一樣，碰到瓶頸就來這裡晃一晃，當成廟來拜拜一樣。」

「你遇到什麼瓶頸了？」霍定宇隨口問。

侯冠年這時反而不知道該如何開口了，畢竟這牽涉到孟夏辰和飛思傳媒。儘管霍定宇看起來並不是別有用心，不過畢竟還是競爭對手。在還沒搞清楚之前，侯冠年也會有所顧忌。

霍定宇看出了侯冠年的兩難，也沒有再為難他：「商業機密是吧？沒關係，我也沒有要打探的意思。」

「沒有，我只是不知道該從哪裡講起。」侯冠年有些尷尬的解釋道。

然而霍定宇指爽快地笑了笑：「那等你知道該怎麼講的時候再聊吧！先聊點別的，你也差不多要畢業了吧！」

「再一個月。」侯冠年很快回答。

「有想好要做什麼了嗎？」霍定宇問。

「應該就是繼續在飛思傳媒當記者吧！」

霍定宇沉吟了一會兒，然後問：「有想過要來『點與線』嗎？」

「這是在挖腳的意思嗎？」侯冠年忍不住笑了出來。

霍定宇倒是沒有再顯得難為情的樣子：「反正你都還沒有畢業，本來就有無限可能嘛！我知道現在你是飛思傳媒的大紅人，不過老實說，我覺得『點與線』也不差。」

「這是在報仇嗎？從飛思傳媒也挖一個人過去？」侯冠年打趣道。

霍定宇爽朗地大笑：「不要說得那麼嚴肅嘛！我只是覺得你可能是不錯的工作夥伴，我最近也研究過你過去在野風社做過的事情。」

侯冠年也被逗樂了：「怎麼說得這麼陌生？你是野風社的創社社長吧！」

「跟你們現在比起來，我們當時做的東西根本不算什麼。」霍定宇一臉懷念的神情，不過隨即又問：「對了，你女朋友怎麼沒有跟你一起來？」

侯冠年臉上的笑容瞬間消失了，低下頭說：「或許我沒有你想得那麼好。」

霍定宇端詳著他的表情，然後輕聲問：「這就是你說的那個瓶頸嗎？」

「算是吧！」侯冠年顯得不願多談的樣子。

霍定宇看著身旁的展板，他們剛好走到了介紹孟平謙與飛思傳媒的區域，霍定宇感嘆道：「好人真的很麻煩，壞人只要利益，好人卻有一百種正義。」

侯冠年順著他的視線看過去，若有所思地問道：「你曾經因為各種理由，扭曲自己的報導內容嗎？」

霍定宇卻搖搖頭：「我的看法不太一樣，這世界上沒有什麼純粹客觀的紀錄。就算是紀錄片，就算是素材毛片，都有它自己的觀點。當一則新聞被報導出來時，它就已經摻雜了很多不純粹的成分，不可能不去扭曲原本的意思。」

侯冠年苦笑道：「朱三沐也說過同樣的話。」

讓侯冠年驚訝的是，霍定宇提到朱三沐的眼神是尊敬的：「那是因為我在學校聽過他的演講，那時候他還是媒體人。撇開他後來做的事情不說，在媒體界，他的確是我們的前輩。他也有過很深刻的報導，他當年對高齡化的專題報導很經典。」

「可是他卻把他的才能用在欺騙老人身上。」侯冠年氣憤地說。

「他或許只是在用他的方式解決那群人的困難，只是最後走火入魔了。」霍定宇一臉惋惜地說。

「至少他不應該扭曲事實。」侯冠年倒是沒有一點憐憫。

霍定宇沒有隨著侯冠年的情緒起舞，而是循循善誘道：「村上春樹曾說，在雞蛋和高牆之間，他永遠站在雞蛋這邊。但是這對於高牆來說，不就是一種刻意扭曲嗎？」

「那我不應該站在雞蛋這一邊嗎？」侯冠年迷惑了。

霍定宇搖頭：「你可以站在任何一邊，我沒有評價這件事情的對錯。依我的觀點，個人意見沒那麼偉大，重要的是保持這個世界的多元性。你可以只看到雞蛋，當然也可以有人只看到高牆。就像飛思傳媒和點與線，兩個聲音都同樣重要。」

「那我是不是應該做到基本上的公平？」侯冠年又問。

「不可能有人是絕對公平的，即使排除掉所有私心，每個人心中的道德量尺還是不一樣的。我的想法很簡單，就是每個人都做到自己心裡上的公平，這個社會自然會取得它的最大公約數。」

「最大公約數嗎？」侯冠年琢磨著這個詞。

霍定宇看著侯冠年，上前遞上自己的名片：「我不確定我說的話有沒有解決到你的瓶頸，畢竟我連自己的瓶頸都還沒有解決。不過好好考慮我的提議吧！這裡有我的電話，只要你開口，點與線永遠為你保留一個位置。」

這麼多天以來，侯冠年第一次回到家裡，感覺身上都已經沾染了車子內裝的橡膠味。侯冠年從副駕駛座提起一盒水果，下車遞給在門口站了很久的母親：「媽，這是給姊姊的。」

侯冠年的母親接過水果，可是視線卻停留在侯冠年的車上：「怡婷怎麼這次沒有跟著來？」

「她……她學校有一點事。」侯冠年應付道。

侯媽媽輕拍了一下他的背，責怪道：「你呀！不要只顧著自己的事，也該學會好好照顧一個家了。」

「媽，我知道。」侯冠年只能乖順地回應。

兩人一起走進了玄關，脫鞋子後一進門，侯冠年就看見孟平謙和侯爸爸已經坐在客廳裡。孟平謙正經地打直腰桿坐著，就像是第一次到女朋友父母家的樣子，侯媽媽又感嘆：「冠年，你應該學學人家平謙，要穩重踏實一點。」

「是，我在公司都在和姊夫學習。」侯冠年嘴上雖然這麼說，但是在對上孟平謙視線的那一刻，眼神還是略略尷尬了起來。

然而侯媽媽並沒有注意到這奇怪的互動，而是熱絡地對孟平謙招呼道：「平謙，我最近有遇上幾個不錯的女孩子對你有興趣……」

而孟平謙沒等她說完便打斷：「媽，我已經有靜芬了。」

「我知道，但是多認識一些人不好嗎？就當作交朋友吧！」

「我現在也沒有想要交朋友。」孟平謙果斷地拒絕。

「你再想想吧！」侯媽媽說著，領著侯冠年到一旁侯靜芬的牌位前。兩人一同雙手合十，由侯媽媽代表祝禱幾句，大意是侯冠年帶了水果來看姊姊，過去的一年一切都順利，也希望侯靜芬在另一個世界平安。

兩人拜完之後，便到客廳的沙發椅坐下，侯爸爸忽然開口道：「明年，我們就不要再拜了吧！」

「為什麼？」孟平謙反應有些激動。

侯爸爸看了孟平謙一眼，堅定地說：「不是說死後會輪迴嗎？靜芬說不定已經投胎到好人家，我們還在這裡拜，對她來說多晦氣。我和你媽也不是說不想她，只是一個女孩子一直被牽絆在一塊板子裡，也太委屈了。」

看侯爸爸的態度這麼堅決，孟平謙也不好再反對：「爸妳決定就好。」

侯爸爸看大家沒其他意見，便拍了一下椅子站起身：「那就當作最後一次，大家一起來跟靜芬道別吧！」

侯冠年一家三口加上孟平謙，一同來到侯靜芬的牌位前。牌位上的那張相片與孟平謙辦公桌上的那張一樣，這讓侯冠年有種不真實感，就像姊姊還活著一樣。但是如果一切照侯爸爸說的那麼做，這將會是一個正式的道別，侯爸爸口中也念念有詞，交代著之後的安排，後續應該會把姊姊的牌位轉到龍騰生命園區，忌日的時候全家人也會像現在這樣去看她，只是就不會像在家裡這樣天天見面了。

在祭拜結束之後，侯媽媽削了侯冠年帶來的水果，也吃了孟平謙所準備的供品，都是姊姊生前愛吃的東西，旁邊還擺著空碗筷，象徵和姊姊一起吃飯。每個人的心情都很複雜，所以一餐下來沒說到什麼話。

侯冠年看孟平謙也吃得差不多了，便站起身對爸媽說：「我吃飽了，可以讓我跟姊夫出去說一下話嗎？」

「好啊！你們有公事就自己聊吧！」儘管覺得很唐突，侯爸爸還是答應了。

侯冠年於是領著孟平謙到二樓，不過不是到書房，而是到屋後的陽臺。那裡因為背對著馬路，所以很清淨。侯冠年確認爸媽沒有跟上來，陽臺外也沒有閒雜人等後，才開口說：「我後來問過了承辦的檢察官，闊任強的確看過監視器畫面。」

孟平謙聽了一副無所謂的樣子：「不過我們還是歪打正著了，他的確是凶手，只能怪他自己心虛。」

「我請那位檢察官查過，辰哥沒有參與十年前的那起案子。」侯冠年又說。

「或許只是他記錯了。」孟平謙還是敷衍著回應。

「像這種大案子，真的會記錯嗎？」這樣一來一往之下，侯冠年大概知道事情的全貌了。畢竟這並不符合孟平謙的作風，孟平謙並不是會虛應故事的人，而他會這麼回答，代表其中一定有問題，而這正是侯冠年最不願意看到的局面。

孟平謙並沒有回應侯冠年的上一個問題，這讓侯冠年更確信了自己內心的想法，於是他終於問了他最想知道的問題：「為什麼做這種事？」

「你覺得闊任強在想什麼？」孟平謙卻反問一個無關的問句。

「你指的是什麼時候？」侯冠年不理解孟平謙想表達什麼。

孟平謙不疾不徐地接著說下去：「在害死自己的哥哥以後，他所做的一切，到底是為了什麼？」

侯冠年不明白孟平謙突然說起這個，不過他還是回答了他：「你說成立第三資金，暗中對抗朱三沐嗎？我想他是在彌補吧！延續閻任生的理想，所以才會拚了命都要把朱三沐搞垮。」

孟平謙卻搖搖頭：「不，我覺得他只是在試著維持一場夢。在那個夢裡，他的哥哥不是被他害死的，而是朱三沐。而他在這個夢中的角色，是為哥哥復仇的弟弟，而不是凶手。為了維持這個夢，他可以不擇手段。」

侯冠年望著孟平謙，輕聲問：「那你呢？你為什麼不擇手段？」

「我也活在一個夢裡，在那個夢裡，你的姊姊未曾離去。」孟平謙的神情很痛苦，侯冠年想起剛剛在樓下的時候，不由得為孟平謙感到難過。

可是侯冠年仍然不明白：「這還是不能解釋你為什麼要這麼做。」

「閻任強這些年來，一直都在調查朱三沐吧！」孟平謙又忽然岔開話題。

「你知道第三資金的事情了？」侯冠年想了想又說：「還是雨人。」

「兩個都知道，而且比你還要早很多。」孟平謙平淡地回應，接著又轉頭問：「你有想過為什麼雨人會消失嗎？」

「因為看到姊姊被人殺害，所以害怕得躲起來了吧！」侯冠年被孟平謙這麼一問，忽然變得不確定了。他感受到孟平謙的這個問題另有玄機，如果不是這個答案，那就會是另一個讓人更哀傷的可能性。
而孟平謙也很快證實了他的想法：「還有另一種可能，他就是凶手。」
侯冠年無法接受這樣的答案：「不可能，閻任強和姊姊都想打倒朱三沐，怎麼可能會殺害她？」
相對於侯冠年的激動，孟平謙只是沉著地回答：「這世界上不會存在兩個目標完全一致的人，就算都是想調查朱三沐，但是目的還是有小小的不同。」
「閻任強不想要姊姊公開消息嗎？」侯冠年疑惑道。
「他不希望那麼快公開。閻任強的目的，是希望給朱三沐致命的一擊，讓他永遠不得翻身，所以他想等之後的水源門也調查出結果後，再一起公開。可是你姊姊認為餿水油已經危害到社會大眾，晚一天公開都不行。」
「所以他就殺害了我姊？」侯冠年不可置信。
孟平謙幽幽地回答：「我想他一開始並不是想殺人，電線走火一般死不了人。我想他的目的，是想要燒毀辦公室裡的證據，只是他沒想到你姊有吃安眠藥的習慣，來不及逃出火場，就一起葬身火海了。」
「你是怎麼知道這些事的？」
「我本質是個媒體人，而且我有五年的時間。」孟平謙理所當然地說。
「那為什麼不把他交給警察？」侯冠年還是無法諒解。

「我有的證據只有那些指紋，可是那可以有很多解釋，不可能把他定罪。」

「所以這一切都是你的計劃？」

「這件事情並沒有那麼複雜，每個人都各取所需，所以完成起來反而異常簡單。那些元老們想要福科生技，榮叔和葉家想要選票，而我只是需要把閻任強推到聚光燈下，讓群眾審判他的罪，戳破他自我催眠的謊言。」

侯冠年聽著孟平謙的自白，忽然覺得有些暈眩：「沒想到所有人都被你玩弄在手掌心了。」

「當一個人有執念的時候，就會變得很好操縱。」孟平謙聳聳肩。

侯冠年忽然對眼前的人感到陌生：「當他們說需要媒體人的時候，我就在懷疑這件事了。做為一個縝密的計畫，怎麼可能會到最後關頭才臨時找一個實習記者加入？如果真的要找的話，最合適的人選也應該是你，而不是我。」

「那是什麼原因讓你打消這個念頭？」孟平謙好奇道。

侯冠年看著孟平謙，露出了被背叛的表情：「因為你說媒體不能是製造業。」

「抱歉了，我做了最壞的示範。」孟平謙此刻才終於有一點反省的意思，他略略低下頭，別過侯冠年的視線。

「你從頭到尾都把我瞞在鼓裡，我可是她弟弟。」侯冠年憤恨地說。

「就是因為這樣，所以我不希望把你牽連進來，髒一個人的手就夠了。」

「可是我還是被牽連進來了。」

孟平謙誠懇地對侯冠年說：「一開始我是不打算牽扯進來的，直到你綁架了閻思悅，我才想這樣或許也不壞。你是侯靜芬的弟弟，你還是有權知道所有事，所以我臨時向他們更改了計畫。你現在知道了，接下來就是你的事了。」

「這太狡猾了，你明知道我會放過你。」侯冠年一臉悲痛地說。

「不，這不是你能決定的。」孟平謙的語調忽然冷漠起來。

「什麼意思？」侯冠年有些驚訝。

孟平謙略為沉吟了一陣，才終於開口：「我跟你說過，媒體不能是製造業吧！無論你做什麼決定，我都會基於自己的信仰離開的，我已經沒有資格待在這裡了。」

「你要離職嗎？」

「不對，我已經把我犯罪的證據上交給點與線了。」

「什麼證據？我以為你已經抹除了一切證據。」侯冠年更驚訝了。

「掉包新舊藥的證據，你以為監視器影像已經被覆蓋了，但是我留了一份。」

「不是那個藥庫管理員嗎？」侯冠年徹底被搞糊塗了。

而孟平謙只是淡然地搖了搖頭：「不是，是我拿了那個管理員的證件進入藥庫的。你一直在猜測福科生技的備案是什麼，你沒有想過，那個備案是我吧！」

「為什麼？」侯冠年還是無法理解。

「這是我取得他們信任的方式，因為我是個媒體人，隨時都能夠揭發他們。所以我主動提出留一個把柄在他們手上，讓他們放心。現在我告發了他們之中的閻任強，就算他們不想報復我，我也會公開那段監視影像。」

「這算什麼？非法闖入私人場所嗎？」侯冠年苦笑道。

「只要警方再仔細查，就會發現我在解盲前就已經放空了一千萬福科生技股票。」

孟平謙一臉平靜地說著，就像是在閒話家常一樣。

「為什麼要這麼做？」侯冠年的雙眼已經漸漸被淚光模糊視線。

「我不能告訴這個世界真相的全貌，但是至少可以平衡一點正義的天秤。」孟平謙抬頭望向陽臺外的天空，因為這裡是建築物背面的二樓，所以只能透過天井望到一小方的藍天。

侯冠年看著遠處的雲朵，那裡彷彿浮現了姊姊的臉：「可是你不能這麼做。」

「為什麼？」孟平謙一臉疑惑地回過頭。

「五年前我姊死了之後，你替我姊揭開了餿水油的弊案，你的形象就已經跟我姊綑綁在一起了。你的形象已經不是你的形象了，今天你如果犯了罪，我姊所做的一切努力也會蒙上一層灰。」侯冠年試圖說服他回心轉意。

「你們不是一直希望我不去在乎死去的人嗎？」而孟平謙只是淡然地微笑。

相對孟平謙的泰然自若，侯冠年焦急地想反駁：「不對，這不一樣。閻任強的自爆，再加上你的自首，這次的事件就會被模糊焦點。本來應該是罪魁禍首的神川集團，這次可能又要全身而退了。」

「聽完我的自白，你還會認為神川集團是罪魁禍首嗎？」孟平謙又淡淡一笑。

「在這次的事件中可能不是，但是他過去所欠下的已經太多，不能就這樣放過他。至少再等半年吧！等神川集團沒有能力翻身的時候……」

孟平謙打斷他的話：「你的想法，跟五年前的閻任強一樣啊！」

侯冠年意識到了其中的邏輯陷阱，咬著牙說：「你太狡猾了……」

而孟平謙只是笑著搖搖頭：「我們每個人都有自己的執念，只是真正遇到困境之前，大家都以為自己是理性的。」

「那你原諒閻任強了嗎？」侯冠年挑釁著問。

然而孟平謙還是沒被激起情緒：「不，在情感上還是不能原諒，不然我不會賭上一切對他復仇。只不過，我也能漸漸理解人是不可能純粹理性的。」

「那我姊呢？你復仇完舒服了，誰來替我姊的形象平反？」侯冠年絕望地問。

而孟平謙反倒堅定地看向侯冠年：「她不是還有你嗎？比起毫無血緣關係的未婚夫，身為弟弟的你更有資格成為她的代言人吧！只不過因為五年前你的年紀還小，我替你承擔了這個責任，但是這樣的使命終究還是要落在你身上的。」

「我？」侯冠年陷入了徬徨。

孟平謙溫柔地接著說：「所以我才會說，接下來就是你的事了。你可以選擇成為一個正直的媒體人，你姊的形象，就靠你守護了。的確，一開始考慮到你姊，我做這件事是很猶豫的。不過考慮到這件事帶給你的意義，我就放手去做了。」

侯冠年倒吸一口氣：「如果我還是做了錯誤的決定呢？」

孟平謙又望向天空：「這件事和電車難題一樣，死一個人或死五個人，沒有哪個是真的錯的。在很遙遠的未來，你會遇上跟我一樣的矛盾。到時你可以想想這一段故事，或許就有不一樣的想法，或許會做出不一樣的決定。」

「你真的要去自首？」侯冠年眼神中還抱有最後一絲希望。

「不是自首，是匿名把犯罪證據交給點與線，由他們來揭發我的罪行。」

「我們好不容易喚起群眾的良知，結果一下就被你們踩在腳底。」

「那不是良知，只是見獵心喜。」孟平謙眼神閃過一絲嫌惡。

「虧你可以平靜地說出這種話。」

「這次參與軋空的大多不是理想主義者，只是一群投機客。如果這當中有那麼一些理想主義者受到傷害，那這就是對他們的試煉，看他們是否還能堅守理想。只有經歷挫折還能堅守理想的，才有資格稱為理想主義者。」

「你已經不是了，對吧？」侯冠年有些惋惜地說。

「對，不過你可以是。」

「你這是在嘲笑我嗎？」

「不是，這是對你的祝福。」孟平謙的真摯地回答。

「我以為我在你眼裡不配當個媒體人。」侯冠年苦笑道。

「你已經不需要我的評價了，你自由了，我也自由了。」

這時，孟平謙的手機響了，可是過了很久他都沒有接起電話。他的電話鈴聲，仍舊是何瑞康的〈刑者〉：

你用你的無辜，審判他的瘋狂，卻不知道你的瘋狂就是對無辜的信仰。

我在你的眼裡是一粒沙，但他手裡的沙，卻能將仇恨埋葬。

像是說好似的，侯冠年的手機也響了。他望向自己的手機，來電顯示著「霍定宇」，侯冠年望向孟平謙，猶豫著要不要接，他大概也猜出來對方打來是為了什麼是。不過孟平謙仍舊看著遠方，不發一語，靜靜聆聽著來電鈴聲響著。

你終於不再躲藏，等候被遺忘而不是誰的原諒。

他求的不是懺悔，而是有罪的標靶。

你終於學會了絕望，置身事外的旁觀著自己的憂傷，任人觀賞你墜落的模樣。

最後侯冠年還是接起了電話，另一頭傳來熟悉的聲音：「我這裡接到一封奇怪的爆料信，我想跟你確認一下真實性。」

「為什麼不直接問我姊夫呢？」侯冠年問。

「我們打去了，可是他沒接電話。」侯冠年看著孟平謙，他仍然沒有想要接起電話的樣子，而電話那頭的聲音聽起來很焦急：「其實爆料本身並不重要，可以先幫我確認一下你姊夫是否安好嗎？」

「他很好，」侯冠年猶豫著該怎麼回答：「我才剛見過他。」

「那就好。」說完這句話後，電話那頭沉默了很久，顯然是在思考要不要把剛剛提到的爆料內容說出口。這時孟平謙的電話也不再響了，侯冠年很慶幸，孟平謙還有一群正在關心他的人。

為了打破尷尬的局面，侯冠年決定先開口，而這也正是他想要跟霍定宇說的話：「你們點與線現在還缺人嗎？」

「你決定要過來了嗎？」霍定宇的語氣聽來十分驚喜。

「如果你們不嫌棄的話，我馬上就可以去當實習記者。」

「我這裡剛好有一條新聞，可以讓你去跑。」有那麼一刻，侯冠年還以為他又要提到剛才那封爆料信，沒想到霍定宇卻說：「還記得之前那個在農地肉身阻擋怪手的瘋子嗎？」

「喔！我有看到新聞，可是忘記他叫什麼名字了。」

「呂俊生。」霍定宇回答：「聽說他們又有新一波抗議行動了，剛好和野風社的調性很符合，就派你去採訪了。」

侯冠年掛上電話，看著一旁還在出神的孟平謙，決定暫時不打擾他。他離開陽臺後，在手機的搜尋欄輸入「呂俊生」三個字，第一條搜尋結果就是呂俊生擋挖土機的影片。影片裡面的主角，是一名和侯冠年年紀相去不遠的男孩，正挺直腰桿站在挖土機前面，臉上毫無畏懼的表情，手上並拿著標語：「今天拆后埔，明天拆政府。」

下面跟著一排英文：No HOPE、No Rules。

後記　關於故事的故事

《不能輸的賭局》的出版，真的是很奇幻的旅程。

首先，做為一本前傳，這本書不只故事線是設定在《沒有神的國度》的一年前，實際上創作時間也早了一年。只不過當初送交出版社時，編輯看過表示這個故事如果要出版，就必須做非常大幅的改動，甚至原本的故事大綱都要全部調整過。然而編輯所建議要改動的方向，居然和我手邊的續集大綱意外吻合，因此抱著姑且一試的心態，把當時還只是大綱的續集送給編輯，沒有想到一拍即合，於是就先開始了《沒有神的國度》的創作。

可是《沒有神的國度》出版後，《不能輸的賭局》的撰寫工作還是沒有順利展開。一個是糾結於這本書的定位，究竟應該是續集還是前傳，在角色設定上都會有很大的不同。在試過幾個版本後，還是維持了《不能輸的賭局》原本的時間線，故事設定在《沒有神的國度》的一年前。

因此細心的讀者，在閱讀本書時應該會得到意外的樂趣。比如說在故事開始時，會知道侯冠年和謝怡婷在一年之後，將不會再是男女朋友的關係；又比如侯冠年終將離開「飛思傳媒」，然後加入姊姊曾經任職的「點與線」。一切都已經是命中註定，我想這就是閱讀前傳小說的趣味所在。

大綱定下來時，也已經是《沒有神的國度》出版的一年後了，不過也感謝這段時間的沉澱，讓整個故事變得更加飽滿，人性糾葛和道德兩難也更加凸顯出來。而小說納入的社會議題也更加多元，從原本啟發自「特斯拉軋空事件」的故事，漸漸融入了「浩鼎案」、「頂新案」的本土元素，更加貼近野風社系列想要做到的在地關懷。

而在這期間，《不能輸的賭局》也獲得文化部青年創作獎勵，不過這並不是結束，因為距離這本書真正面世，還要再等上兩年。最大的原因，是因為這段時間遇上了疫情最嚴峻的時刻，身為醫療工作者的我，很難全神貫注在創作上，所以陷入了一個漫長的撞牆期。

在值班與值班之間似醒未醒的夜晚，當我神遊在野風社系列的小說世界中時，不僅《不能輸的賭局》漸漸堆砌成型，也勾勒出了野風社三部曲的輪廓，第三集《遲來的救贖》的大綱幾乎是在前作完稿的時候同時形成。三部曲的本質，其實就是「信」、「望」、「愛」的故事，《不能輸的賭局》談的是信念與執念，《沒有神的國度》談的是希望與信仰，《遲來的救贖》談的將會是愛與救贖。

《遲來的救贖》設定在《沒有神的國度》的三年後，楊曉薇和侯冠年都已經踏入社會，不過仍舊在理想和現實中徬徨。菜鳥律師和菜鳥記者聯手出擊，調查一宗分屍案的真相，也將面對各自在前作中所留下的陰影，並且迎來最後的救贖。為了避免破壞大家的閱讀體驗，更多的內容就請靜待明年中《遲來的救贖》的出版吧！

二〇二三年秋　楓雨

逆思流

不能輸的賭局

作者／楓雨
執行長／陳君平　　榮譽發行人／黃鎮隆
協理／洪琇菁　　國際版權／黃令歡
總編輯／呂尚燁　　美術編輯／李政儀
執行編輯／石書豪
發行／英屬蓋曼群島商家庭傳媒股份有限公司城邦分公司　尖端出版
台北市中山區民生東路二段一四一號十樓
電話：（〇二）二五〇〇—七六〇〇（代表號）
傳真：（〇二）二五〇〇—一九七九
中彰投以北經銷（含宜花東）／楨彥有限公司
電話：（〇二）八九一九—三三六九
傳真：（〇二）八九一四—五五二四
雲嘉經銷／威信圖書有限公司　嘉義公司
電話：（〇五）二三三—三八五二
傳真：（〇五）二三三—三八六三
客服專線：〇八〇〇—〇二八—〇二八
南部經銷／威信圖書有限公司　高雄公司
電話：（〇七）三七三—〇〇七九
傳真：（〇七）三七三—〇〇八七
香港總經銷／城邦（香港）出版集團有限公司
香港灣仔駱克道193號東超商業中心1樓
電話：（八五二）二五〇八—六二三一
傳真：（八五二）二五七八—九三三七
E-mail：hkcite@biznetvigator.com
馬新經銷／城邦（馬新）出版集團　Cite(M)Sdn.Bhd.
E-mail：Cite@cite.com.my
法律顧問／王子文律師　元禾法律事務所
台北市羅斯福路三段三十七號十五樓
二〇二三年十二月一版一刷

■中文版■

郵購注意事項：
1. 填妥劃撥單資料：帳號：50003021戶名：英屬蓋曼群島商家庭傳媒(股)公司城邦分公司。2. 通信欄內註明訂購書名與冊數。3. 劃撥金額低於500元，請加附掛號郵資50元。如劃撥日起 10～14日，仍未收到書時，請洽劃撥組。劃撥專線TEL：(03) 312-4212 ．FAX：(03) 322-4621。E-mail：marketing@spp.com.tw

國家圖書館出版品預行編目資料

不能輸的賭局 ／ 楓雨 作 ； --1版.
--臺北市：尖端出版, 2023.12
面 ； 公分. --(逆思流)
譯自:
ISBN 978-626-377-487-2(平裝)

863.57　　112018273